警察庁図書館

MAHORO FURUNO
HIKUIDORI
THE LIBRARY

ヒクイドリ

古野まほろ

幻冬舎

ヒクイドリ

警察庁図書館

装丁　國枝達也
装画　ケッソクヒデキ

序章　5
第1章　16
第2章　57
第3章　137
第4章　213
第5章　272
終章　328

——お前が女に頼りたいように
お前に頼りたい女もいるのを覚えておけ（Karn, H., 2015）

序章

山《やま》蔵《くら》県警察能泉《のうせん》警察署・鳥羽台《とばだい》駐在所近傍

私は腕時計を見た。
あと三分。
いや、あと二分。
時限装置だなんて、そんな立派なものじゃない。
だから、正確な時間は分からない。
けれど、確実に分かることはある。
もはや、それを止めることはできないということだ。
私は腕時計を見た。
十二月の午後七時前。夕焼けはすっかり、闇色の帷幕《とばり》に閉ざされてしまった。
街路の陰に隠れた私。
このあたりは、かつて商店街と下町があったところ。ＪＲ駅は遠く、バス路線は一本。
今はシャッター通りと、木造長屋の成れの果てしかない。
いよいよ大規模マンション群を誘致するとかで、もはや下町の住民はほとんどいない。
そして日曜日の夜。師走《しわす》の休日。一日じゅう建設工事は行われていない。

要するに、陸の孤島みたいな所だ。

治安もよいとは言えない。だからこの闇、この時間、通行人などひとりもいない。

だから私は、安心して、その都市型駐在所から五〇m程度のところに、自転車をとめていた。

駅前とか商店街とかでは、とても、こうはゆかなかったろう。

その駐在所に誰もいないのは確認している。

警察官が残っていれば、誘《おび》き出すだけだが、ここの駐在所は居住型じゃない。夕方、五時半も過ぎれば、警察官は他の拠点交番へ応援に回る。そして、時折PCの立ち寄りがある以外、この駐在所を守る警察官は、いない。

もう一度、私が腕時計を見た刹那《せつな》。

ぼう。

闇夜に大きな火柱が上がった。駐在所の裏手からだ。

意外なほど、大きい火柱だった。たかが新聞紙のブロックが、燃えているとは思えない。

私の周囲には工事現場しかない。表側のバス街道にならどこかわざとらしく、ファミレスと大型スーパーがある。だが裏手の炎など、そちらからはまだ見えたものではない。

炎は猛《たけ》ってゆく。

そんなもので、コンクリの駐在所を燃やし尽くせるはずもないが……

裏手のガラスを破り、畳の間に飛び火すれば、それなりの被害にはなるだろう。

私の瞳に、あざやかなオレンジの火が映える。

ペットボトルのガソリンに乱舞する、十二月の夜の炎。

ぱりん。

いよいよ炎が窓を割ったとき、けたたましいベルが闇夜を裂いた。

そして、次第に近づいてくるＰＣのサイレン。予想どおりバス街道を南下してくる。

かぁん、かぁん。

かぁん、かぁん。

消防車のあの独特の半鐘《はんしょう》も、私の緊張感をたかめてゆく。

そうだ。

いよいよ。

警察署本署からの、当直車が来る。赤灯を回しながらやって来る。

まだだ。

まだ動いてはならない。

第一臨場者になってはいけない。私は今日、休務《きゅうむ》なのだ。私の住む待機宿舎《たいきしゅくしゃ》から、あの駐在所までは不自然に遠い。私がここにいる理由は、薄い。確かに、大型スーパーに買い物に出た──というカバーストーリーはある。そしてそれは、待機宿舎の位置からして、そんなに不合理ではない。だが、現場が混乱し、錯綜《さくそう》するまでは、当事者としての登場は絶対に避けるべきだ。捜査書類に名前を残すのも、愚かなことである。

……真っ先に臨場したのは、ＰＣだった。赤色灯の回転がまぶしい。

死角になって見えないが、パト勤務員は、車載の消火器を片手に、駐在所の中へ躍《おど》りこんでいるだろう。そして事実、赤色灯が門前に駐まった数秒後、オレンジの猛々《たけだけ》しい炎に、警察官ふたりの影絵が照らし出された。消火活動が始まる。

かぁん、かぁん、かぁん。

かぁん、かぁん。

……いつからだろう。ベルとサイレン、そして半鐘のアンサンブルが、私にとって特別な意味をもつようになったのは。ただ、それは派手ではあるが、私の期待と不安を掻《か》き立てる、いわば前奏曲に過ぎなかった。

私が確認しなければならないもの。

私がこのようなことをしている真実の意味。それは……

そうだ。

来た。

新たな赤色灯。

ＰＣのワイドなものとは光の加減が違う。マグネット式の、捜査車両に着脱《ちゃくだつ》できる奴。サイレンも聴き分けられる。あれは、当直員の捜査車両だ。

私は自転車を強く漕《こ》ぎ始めた。強く、強く。もちろん大した距離はない。たちまち表街道へ出て、駐在所の正面に乗り付ける。繁華街でも中心市街地でもないので、雑踏《ざっとう》はなかった。大型スーパーの客、ファミレスの客がちらほらと、ささやかな野次馬《やじうま》になっているだけだ。私としては、もう少しギャラリーがあった方が望ましいのに。それは壁になり、文字どおりの煙幕になるから。


私が自転車を下りるのと、捜査車両の助手席から制服姿が下りるのが、ほぼ同時――

「佐潟《さかた》次長!!　佐潟刑事次長!!」

「オウ、どうした日曜の夜に、休みじゃねえんか!!」

「買い物に出たら……すごいことに!!」

「ちょうどいい、野次馬の整理頼む!!」

「はい次長!!」


……この日曜日、警察署の当直を仕切っているのは佐潟警視だ。そして叩《たた》き上げの刑事である佐潟警視は現場臨場を好む。まして自分の担当である着け火《つけび》となったら飛んでくる。その読みは、当たった。というか、能泉《のうせん》署員ならば誰でも読める一手だ。

佐潟警視は、すぐ駐在所のバックヤードに入り、消火活動と採証《さいしょう》活動を指揮し始める。私服の私は、ＰＣの蛍光チョッキと赤色灯を借りて、群衆ともいえない人集《ひとだか》りを規制し始めた。といっても、十五分未満の出来事。そしてそもそも、これは真剣な放火じゃない。火着けの意図はそこにはない。たかだか新聞紙二ブロックとガソリン一ℓ未満で、駐在所とはいえ、堅牢《けんろう》な警察施設が全焼するはずもない。

――火の手はたちまち鎮火され、ぶすぶすとした黒い煙の嫌な匂いと、刺々《とげとげ》しいガソリンの刺激臭だけが残った。

やがて消防車が粛々《しゅくしゅく》と去り、二台集まっていたPCも警ら任務に復帰すると、人集りもつまらなさそうに消えてゆく。裏手の現場に機動鑑識。表側の駐在所執務所に佐潟警視と当直員ひとり、そして私が残った。

放火の手口としては、難しいものじゃない。ペットボトルのガソリンと、ちょっとした芯《しん》を使った時限発火装置だ。ほどよく燃えてくれているので、指紋その他の証拠が採取されることはない。延焼の程度もかぎられるので、まさか、シャベルと鶴嘴《つるはし》を持って証拠を掘り起こさなきゃならない荒れた現場でもない。要するに、採証活動そのものは、ルーティンワークだ。そう、放火の手口としては、全然難しいものじゃない……だが恐らく、佐潟警視の感じている難しさというのは、それとは次元が違うもののはずだ。

……休務の夜の職務執行を遠慮していた私は、駐在所の冷蔵庫から烏龍茶のペットボトルを出し、グラスを借りて佐潟警視たちに給仕していった。ちょうど、警視は警察電話を置いたところだ。内容も聴こえた。署長官舎にいる署長への報告である。その報告は詳細にわたり、実に五分強を要した。どのみち明日の朝イチで詳細な報告が行くのだから、これは、署長自身がイライラと感じている、強い懸念《けねん》の表れである……五十歳とちょっとの刑事次長は、最終的に警電《ケイデン》の受話器を置くと、は〜あ、と深い嘆息《ためいき》を吐いた。私は慎重に、口を挟《はさ》む。

「署長報告ですか？」

「ああ、オヤジだ」佐潟次長は両切りのピースを咥《くわ》えた。「かなりナーバスになってやがる。ま、無理もねえがな」

「確か……これで三件目、ですね？」

「いいや、四件だぜ」

「ああ、隣接署の白樺《しらかば》ＰＳでも一件」

「うん、さすがに詳しいな」

「それこそ毎朝《まいちょう》教養で、耳に胼胝《たこ》ができるほどやってますからね」

「まあ、我が署のトップニュースだわな。交番狙いの放火が、週イチのペースで四件。白樺ＰＳのはどう考えてもとばっちりだから、狙いは我が能泉《のうせん》署って訳だ……そして今や十二月。春の異動は目前。ただの連続放火でも邪魔臭い時季なのに、こりゃあ、警察に対する真っ正面からの挑戦状だぜオイ。署長《オヤジ》が刑事総務課長として本部に帰りたかったら、年内、いや一月中旬には、マル被挙げてねえとマズいって訳さ」

　私は能泉署長を哀れんだ。何故ならこれは、警察に対する真っ正面からの挑戦状でも何でもないし、まさか署長の栄転を邪魔するものでもないからだ。そして今、喋《しゃべ》れるものなら喋ってしまいたかった……署長どころか佐潟次長、あなたの所為《せい》なんですよと。犯人の狙いは、実はあなたなんですよと。

　だからもう一歩、踏みこんでみた。

「佐潟次長は能泉ＰＳ管内の三件、現場、踏んでいらっしゃるんですか？」

「ああ。公園交番、上北山《かみきたやま》交番、そして今夜の鳥羽台《とばだい》駐在所な」

「それはツイてますね。御愁傷《ごしゅうしょう》さまです」

「バカ言えって、オヤジみてえな事を……」濃密な紫煙《しえん》が吐き出される。「……公園交番は真っ昼間、午後三時発生だったから、まあ、俺の悪運じゃねえ。けどなあ。上北山とこの鳥羽台、どっちも俺が当直長のとき、やられちまってるからな……先刻《さっき》の警電でもオヤジに嫌味、言われちまったよ。それならガタさんを異動させれば解決じゃねえか、とかな!!」

「あれ、ひょっとして、白樺署の分も、次長が当直長の夜に？」

「ああ、ひょっとしなくてもそうさ。まったく、験《ゲン》の悪いこった」

警察官は、特に刑事は、験を担《かつ》ぐ。そして事実、個人に悪運が憑《つ》いているとしか考えられない現象もある。極めてありがちなのは、ある警察官が当直班にいると、必ずその夜は三件も四件も、変死事案が入電するというパターン。これは不思議とある。

だから。

佐潟次長があえて私をハメようとしていないなら。

『佐潟警視が在勤しているときにかぎって、交番の放火事案が発生する』という事実は、まだ、そうした迷信レベルでしか受け止められていないということ。言い換えれば、『そこにこそ因果関係がある』という事実は、認識されていないということだ。言葉どおりに受け止めるとすれば、最高指揮官である能泉警察署長も、実働部隊の指揮官である佐潟刑事次長も、まさか、『佐潟警視こそがターゲットである』などとは、考えていない段階である。ちなみに、最初の事案は真っ昼間、午後三時発生だが、これは当然、日勤勤務をする警察署幹部の勤務時間内であり、したがって、佐潟警視の勤務時間内となる――

「私、もう捜査から離れちゃったんで、事案の中身は当然、知らないんですが……ただ防カメで一発、って感じはしますけど……」

「ところがどうして。やられたのは、昭和の香りがするハコばっかりだからな。しかも、どっちも一当務《とうむ》二人しか配置のない、ミニマム交番。無人にするなってのが無理だわな。だから仕掛けやすい。しかも防犯カメラどころか、執務所内のモニターカメラにもガタがきてるほどだ。我が山蔵《やまくら》県は、そりゃもう警察予算に渋いからなあ……といっても、民間人にそんなこたあ分からねえ。防犯装置だって、ガチッとしたの、展《は》り繞《めぐ》らせてると思うだろうよ。よくもまあ堂々と裏手に忍びこんで、ガソリンなんぞを仕掛けてゆくもんだ」

「自署配備の緊急配備《キンパイ》は掛かってるんですよね？」

「ああ。ガソリンはどう足掻《あが》いても匂うから当然だ。ただどうやら、時間稼ぎの小技を使ってやがる。すると、マル被の現場離脱ははやかったかも知れん……おっと、そういえばお前、自転車で駆けつけたんだったな？　小柄な未成年者ないし女の乗った自転車、見てねえか？」

　心臓が喉元《のどもと》にまで迫《せ》り上がった。烏龍茶でそれを無理矢理押し帰《もど》す。

「……いえ、佐潟次長。私は団地側の裏通りから来ましたが、誰とも遭遇しませんでした」

「まあそうだろうな。そう上手くはいかねえ」

「というと、それがマル被？」

「いやいや、それこそそんな美味い話はねえさ。ただな、上北山交番がやられた夜、ちょっと気になる自転車を見掛けてな。緊急走行《キンソウ》してなけりゃ、俺自身が職質《バンカケ》してた所だ」

「佐潟次長が狙いをつけたなら、かなり、匂ったんでしょうね」

「動きに見憶《みおぼ》えがあってな……いや違う、動きが明らかに浮いていた。上手く言えねえんだが、素人の動きじゃない……ああ、これも違うなあ。とにかくだ。通行人臭くねえ。そんな感じだった。一瞬のすれ違いだったから、まだ刑事一課の茶飲み話程度なんだがな。だから、ここだけの話だ。黙っといてくれ、頼む」

「それはもちろんです。

そういえば佐潟次長、私、何か書類作成でも」

「いや、あらかた手筈《てはず》は整えてある。野次馬の撮影も終わってる。鑑識はもうちょっと時間が掛かる。あまり気を遣うな」

「佐潟次長、しばらくは帰署されないでしょう？　どうせ買い物のついでですし、台所は放火と関係なさそうですし、私、夜食でも作りましょうか？」

「嬉《うれ》しい言葉だが」佐潟警視はピースの一振りで拒絶した。「あとは刑事でやる。お前は任解《ニンカイ》でいい。それこそ買い物途中に動員して悪かったな。今もあの待機宿舎か？」

「はい、次長」

「道すがら、不審者に気を付けてみてくれねえか。先制職質で大金星、挙げてくれたとなりゃあ、それこそ署長《オヤジ》も春の異動、身の立つ様に動いてくれるだろう……いや、無駄口を叩いちまった。刑事ってなあ、気を遣っているようで傲慢《ごうまん》だからいけねえやな」

「いえ次長、お心遣い嬉しいです。また昔のように御指導ください」

私は室内の敬礼を終えると、佐潟警視の返答も聴かず、そそくさと駐在所を離れた。

そして大型スーパーの野菜売り場に逃げこみながら、、、、そのフレーズを反芻《はんすう》する。その致命的なフレーズを。何度も何度も繰り返して。

（小柄な未成年者ないし女の乗った、自転車……）

第1章

東京都府中《ふちゅう》市・警察大学校本館南棟某所《ぼうしょ》

東京駅から一時間半強。霞《かすみ》が関《せき》からなら、一時間一五分程度。

メトロなり在来線なりを、とことこ乗り継いでゆくと、味の素スタジアムで有名なエリアに達する。かつて調布《ちょうふ》基地と呼ばれた調布飛行場の先。都心の喧騒《けんそう》などどこへやらの、牧歌的なエリア。その、府中市の朝日町《あさひちょう》というところに、東京外国語大学、警視庁警察学校そして警察庁警察大学校がある。このあたりも元々は米軍基地だった。その跡地利用として、学究的な機関であって、キャパシティを必要とするものが、都心から移転してきた。そういう訳だ。

さて、純然たる学究機関《キヨウヨウ》としての東外大《とうがいだい》はともかく。

警察学校は、警視庁の教養訓練機関であり、いわば東京都巡査の養成学校だ。もちろん巡査以外のカリキュラムもあるが、基本的には、東京都の警察施設といえる。他方で、警察大学校は、警察庁の教養訓練機関であり、いわば全国警部の養成学校だ。もちろん警部以外のカリキュラムもあるが、基本的には、警察学校の初任科とは縁《えん》の無い、国の警察施設といえる。

この、国の教養訓練機関＝警察の最高学府は元々、都心の中野《なかの》にあった。

それゆえ、いわゆる『陸軍中野学校』と混同されたり、絡《から》めて論じられることがあった。

むろんここで、陸軍中野学校というのは、諜報員《ちょうほういん》の養成所たるあの中野学校である。

そんなものが戦後の警察に必要なはずもなく、したがって、陸軍中野学校と警察大学校は、立地がともに中野であるというだけで、本質的にも実際的にも無関係といえた——

——ほとんどは。

イメージでいえば、九九・九九%、無関係といえた。

ということは、〇・〇一%は、関係があるということだ。

そして、そのあまりにも微細な関係は、警察庁＋四十七都道府県警察に所属する、ほとんどの警察官にとって無意味だった。可視的《かしてき》でもなければ、利害関係もなかった。まして指揮命令系統に、何らの影響力もありはしない——

——ほとんどの警察官にとっては。

実際、この朝日町の警察大学校に勤務する数多《あまた》のスタッフ警察官……三年契約の警部たち、そして二年契約の警視たちですら、その関係を知りはしない。まして、昭和どころか、平成も二十五年を過ぎている。だから今、かくも身近にその関係を体現する『存在』があるなどとは、夢にも思われていなかった。仮に誰かにそう語られれば、どのスタッフ警察官も、『都市伝説にもほどがあるぜ』と一笑に付すか、『とんだ幽霊話だ』と大勢で爆笑したであろう。

しかし、だ。

今、警察大学校本館南棟、某《ぼう》フロアを粛々《しゅくしゅく》と歩いている伊吹《いぶき》警部は、それが都市伝説でも幽霊でもないことを知っていた——

廊下の照明は、それこそお化け屋敷のように暗い。だがこのことには、深刻な意味などない。

東日本大震災以降、官庁の節電がいっそう厳しくなったためだ。廊下の先を歩いて来るのが誰か、すぐには識別できないほどに。そしてそもそも、警察大学校は教養機関である。セキュリティは厳しいが、職務上の秘密は、まさか警察庁本庁ほど有していない。私服の外部講師も大勢来れば、そもそも全国各地からの学生で賑《にぎ》わう施設である。

したがって。

細身で地味なスーツ姿の伊吹警部は、微笑を浮かべながら制服姿の学生たち、そして教授たちに会釈《えしゃく》をしつつ、その実、誰の記憶にも残らない形で、当該フロアの当該ドアまで到《たど》り着いた。ちなみにこのフロアは、設備の配置上、最も人の動線となることが少ないフロアである。

もし。

警大スタッフ警察官の誰かが、暇《ひま》で暇で仕方なく、警察大学校フロアマップをじっくり睨《にら》んでいたとすれば。

そこが何の教養にも訓練にも会議にもゼミにも使用された実績がなく、あるいは、倉庫なり資材置き場なりとしてすらも活用されていない事に——すなわち意味不明な空きスペースである事に、万々が一、気付いたかも知れない。ブラインドでガラス部分をシャットダウンされた、その冷たいドアの先には、課なり室なりを二セクションは置けるスペースがあることに、思いを馳《は》せたかも知れない。

だが、ここは大学校だ。

教場、ゼミ室は無数にあるし、模擬《もぎ》法廷《ほうてい》だの模擬指揮室だのまである。しかも、警察のセクショナリズムというのは、想像以上に強い。スタッフ警察官にとっては、自分のセクションの教養に必要な施設が活用できればそれでよく、しかもそれとて、二年ないし三年契約の範囲に限られる。あとは自県にハイさようなら、だ。

ゆえに。

その、一度たりとも人の出入りを目撃できないドア、一度たりとも内部の照明が漏れてこないドア――それがいったい何の為にあるのか、真剣に考える警察官は、いなかった。また、気《き》紛《まぐ》れに考えてしまった警察官のほとんどは、『ああ、余所《よそ》の所属が倉庫にでもしているんだな』程度にしか意識しない。

要するに、当該ドアとその奥の院は、物理的に秘匿《ひとく》されているというよりは、極めて心理的に秘匿されていたのだった。

――さて、ドアの左側には、解錠装置らしきものがある。

伊吹警部は、もちろんこのドアの前に立つまで、あらゆる追尾者《ついびしゃ》がいないことを、執拗《しつよう》に確認してはいた。そしてその確認は適切だった。その適切さも警部は理解していた。だが伊吹警部はなお慎重に、直近のトイレに入った。その最後の点検消毒《テンケンシヨウドク》を済ませると、テンキーを偽装した解錠装置の虹彩認証《こうさいにんしょう》をすばやく終える。ジジ、と電子装置が鳴り、ガチャリ、と電子ロックが外れた。もちろん、頭上の監視カメラは、確実に伊吹警部の歩容《ほよう》と顔貌《がんぼう》を認識し続けている。

謎のドアを越えた伊吹警部の右手に、今度は素っ気ない、事務的な金属扉がある。

そのたもとにはやはり認証装置があった。だが、こちらのセキュリティは低い。伊吹警部が警察庁職員証を——むろんICチップに、他の所属とは大いに異なる特殊な記載がある奴だ——サッと翳《かざ》すと、かろやかな電子音とともに、金属扉のロックは無力化された。

眼前にひろがる、何の変哲《へんてつ》も無い役所の執務室。

それこそ市役所と何ら変わりなく、幾人かの公務員が働いている。もっとも、それらは、公務員のうちでも警察官という特殊な人々であり、かつ、警察官のうちでも極めて特殊な幽霊たちであった。

そして幾つかあるシマのひとつ、その頂点に置かれたデスクから、さっそく伊吹に声が掛かる。伊吹は安物の大衆品を偽装した特殊トランクを置いた。実は、その中身とも合わせれば、伊吹そのものより超絶的な価値を有するトランクである。国益、という価値だ。

「ああ伊吹係長、本庁連絡お疲れ様」

「すみません三峰《みつみね》補佐、また三〇分オーバーでした」

「どうせ警備局長秘書の、榊原《さかきばら》嬢でも口説《くど》いてたんだろう？」

「あっは、芳子《よしこ》チャンは確かにいいケツ、してますけどね——

いや真面目な話、課長があのとおりお話し好きで」

「うーん。ブリーフィングに時間が掛かるのはむしろ歓迎だが……課長はブリーフィングそのものより、御訓育《ごくんいく》がお好きだからなあ」

「現場離脱のタイミングに創意工夫を要しますね、はは」

「特に、この情勢ではな……

安保法制に沖縄の基地闘争。憲法九条に原発。戦後七十年談話にジャパン・ディスカウント。我らが社労党《しやろうとう》も、岸内閣以来の盛り上がりだ」

「課長は、社労党シフト原理主義者ですから。そして、御懸念《ごけねん》も尤《もっと》もではあります」

「外事《ソトゴト》・国テロなどは警備警察の亜流に過ぎん、か」

「そこまで公言はなさいませんが。ただ、確実にこうはお考えです……

かつてのソ連。現在の中国、北朝鮮。ここに韓国が含まれるかはさて措《お》き、仮想敵国《かそうてきこく》が対日有害活動を行うのは、仮想敵国ゆえ当然のこと。しかし、こうした仮想敵国は、そうした間接侵略のみならず、最終的には直接侵略を行わなければ、日本国憲法を破棄し、日本国の主権を強奪することはできない」

「一般論としては、そうだろう。スパイは直接戦力にはならんからな。対日有害活動その他の間接侵略によって、国そのものを売り渡させる。そこまで腐らせる。そういうシナリオも当然あるが……

しかし敵国と敵国との関係、いや敵と敵との関係の本質は、陣取り合戦だ」

「そこで、です補佐。

日本国憲法を擁護し、日本国の主権を維持するための『警備警察』という装置。その装置は当然、敵国なり敵の脅威度に即応したパワーシフトをしていなければならない。その脅威度を測定するための方程式は、むろん無数に組み上げられるでしょうが、最もシンプルなものを挙げれば……」

「……そりゃ陣取り合戦なんだから、〈武力行使の意思〉×〈戦力〉となるだろうな」

「そう考えたとき、我が国において、最も主権と憲法の脅威になるのは？」

「それこそ結論は無数に導き出せるが？」

「それじゃあ私、課長室から永遠に撤退できませんので。『お前も佐想郁《さそういく》の中国スパイドラマに気触《かぶ》れたクチか!?』とか気合《くうき》、入れられちゃいますし」

「それでまあ、初任科の教科書どおりの模範解答を呈示したわけだ」

「もちろんですよ――

日本警察三〇万と同数の三〇万現勢《ゲンセイ》を誇り、つまりはオウム真理教系の一〇〇倍以上・極左暴力集団系の三〇倍以上の〈戦力〉を有し、天皇制と私有財産制を廃止して我が国を共産主義化し、つまりは日本国憲法を破棄し、いまだにマルクス＝レーニン主義を放棄してはいない、つまりはいまだに武力革命による政権の強奪を諦《あきら》めていない……」

「……〈武力行使の意思〉を放棄しない社労党こそが、我が国最大の治安攪乱《かくらん》要因である、か。まあその三〇万人がいきなり革命戦士になる、なんていうのも、荒唐無稽《こうとうむけい》な御伽噺《おとぎばなし》だがね」

「確かに。これも古典的な議論ですが、警察官三〇万人。交番《ハコ》のゴンゾウもいれば、我々のごとき胡散臭《うさんくさ》い部隊《グルッペ》もいるわけで。でも、社労党と日本警察。我々は前世紀からの双子の兄弟。こちらがやるようなことは、あちらもやりますし、こちらが考える様なことは、あちらも考えますよ。

とはいえ、個人的には……

　歴史の流れをみたとき、共産主義なるカルト思想に対処するのと、仮想敵国による有害活動に対処するのと……諜報《ちようほう》部門としては、どちらかといえば後者が王道でしょう。かくいう私も外事《ソトゴト》上がりですしね。そういう意味では、中国シフトなり国テロシフトなりは、原点回帰なのかも知れません。大戦前の、アクティブなオペレーションに近いですから」

「それもまさか、課長の前では言わなかったんだろう？」

「警備警察内における国内派と国際派。国内派の首魁《しゆかい》が課長ですからね。それに、社労党が現内閣へ苛烈《かれつ》な艦砲射撃《かんぽうしやげき》を加えているのも事実。そして補佐も御案内のとおり、それに連動して、我々警察への営業を強化してきているのもまた事実……」

「課長が原理主義者だというのを踏まえても、確かに、御指摘は誤ってはいないな」

「現下の情勢を踏まえれば、今は、国内派の方に軍配が上がるでしょう。佐想郁サンはともかく、我々は双子の兄弟を、少しばかり放置し過ぎました。御陰様《おかげさま》で、私風情《ふぜい》が課長にガンガン怒鳴られるとまあ、こうなる訳です」

「まあ、春までの我慢だな。課長お得意の舌禍《ぜつか》がなければ、埼玉本部長あたりに御栄転だろうし。あっは」

「しかし、ブリーフィングもさることながら、本庁まで片道一時間半は実際、厳しいですね」

「距離に比例してリスクがたかまるからな。その点、中野の頃は気楽だったと聴くが」

　ところで。

三峰警視は、仕草だけで伊吹警部を招き寄せた。補佐デスクの前、決裁用の椅子に座る伊吹。後方では仲間の係長が執務をしているが、そして充分、三峰と伊吹の会話を傍受《ぼうじゅ》できる位置にいるが、保秘《ほひ》の心配はない。この室に配属されるのは厳選の上にも厳選されたエリートだ。担当以外のマターを聴き流し、あるいは忘れる技倆《ぎりょう》を持たない者はいない。

「さっそくで悪いが、企画官《きかくかん》の所へ一緒に入ってくれないか」

「了解です――そうしますと、山蔵県の『アプリコット』ですね？」

「まさしく」

どちらかといえば茫洋《ぼうよう》とした、性格も体型も温和な三峰。その眼鏡がぎらりと光った。

「山蔵県からの報告《ベリヒト》を御覧になってな。特別の御下命《ごかめい》があるそうだ」

「『アプリコット』ほどのタマですからね」伊吹もマル対の符牒名《コードネーム》だけですぐに反応した。「これからすぐで、よろしいですか？」

「頼む」

三峰はたっぷりした上着を着、ネクタイを整えた。サンダルを靴に換える。伊吹は本庁から帰ってきたばかりで、サンダルどころか、まだ上着すら脱いでいない。いずれにしても、この奥の院のさらに奥――このセクションの枢奥《すうおう》に個室の執務室を有する『企画官』は、警部の伊吹はもちろん、警視の三峰すら儀礼を要求される、それだけの権威と威厳を備えていた。

三峰の先導、そしてノック。

「企画官、御多忙中失礼します」

「ああ三峰さん、伊吹さんもか、どうぞ」

企画官は、それまで嶮《けわ》しい瞳で見遣《みや》っていたディスプレイから眼を上げる。そして、そそくさとマホガニーの執務卓を離れ、その真正面に設《しつら》えてある応接卓のソファに座った。応接卓といっても、この室を訪れる客人など、警察官ですら絶無である。よって、これは純然たる検討卓であり、要するに密議卓であった。ただ、その調度《ちょうど》の格調たるや、企画官どころか、本庁の指定職級のもの。そもそも、課長未満でしかない企画官に個室など与えられはしない。さらに格上の、総括企画官であったとしても。ゆえにこの『企画官』が、警察庁において異色異例の職であることは、これだけでも明瞭であった。

「まあ、掛けて下さい」

「失礼します」

「失礼致します」

「いきなりですが伊吹さん……マル対、動きましたね」

「はい、四阿《あずまや》企画官。マル対『アプリコット』です」

符牒名《コードネーム》・アプリコット。

警備警察の国内派であれば、家庭と退職金に代えてでも摘発したい太いタマ。

あざやかな警察内諜報網《ちょうほうもう》をつくりあげ、少なくとも一府二県の警察組織をガタガタにしたスパイマスター。極秘指定から事務連にいたるまであらゆる部内情報を吸い上げ、人事情報・不《ふ》祥事《しょうじ》情報までをも立ち所に買い上げてしまう警察官籠絡者《ろうらくしゃ》。警察官に手を出す。警察組織に手を出す――そんな、唖然《あぜん》とする挑発的行為を平然とやってのける太いタマ。警備警察国内派・最大級の賞金首である。敵対勢力の警察組織内への浸透など、組織保全上断じて許しがたいという意味で、また諜報機関としてのメンツ丸つぶれという意味で、絶対に容赦できない。それは戦慄《せんりつ》すべき禁忌《きんき》、宣戦布告の最上級なのである。それを、このアプリコットなる輩《やから》は――

「『アプリコット』の容疑動向が確認されたのは、何時《いつ》でしたっけ警部？」

「それは私が着任する以前の、ちょうど三年前、まさに十二月になります」

「四阿企画官、その工作《アルバイト》は私が管理しておりました」三峰警視が手際よく返答する。「アドレスを基本に、二十四時間態勢。そのあいだ、接線《せっせん》は確認されませんでしたが、執拗《しつよう》な点検《テンケン》動向が認められたため、容疑解明の必要性をA^{+}に設定したものです」

「執拗な点検動向、ね。それが容疑動向だと。だとすれば、かなりのものだったんだろうね」

「まさしく。しかしながら以降三年間、この『アプリコット』工作において、マル接《セツ》を現認《ゲンニン》することはできませんでしたが……」

「……ここへきて唐突に『K』と接線を持った。そうですね伊吹さん？」

「御指摘のとおりです。そして当該マル接において、既報《きほう》のとおりの特異動向が現認できましたので、直ちにこれを本庁直轄工作《アルバイト》に引き上げました。現在、『オペレーション・アプリコット』として鋭意、山蔵県の部隊《グルッペ》に、実態解明を推進させているところであります」

「この三年間、まったく動きは解明できなかったのに、ね」

「まさに。昨夕までは、ですが」

「そこで訊《き》きたいのですが」四阿警視正は笑顔だった。瞳《め》の笑わない笑顔。「伊吹さんは、まさに山蔵県からの出向警部さんだ。

ゆえに第一の疑問。これは真実、A^{+}工作開始後三年間で初のマル接といえるのかどうか？」

「蓋然性《がいぜんせい》の話になりますが、確信水準で、諾《だく》です」

「理由」

「僭越《せんえつ》ながら山蔵県は、関西では大阪に次ぐ実力を有しています。部隊《グルッペ》の練度は、兵庫・京都に何ら劣りません。また指定府県ですから、部隊《グルッペ》の体制にも不安はありません。

これらに鑑《かんが》みれば。

この三年のあいだ、山蔵県の部隊《グルッペ》、しかも最精鋭の『ワクチン』ともあろうものが、マル対に欺罔《ぎもう》され続け、秘《ひそ》かな接線を許していた——そのような蓋然性は、著しく低いものと見積もっております」

「成程《なるほど》。まあ、機動部隊《シュヴァイス》のうち更に非公然、更にエリートの『ワクチン』だからねえ。するとこれは罠《わな》でも疑似餌《ぎじえ》でもなく」

「正真正銘、地公法《ちこうほう》違反被疑事件《ひぎじけん》の端緒《たんちょ》である。そう考えます」

「ならば第二の疑問。何故『アプリコット』はこの時期、これほど無謀なマル接を実行した？」

「三峰補佐とも分析をしておりますが、最も蓋然性のたかい動機は、あの交番連続放火事件であると考えております」

「それは、放火被疑者がまさに『K』である――というのが前提になるね？」

「はい企画官。それも既報のとおりであります」

「優秀らしい山蔵県のワクチンも、まさか『アプリコット』を推進しながら、同時に『K』を追えはしない。それは警視庁規模、大阪規模でなければ、物理的に無理だからね。

ならば『K』の被疑者性に係る直接証拠は？」

「直接証拠はまだ入手できておりません。

ですが企画官、あらゆる状況証拠は、『K』の犯人性を指向しております」

「ふむ、確か――『K』の自転車にプレゼントしたGPS発信機の位置情報、だったか」

「はい。企画官御指摘のとおり、まさに『アプリコット』を推進しておりましたので、『K』については、機械に委《ゆだ》ねざるをえなかったものです」

「ふうん。しかしねえ……」

伊吹警部の背で、激烈に冷たい汗が伝った。

そして四阿企画官は当然、訊くべきことを訊いてきた。

「……どうも、おかしくないかい？

山蔵県のワクチンには『アプリコット』専従を命じていたはず。どうして我々の命に背《そむ》き、我々の事前承認なく、GPS発信機だの、位置情報解析だの、『K』ごときをマル対としていたのかな？　これは立派な抗命《こうめい》だ」

「そ、その遺漏《いろう》につきましては」

「任務懈怠《けたい》ね」

「はい、その任務懈怠につきましては」

「叛逆《はんぎゃく》でもあるよね」

「は、はい。その任務懈怠と叛逆につきましては、既に三峰補佐と私で、厳重な上にも厳重な譴責《けんせき》を行っております。山蔵県の公一《コウイチ》課長も、面目次第《めんぼくしだい》もないと、弁解の余地もないと、猛省《もうせい》と謹慎《きんしん》の意思を示しております。むろん企画官のお許しが出次第、是非とも直接、公一課長が御説明とお詫《わ》びに参上したいと、こうも申しております」

「それもいいがねえ。まず抗命の理由を知りたい」

「……じ、実は山蔵県の警察本部長から、ワクチンに、特命工作が下命《カメイ》されておりまして」

「警察本部長に部隊《グルッペ》の指揮権は無い。ワクチンだろうと、いや機動部隊《シュヴァイス》一般であろうとだ」

「はいそれはもちろん御指摘のとおり。全国の部隊《グルッペ》の指揮権はただ、企画官に専属するものです」

……我が国は、都道府県警察制を採用している。

すなわち四十七都道府県警察、すべてが独立した会社である。その社長は、警察本部長だ。警察庁というのは、飽くまでも比喩的には、持ち株会社に過ぎない。具体的なビジネスは、すべて、四十七都道府県警察がやる。独立してやる。いやそもそも、警察庁には、警察の具体的なビジネスを、執行する権限がない。だからこそ、警察庁には、捜査の権限をもつ刑事ひとり、デモ規制をする権限をもつ機動隊員ひとり、存在しないのだ。どのような警察分野であれ、あらゆる実行部隊は、四十七都道府県にしかありはしない。すると当然、都道府県警察の実行部隊を指揮できるのは、警察本部長である。論理的帰結だ。

　すると。

　たかが企画官警視正の身で、しかも何らの執行権限をもたない警察庁警察官の身で、全国の、何やら怪しげな『部隊』を意のままにする。

　いや、そのような、中央直轄の怪しげな『部隊』が全国に埋め込まれている。都道府県の組織でありながら、実際上、都道府県とは無縁どころかアンタッチャブルな謎の装置として。

　その様なことは、警察法を前提とするかぎり、ありえないのだが……

　しかし、ありえない存在は、ありえない権限をいよいよ、強く行使し始めた。

「そうすると、さ。三峰さんと伊吹さんは、事前報告を受けていたの？」

「いいえ」

「悩ましいねえ。鉄の規律を誇る我が学校《シューレ》で、そんな逸脱工作《ダマテン》をされてしまうなんて」

「あ、敢えて申し上げれば企画官、警察本部長は、あの御方《おかた》で……」

「そうだね。我々のことをよく御存知だし、ある意味、我々のよき理解者でもある。しかし、だ。しかしだよ。だからといって、勝手にワクチンまで動かそうとするのは、重大な越権行為そのものだ――

　それで？　その本部長特命工作というのが、『K』関連なの？」

「山蔵県の政治情勢に鑑《かんが》み、交番連続放火事件を緊急に解決しなければならない――それが警察本部長の御下命だったとのこと。したがいまして、山蔵県のワクチンは、山蔵県の公一課長の、そう、独断で、組織に怨恨《えんこん》をいだいている部内職員対策を、開始したという訳であります。むろん、企画官御下命の『アプリコット』が最優先でありまして、そちらの体制と進捗《しんちょく》には、わずかたりとも影響のないよう、特段の配慮を払っていたことは確認できました。それは徹底的に、検証させていただいております。

企画官、どうか山蔵県を御容赦《ごようしゃ》ください。僭越《せんえつ》ながら、私から伏してお願い申し上げます」

「……伊吹さん」

「はい、企画官」

「あなたは優秀な人だ。処分するには惜《お》しい――山蔵県は、あなたに救われましたね」

「で、では企画官」

「問責《もんせき》は、すべてが終わった後だ。差し当たり不問に付しましょう。山蔵県の公一課長があの警察本部長に叛《さか》らえなかったのも、まあ解りますし、結果的には、恩を売ったことにもなりますからね。

さてそれで。

本部長特命工作によって、偶然にも『K』の動向が解析でき、確認できた。

解析の結果、交番連続放火の当該時間帯、『K』の動線はまさに」

「警察宿舎と犯行場所を結ぶもの。位置情報解析等で、確実に裏付けされております」

「ふむ……
三峰さん、『K』についてはこれまで、どの様な対処を？」

「三年前までは、山蔵県における容疑解明Bのタマとしていました。やや貧弱なウイルスながら、ワクチンにとって、他に美味しいマル対が無かったというのもあります」

「ところが三年前、今でいう『アプリコット』が急浮上したため……」

「……ワクチンを急遽《きゅうきょ》、『アプリコット』に総動員しました。

かといって、『K』をいきなり押っ放す訳にもゆきません。またかといって、これまた地公法違反が立つようなマル接も認知されない。もちろん企画官御指摘のとおり、体制的に二兎《にと》を追えもしない。では『K』対策をどうするか。

そこで、ちょうど春の人事異動期であることをとらえ、山蔵県の公一《コウイチ》課長に指示し、人事措《そ》置《ち》をとらせました。既報のとおりの隔離《かくり》所属へ動かしております」

「その逆恨《さかうら》みが、交番連続放火に結びついた、か……

それだけならまだ解りやすいシナリオだ。陳腐《ちんぷ》な不良警察官の成れの果てでしかない。

だがそこへ、『アプリコット』までが絡《から》んで来るとはね。

嬉しい誤算というか、劇的な展開というか、いやはや」

「『K』と『アプリコット』の直接接触、しかもこの様な態様《たいよう》の直接接触が確認された以上、この交番連続放火も、警察組織への単純な怨恨《えんこん》としてとらえるべきではありません」

「……基礎調査《ヴェッシェ》はどうなっていたのかな。『K』と『アプリコット』との関連性は？」

「こちらの一枚紙にまとめてございますが」伊吹警部は決裁挟《ばさ》みごと、Ａ４の報告書を企画官に手渡した。「接点があるとすれば、この、京都の大学時代かと思料《しりょう》されます」

「なるほどねえ。公然経歴としては、そこしか接点が無いか――」

「――そもそも『Ｋ』の側の公的・私的経歴を洗うことは、児戯《じぎ》ですので」

「そりゃそうだ。警察官だからな。

そしてこの経歴からすると、だ。『アプリコット』が山蔵県に赴任してのち、『Ｋ』が大学時代の御縁《ごえん》から、その指揮下に入った可能性がある。そういうことか」

「『アプリコット』と『Ｋ』の社会的地位を勘案《かんあん》すれば、総元締《コントローラー》めは前者でしょう」

「ならば第三の疑問だけどさ。

何故『Ｋ』は、その総元締《コントローラー》めをも悩ませるような、まさに火遊びをするのかな？」

「……それにあっては」三峰警視は躊躇《ちゅうちょ》した。四阿警視正は、詰め切れていない論点を好まない。それを喋々《ちょうちょう》と語る部下も、だが。「純然たる推測ですが、二点……」

「刑事《ジ》に捕らえられたとき我々を売り、我々に捕らえられたとき社労党を売る、か？」

「御慧眼《ごけいがん》に賛成します、企画官。重ねて、純然たる推測ですが、これは両天秤《りょうてんびん》作戦かと」

「刑事警察と警備警察を秤《はかり》に掛けて、かい。

ならばだ。『Ｋ』が党に捕らえられ、また消されたときは？」

「そうならないための火遊び＝交番連続放火であり、つまるところ脅迫と推測いたします」

「『Ｋ』の動機は、党の脅迫か。ふん、辻褄《つじつま》は合うな。ならばスパイマスター『アプリコット』

が焦燥《しょうそう》するわけだ——

とすると、『K』が最終的に目指すものは？」

「推測の上の結論ですが、金銭的利得かと。『K』は既に、それなりの謝金を受領してきたはずですから、その増額ないし抜本的見直し。どうだろう伊吹係長？」

「三峰補佐と同意見であります。

『K』の口座からは裏付けが獲《え》られませんが、それは謝金の性質上当然のこと。我々の手の内を熟知している『K』が、カネの動きを残すはずがありません」

「それもそうだ。手渡し、裸が最も安全だからなあ。所得税も掛からないしね、あっは」

「その『K』は人事措置前、それなりの警察情報を党に流し続け、それなりの対価を獲《え》ていたはずです。ところが三年前の人事措置後、隔離所属へ追い遣《や》られ、売るべき情報が入らなくなりました。謝金は著しく減額されたと考えるべきです。

そして三年が過ぎ、いよいよ貯《たくわ》えも枯《こ》渇《かつ》した。

すると、『K』はこう考えるでしょう——

総元締め《コントローラー》である『アプリコット』とは縁浅からざる仲である……ところが相手も革命勢力、現勢《ゲンセイ》は我が国随一《ずいいち》なれど、悲しいかな資金事情が潤沢《じゅんたく》とはいえない（三〇万警察も似たようなものですね）……少なくとも官僚組織ゆえ、謝金執行のフレキシビリティに欠ける……尋常《じんじょう》のネゴでは『アプリコット』いや党を動かせはしない……

そこで、いささか自暴自棄《じぼうじき》的ではありますが、火遊びをして価値を上げる。情報ではなく、自分自身の価値です。正確には、我々の情報と党の情報——不倶戴天《ふぐたいてん》の両者の情報を、それなりに記録しているハードディスクの価値を上げる」

「求愛者を、我と自らふやす訳か、成程ねえ。

ところで伊吹さん、山蔵県の刑事《ジ》と警備《ビ》だけどね。そんなに険悪な仲だったっけ？」

「正直なところ、地元のボス級の配置にもよるのですが……

現在は警備《ビ》が優勢です。国際テロ関係で、外事《ソトゴト》がかなりの定員を確保しましたから。ところが山蔵県は、企画官も御案内のとおり、暴力団情勢の華やかな所。組対《ソタイ》部門は慢性的に定員不足です。これと生安《ナマヤス》の、躍進《やくしん》著しいサイバーが、常日頃から定員の奪取を図っている。すると当然、組対＝生安連合が、警備に挑戦する形となる。言葉の正確さはともかく、捜査部門が情報部門に挑戦する形となる。

単純化すればその様な図式です」

「すると、もし『K』が放火犯として刑事《ジ》の手に落ちれば」

「『K』《ユル》は自分をたかく売却しようとする。自分がスパイである事もふくめ。さすれば、警備《ビ》の緩さは徹底的に追及されるでしょう。身内のウイルスひとつ、摘発できなかったのかと。十年二十年と、何を遊んでいるんだと。

その上、警備《ビ》が山蔵県の警察本部長にすら隠れて、非公然の情報活動を実行している事も自白される。刑事《ジ》にたかく売却される。その御注進《ごちゅうしん》を受けた警察本部長から、警備《ビ》は蛇蝎《だかつ》のごとく忌《い》まれ、激昂《げっこう》され、よって懲罰《ちょうばつ》されるでしょう」

「すなわち、警備部門の大規模な定員削減……いや、それどころか」

「我々の部隊《グルッペ》の解体まで、踏みこまれるかと」

「さかしまに、警備《ビ》が、『アプリコット』検挙につながる『K』を獲《と》れば」

「政治的に処理するとせよ、事件として処理するとせよ、警察本部長の類《たぐ》い希《まれ》なる実績となるでしょう。十年二十年の執念《しゅうねん》が、警察部内のスパイ一掃につながったのだと」

「そのときに我々の評価と位置付けがどうなるかは、語るまでもない、か」

キャリアの警視正である四阿企画官。

推薦組の警視である三峰補佐。

地元組の出向警部である伊吹係長。

三者は三者とも、容疑解明事件チャートを理解した。脳裏に関係者と矢印が描かれる。

「よく解りました、三峰さん、伊吹さん――」

三峰補佐。山蔵県の公一課長に、私からの下命《かめい》を伝達して下さい」

「承ります」

「『オペレーション・アプリコット』は、企画官直轄工作とします。ワクチンのマル対は、引き続き彼女でよい。ただし山蔵県の他所属から機動部隊《シユヴアイス》をすべて引き抜き、ワクチンの指揮下に入れ、『K』の行動確認をも二十四時間で実行すること――」

もちろん、私の直轄工作ですよ。今後はイタズラの無いよう、山蔵県には厳しい指導を。

では最後の質問ですが伊吹さん。山蔵県のワクチン、この任に堪《た》えますか？」

「僭越《せんえつ》ながら――」

山蔵県から来ている伊吹に、他の答えは許されなかった。眼前の官僚は独裁者だ。

しかも。

本来なら都道府県警察に何らの指揮監督権をもたない、それでいて都道府県警察の闇を思うままに繰《あやつ》る予算と特権を認められた、『学校《シューレ》』の『学校長《シューレライター》』なのだ……

先生《レーラー》でしかない伊吹は断言した。

「――必ずや我等《われら》『アサヒ』の期待にこたえるものと、確信いたします」

「ああ、三週間以内でね」

「……かしこまりました、企画官」

山蔵県能泉《のうせん》警察署・刑事第一課大部屋

確実な予感とともに。

僕はPSの階段を駆け上がり、刑事一課の大部屋に入った。

腕時計を見る。火曜日、午前六時四五分。

開け放たれている刑事一課は、不夜城だ。誰もいなくても、終夜、蛍光灯がついている。

けれど僕は、そこに、彼女がいることを知っていた。

また、彼女だけがいることも知っていた。刑事の朝ははやいが、さすがに出勤前だから。

……一五〇cmそこそこしかない彼女。警察官の制服に着られているようだ。

もう、年季の入ったフロアの掃き掃除も、唸《うな》るほどあるデスクの拭き掃除も終えたらしい。既にコーヒーメイカーをセットし、ポットで湯を沸かし、急須《きゅうす》と湯呑《ゆの》みを整えている。

僕は、刑事一課の大きなドアのたもとで、凝《じ》っと彼女を見続けた。給湯関係の棚は刑事部屋のいちばん奥――ボス室である刑事次長室の近くにあるから、僕と彼女は、中学校の教室の対角線ほどは、離れていることになる。

(刑事次長室……佐潟《さかた》次長の部屋……)

もちろんそこは、彼女が今朝、真っ先に掃《は》き清め拭《ふ》き清めた彼女の聖域だ。さぞ甲斐甲斐《かいがい》しく、さぞ献身的に。僕にはそれがこの上なくリアルに想像できた。だって佐潟次長は、彼女にとって神に等しいから――

胃袋と臓腑《はらわた》がカッとなる。

そしてそれは、彼女がとある湯呑みを胸に抱いたとき、最高潮に達した。

その湯呑み。

彼女がまだここの刑事だったとき、思わず割ってしまった（とかいう陳腐《ちんぷ》な言い訳で）代わりに買ってきた次長の湯呑み。優しい鼠色《ねずみいろ》にあざやかな金の釉《ゆう》がこぼれ、つつましい紅の花が咲き、そしてチョコレートのラインがフランス料理みたいに描かれた、西洋風の九谷焼《くたにやき》だ。

『何だよ自棄《やけ》に派手だな。チャラいの買ってきやがって。湯呑みなんてなあカサがあればいいんだっての。これだから若い奴はよ』……

（そう怒られたと言って、彼女は笑っていた。そして佐潟次長はそれからずっと、その湯呑み

を愛用している）

そう、彼女を刑事一課から追い出した後も。

そして追い出された彼女は、依然として、まるで絆《きずな》のように朝の掃除をし、朝の飲物を整えている。いや、次長室の掃除をし、あの湯呑みを整えている。

自分が何故追い出されたか、追い出されてなおどう扱われているか、実はすべて解っていながら。

胃袋と臓腑《はらわた》がカッとなる。

それこそ僕自身が放火されたかの様に、躯《からだ》の内側が、どす黝《ぐろ》い炎で焼かれてゆく。

これ以上彼女に嫌われちゃいけない――

そう叫ぶ理性の声は吹き飛んだ。だって、彼女は騙《だま》されているのだから。

そうだ。

彼女を救えるのは、すべてを知るこの僕しかいないのだ。

僕は無理矢理、ゴム底の官品靴《カンピン》で脚音《あしおと》を立てながら、一気に彼女へ肉迫した。

「菜々子《ななこ》」

「啓太《けいた》」

「どうして地域《チイキ》の菜々子が、刑事一課の下働きをやってるんだ？」

「……下働き」

彼女は例の湯呑みを胸から下ろした。まるで僕から隠すように。

「そんな考え方をしているから、どこの専務《センム》にも眼を掛けてもらえないのよ」

「その専務から追い出された菜々子に言われたくないね」

「……喧嘩《けんか》を売りにきたの？」

「お茶汲《く》みなんて止めろったら!!」

「何するの!!　離してよ!!」

僕の延べた腕は、しかし徹底的に拒絶された。それはもう徹底的に。だから揉《も》み合いにすらならない。

「出ていって。ここは神聖な場所。地域のあなたには侵せない聖域だわ」

「菜々子だって今は地域だろ。せっかくあれだけ頑晴《がんば》って強行《キヨウコウ》の女警ポスト、勝ち獲《と》ったのに。今じゃあ交番に逆戻りだ。そんな制服姿で、未練たらたら、刑事部屋に出入りしてるのはみっともないぜ」

「たとえ一年半だとしても、お世話になった先輩方に礼儀を尽くすの、当然でしょ」

「そのために、当務《とうむ》が明けた朝、六時に起き出してかい」

「女性警察官は、ＰＳで七時まで仮眠時間。その遣い方を、あなたにどうこう言われたくないわ」

諏訪《すわ》菜々子巡査は、能泉駅前交番の女性警察官だ。少なくとも今は。

交番勤務は二十四時間。交番勤務員は交番に泊まり、翌朝、ＰＳに帰ってくる。

こうした制服勤務をする人々を、警察では『地域《チイキ》』という。

反対に、警察署で日勤の勤務をする人々を、『専務《センム》』という。

ところが、女性警察官が泊まれる施設の整った交番など、山蔵県にはない。菜々子の能泉駅前PBは大箱《オオバコ》だけれど、まさか女警用《ジョケイ》仮眠室なんてない。それどころか、女警用更衣室も、いや女警用トイレすらない。

だから、菜々子は『地域』なのだが、夜の三時にはPSに上がってきて、PSの女警用仮眠室を使う。それが菜々子のいった『七時まで仮眠時間』の意味だ。そして菜々子のいうとおり、仮眠は義務じゃない。わざわざ一時間もはやく起き出して——ひょっとしたら眠ってないのかも知れないが——御丁寧にも、自分を追い出した『専務』の下働きをする。

（それはもちろん菜々子の勝手だ）

だが、菜々子にその自由があることと、それがマトモな選択かどうかは、全然違う。少なくとも僕には、それが到底マトモであると思えない——僕がそれを指摘しようとすると、菜々子は僕とは頭ひとつ違う位置で顎《あご》を反らせ、腕組みしながら機先を制した。

「啓太こそ……黒瀬《くろせ》巡査こそ、こんな時間に何をしているの？　あなたは市役所前交番で、八時半まで勤務しているはずよね？　だからまだ制服、着てるんでしょ？」

「そっ、それは、いや、六時前に物損《ぶっそん》事故の扱いがあったから……」

「あっきれた。物損事故の扱いで、どうしてPSに帰署する必要があるの。ちゃんと無線報告したの？　公用携帯にはマンロケ機能もあるのよ？　基本勤務から逸脱《いつだつ》したらどうなるか、学校時代から叩《たた》きこまれてるじゃない……」

まだ時間はあるわ。すぐに自転車で帰って。お願い。

僕はその『お願い』に、そして次第に昔の様になってゆく菜々子の口調に、微《かす》かな希望と橋を見た。そうだ。菜々子は騙されているだけだ。それさえ解決すれば、僕らはきっとやり直せる――

「し、心配だったんだ」

「……地域課長も、あなたの言動、奇妙に思ってるわよ。あなたの方が心配」

「だったら菜々子、僕の話を」

「あなたの言葉を借りれば」それでも菜々子は攻撃的じゃなかった。「未練たらたら、みっともないわ」

「だったら、同期として、警察学校の同期として――おなじPSに卒業配置された仲間として」

「その関係を壊して、もっと違うものにしたのはあなたでしょ」

「僕と、菜々子だよね？」

「そう、私とあなた!!　けれどそうした時点で、もう何があろうとも、同期の関係なんかにもどれるはず無いでしょ!!」

「だったら!!」僕はまるで被疑者を追い掛けるように。「諏訪巡査と佐潟警視だってそうだろ!!　ああした時点で、何があろうと、上官と部下の関係にもどれるはず無いだろ!?」

そんなに佐潟に抱かれたいのかよ!!

……僕は、絶叫していたのかも知れない。

そしてそれは、誰が聴いているかも解らない教室みたいな刑事部屋に、大きく響き渡ったのかも知れない。何故なら、そのこだままでが、大きく跳ね返ってきた気がしたからだ。

菜々子は、紅潮させていた頬《ほほ》を蒼白《そうはく》にしながら、ただ無言で震えている。

それは怒りのようでもあり、悲しみのようでもあったけれど。

しかしそれ以上に軽蔑だった。突き刺さるほどの軽蔑だった。

「……黒瀬巡査」

「な、菜々子違う、今のは」

「警察学校の同期として、最後の忠告、いえお願いをするわ」

「最後だなんて」

「すぐにPSを出て、市役所前PBに復帰して。もうじき人も来るから。

……私は専務を出されるだけで済んだわ。地域という受け皿があったから。女性警察官は、おとこより潰《つぶ》しが利くから。でも男性警察官はそうはゆかない。まして地域の男性警察官は。まして巡査三年生の男性警察官なんて、警察では虫螻《むしけら》以下。もしあなたが、私のせいで職を失うことになったら……それは誰も、そう私も、絶対にしあわせにしないこと。それだけは解って」

黒瀬巡査。

その二人称は、もう変わり様のない、確乎《かっこ》としたものだった。微かな希望と橋など、どこにもありはしなかった。いや、それは最初から解っていた。離《わか》れたときから解っていた。菜々子は誰にでも優しい。残酷なほど。そう、未練たらたらの僕に誤解させるほど、口調も心遣いも優しい。

（けれど、その優しさも儚《はかな》さも、もう僕とは関係がない。

それは今、佐潟次長だけのもの——）

疑問も詰問《きつもん》も、幾らでもあった。待機宿舎《たいきしゅくしゃ》で、指折り数えて用意していた。

どうして僕より佐潟次長なんだ。

あんな脂ギッシュなビール腹のどこがいいんだ。

組織にも署にもバレバレなのに、どうしてそこまで尽くすんだ。

揉《も》み消しのために捨てられて、刑事を干されて地域に出され、悔しくないのか。

佐潟次長が署長《オヤジ》からも副署長《オフクロ》からも、監察からもお咎《とが》めナシなの面妖《おか》しいだろ。

警察本部の総務課で議会担当やってたからって、汚い政治力を使うなんて最低だ。

いやそれとも。

それとも……

（詰め腹を切った形だけつくって、それでふたりとも開き直って、まだ続けてるのか!?）

けれど。

僕の疑問も詰問も、ことごとく言葉にはならなかった。

ぽとり。

染み入るほど重い音を立てて、大粒の涙が、刑事部屋のフロアに落ちたから。

その菜々子の、涙——

(何を、誰を思っての涙なんだ……)

事ここに至ってそんな風に考える、自分がどうしようもなく下卑《げび》たモノに思えた。つまり、その涙と音のお陰で、僕はストーカーから元彼にもどれたことになる。

「……解った、帰るよ」

「ありがとう」

「ひとつだけ、教えてほしい。ううん、同期の黒瀬巡査として」

「なら私も、諏訪巡査として答えるわ」

「昨日の月曜日は当務。だから今朝の勤務が終われば、今日は非番だ」

「……そうね、地域は三交替制だものね、それが？」

「地域は三交替制だから、おとといの日曜日は休務だよね。

日曜日の夜、午後七時くらいだけど、どこにいた？」

「待機宿舎にいたわ」

僕の待機宿舎というか独身寮は男性警察官専用だから、菜々子の宿舎とは違う。菜々子は、ワンルームマンション形式の、女性警察官専用階のある待機宿舎に住んでいる。僕は元彼として、その宿舎をよく知っていた。それは当然、この能泉PS管内にある。そしてそこからは、能泉PSのどの交番・駐在所であっても、自転車で行って行けないことはない。徒歩ではかなり厳しいが。そして、菜々子は免許を持っているけれど（免許を持っていない警察官は存在しない）、自分の自動車は持っていない。

（移動距離を考えれば、自転車ということになるけれど……）

僕は直接、当てることにした。

「鳥羽台《とばだい》駐在所に、行ってたんじゃないのか？」

「ああ、そのこと」菜々子の瞳は潤《うる》んでいたが、口調は微塵《みじん》もゆらがなかった。「それなら午後八時くらいよ。また交番放火があったって騒ぎになったから、人手が要ると思って出たの」

「休務だし、能泉駅前PBの仕事でもないよね？」

「それがお望みなら、刑事一課の役に立ちたかったから」

「ということは」

「それがお望みなら、刑事次長の指揮下に入ったわ……」

諏訪巡査として答えるべき内容は、ここまでだと思う。そうじゃない？」

「学校の清里《きよさと》教官には、相談しているのかい？」

「大丈夫よ」菜々子はくるりと踵《きびす》を返した。「私のことは、気にしないで」

彼女はもう、制服の背中姿しか見せようとせず。

まだフル装備の僕は、拳銃と無線機の重さをいっそう味わいながら、刑事部屋を出た。

東京都千代田区霞が関・中央合同庁舎2号館某所《ぼうしょ》

「ツルタ館長から、御下命《ごかめい》があったわ」

「杏《アンズ》ですね」

「確かに、機は熟しつつある」

――霞が関の、中央合同庁舎2号館。

戦前は内務省ビルと呼ばれ、戦後は人事院ビルと呼ばれた庁舎だ。平成も二桁に入ってからは、二〇階を超えるインテリジェント・ビルに建て換わっている。瀟洒《しょうしゃ》な赤煉瓦《あかれんが》は、重々しい銀白の石壁に生まれ変わり、ようやく隣の警視庁の背をわずかに越した。

合同庁舎だから、複数官庁が入っている。総務省、警察庁、国土交通省……

入館そのもののセキュリティも厳しいが、さらに警察庁は、独自の国境管理を行っている。入館してから警察庁に入る動線は事実上、ひとつしかない。一六階以上最上階までを占める、警察庁へのゲートもエレベータも、この役所専用である。だから例えば、一九階で勤務する警察官が、総務省の会議に出ようとすれば、警察庁エリアを出、わざわざエントランスまで下りて、また総務省エリアへ入ることとなるのだ。

さて。

この庁舎は、かつての内務省ビル。内務省というのは、日本警察の総本山だった。したがって、赤煉瓦庁舎の頃から、隠微《いんび》で大胆な絡繰《からく》りに事欠かなかった訳だが――

インテリジェント・ビルに生まれ変わっても、その遺伝的本能は、影響を受けなかった。いやむしろ、戦前の五階建て煉瓦ビルより、二一階建てハイテクビルの方が、遥《はる》かにその本能的欲求をかなえやすい。複数官庁が入っていて、それぞれセクショナリズムが強く、動線は意図的に分離され、階段への扉にもエアロックの様なセキュリティ——これで内務省直伝《じきでん》の絡繰《からく》りを導入しなかったら、それこそ警察の神様に申し開きが立たない。

と、いうわけで。

既に供用以来、十年以上が過ぎた今、中央合同庁舎2号館は、伏魔殿《ふくまでん》と化していた。もちろんそれは、警察庁が設計者も吃驚《びっくり》の絡繰りをほどこしているからである。当然、警察内にも強いセクショナリズムがあるから、その絡繰りは各専務部門ごと、排他的な、精緻《せいち》を極めたものとなる。まさに『隣は何をする人ぞ』だ。

しかしながら。

それとて、公然警察官の絡繰りである。

なるほど非公然部門にはなっているが、それは物理的に非公然とされているだけだ。

日本警察に、秘密警察はない。

すべての警察官は、国か、都道府県に採用され、公務員に任用され、公務員として労務管理されるから。公務員の名簿と、警察官の名簿に載らない者は存在しないし、さもなければ年金、健康保険、各種手当などの処理ができないであろう。かつての社会主義国のように、『存在しない警察官』の『存在しない組織』などは、ありえない。日本警察では、仮にある警察官が、物理的に非公然とされている所属に配置されたとしても、警察官のノーマルな異動サイクルに遵《したが》って、また公然部門へ帰ってゆく。

そう、これを、我々が知る例でいえば――

あの怪しげな、警察大学校に隠れ棲《す》む四阿《あずまや》企画官とてそうだ。警察キャリアのノーマルな異動サイクルに遵って、次は警察庁交通局の企画官をやっているかも知れない。千葉県警察の刑事部長をやっているかも知れない。推薦組の三峰補佐は、畑を変えることはないだろうから、本庁警備局の課長補佐か、富山県警察の公安課長に出るかも知れない。出向者の伊吹係長は、何かの拍子で四阿警視正の逆鱗《げきりん》に触れないかぎり、無事故郷の山蔵県警察に帰り、やはり畑を変えず公安一課の課長補佐となるか、抜擢《ばってき》されて警務《けいむ》課《か》の課長補佐になるだろう。いずれも職員名簿に載る、公然警察官にもどるわけだ。

それが、役所というものである。

そう、それが役所であるかぎり――

ところが。

今、中央合同庁舎2号館の、高層とも地下とも知れぬ某所《ぼうしょ》にいるふたりは、そもそも役所に所属してはいなかった。ふたりが所属しているのは、警察庁ではない。だからふたりは、階級こそ与えられているが、真実の警察官でもない。ふたりは、まさに『存在しない組織』に属する亡霊であった。物理的に非公然とされているどころか、実存そのものが非公然とされている亡霊。

それを本当に警察と呼ぶべきかどうかは別論、この組織こそまさに、いわゆる秘密警察である。

亡霊たちは、自らの組織をこう呼んだ。

国立国会図書館・警察庁支部と――

そしてその実態を死に物狂いで追及する、自衛隊と警備警察はこう呼んでいる。

地獄の番犬を統率《とうそつ》する魔女『ヘカテ』と――

確かに今。

大学総長のごとき荘厳《そうごん》な執務室で、艶然《えんぜん》と微笑《ほほえ》んでいる女は、魔女というにふさわしい威厳と魅力と、そして魔術的なプレッシャーをそなえている。エカテリーナⅡ世というのは、あるいはポンパドゥール侯爵夫人というのは、このような女性だったのかも知れない。事実、彼女はヘカテのなかで女帝と呼ばれている。もちろん、これを二人称として用いる図書館員はいない。図書館の副館長である彼女は、図書館長であるツルタカズオにならった符牒名《コードネーム》でいえば『ツキノカズミ』であり、図書館叩き上げの最高峰『レイディ・ヘカテ』であった。

その、ツキノカズミは。

悠然《ゆうぜん》と執務椅子を回転させながら、眼前の部下を見据えた。キクカワイツキ。もちろん図書館員であり、したがってツキノ同様、社会的な亡霊である。そして亡霊たるツキノ警視正は、亡霊たるキクカワ警部に、重要な下命《かめい》をくだそうとしていた。

「山蔵県に神室《かむろ》副知事が赴任して、いよいよ三年になるわね」

「電子メールの暗号は他愛のないものでした。杏《アンズ》は引き続き、社労党《しゃろうとう》の非公然党員です」

「四阿《あずまや》の坊やの、アサヒはどう動いているの？」

「人海戦術です。アサヒには、通信傍受も衛星監視も禁じられていますから」

「せいぜい秘《ひ》聴器《ちょうき》とGPS発信機、そして防犯カメラ……合法組織というのも大変ね」

そう言いながら、ツキノ副館長は、アサヒの実力と真価を過小評価してはいなかった。図書館は電子諜報《シギント》と画像諜報《イミント》を、アサヒは対人諜報《ヒューミント》を家の芸としているが、それはアサヒが合法的な警察組織であるから。そしてそれを遵守《じゅんしゅ》しようとしているから。それだけだ。

（断じてアサヒに能力がないわけではない）

まして、図書館が電子戦を重視しているのは、アサヒほどの人的規模がないから。アサヒが本気になれば、四十七都道府県をその手脚《てあし》とすることができる。すなわち、日本全国一、二〇〇警察署が瞬時に、アサヒの支部となりうるのである。

（図書館員の規模など、アサヒの動員力の〇・一％すらない……）

そしてアサヒは、それだけのスケール・メリットがあるからこそ、戦前からの伝統芸能である、人海戦術の対人諜報《ヒューミント》を墨守《ぼくしゅ》することができるのだ。正直、ツキノはアサヒを羨《うらや》んでいる。厳選されたエリート警察官による人誑《ひとたら》し。鉄壁の諜報網《ちょうほうもう》構築。あるいは水も漏らさぬ二十四時間行動確認。それらは、マンパワーとクオリティがあればこそだ。

（なるほど図書館員こそは、日本に存在するあらゆる諜報機関員のうち、最上等最上級のもの）

ツキノはそれを疑ったことがない。さもなくば、ツキノ自身すら破廉恥《はれんち》と思う秘密警察が、国民を徹底して欺《あざむ》きつつ、七〇年も存在できたはずがないのだ。図書館と図書館員は、国家と国益とに必要とされている『帝陛下《みかどへいか》の諜報員《ちょうほういん》』である。

だが――

いわば政治職たるツキノは、絶えず考え続けなければならなかった。

(人的規模からして、そして大義名分からして、図書館がアサヒを吸収することはありえない。ところがさかしまに、アサヒが図書館を吸収することには、それこそ錦《にしき》の御旗《みはた》がある……そう、図書館オーナーの五ツ星が、アサヒに非合法活動を容認しさえすれば。そして、その諜報機関リストラクチャリングには、A4の紙一枚すら必要ではないのだ)

図書館は、五ツ星の私兵《しへい》。アサヒが渇望したとて許されない濡れ仕事、穢《よご》れ仕事をこなすための、そしてそのためだけの、五ツ星の飼い犬だ。なら、その五ツ星の決断ひとつ舌先ひとつ、いや機嫌ひとつで、たちまちアサヒに吸収合併されてしまうだろう。それこそ警電《ケイデン》一本でよい。するとあのツルタカズオは――五ツ星の代理人として二年ごと図書館を支配するツルタ館長は、嬉々《きき》としてその下命を容《い》れるだろう。

(そして、今度はアサヒの企画官より上位に立つ形で、警察系諜報機関の一本化とその支配を謀《たくら》むに違いない……特に今のツルタカズオは、先代のようにストイックではない)

もちろん、ツキノは図書館の副館長まで叩き上げた諜報員。単純なセクショナリストであろうはずがない。帝陛下の諜報員、という自負は、図書館の誰より強い。だから、それがどのような組織であろうと、日本の国益に適《かな》えばそれでよい――そういう性根《しょうね》はある。よって極論、手塩に掛けてきた図書館員たちが冷遇され侮辱されることがなければ、図書館という組織そのものに執拗《こだわ》るつもりは微塵《みじん》もなかった。とはいえ――

(七〇年。七〇年。

戦後七〇年、ヘカテとアサヒは違う水、違う餌《えさ》、違う鞭《むち》で育てられてきた……

この二匹の猟犬が、つがうことなどありえない。おなじ厩舎《きゅうしゃ》に入れたとすれば、死ぬまで臓《ぞう》腑《ふ》を喰い合うだろう。そして血を残すのは、疑い無くアサヒとなる。図書館には、アサヒと正面対峙《たいじ》するだけの兵力が無いのだから……)

最大限譲歩して、対等合併。

そのための、五ツ星の確約と確証、担保措置《たんぽそち》。

そしてそのための、図書館としての実績づくり。

(それが今、国立国会図書館・警察庁支部の置かれている情勢だ。

だからこそ。

五ツ星に恩を売る。アサヒに花を持たせる。敢えてそうする。

その絵を見事に描ききれば、五ツ星は、我々の力を再確認し、我々の血を残そうとする。必ずそうする)

――ツキノ副館長が沈黙していたのは、わずか一〇秒前後だったが。

その沈黙の意味を、執務卓の前に立っているキクカワイツキは充分、理解した。ツキノ警視正もまた、キクカワ警部の理解力を評価している。だから必要な確認は、数語で終わった。

「それでも四阿の坊やは、荒事《あらごと》が好きみたいよ、用心なさい」

「求愛されたら、まずハニトラの援助交際でも仕掛けましょうか、あっは」

「そうね、坊やはシャワーを浴びている内に、財布の中身を剝《は》ぎとられるタイプだわ――さて。

そうすると、アサヒは杏《アンズ》の容疑解明、まだできていないのね？」

「まさしく。

人海戦術による直接接触の採証。それがアサヒの基本です。よってアドレスで二十四時間の行動確認をしていますが、杏が社労党と直接接触をしていない以上、採証も写真撮影もありえません。

しかもアサヒが杏をマル対としたのは、わずか三年前のこと」

「以降、行動確認フェイズではあるが、まだ確証は獲《え》ていない――か」

「アサヒの対人諜報《ヒューミント》方式では、それが限界です」

「ただ現認《ゲンニン》するなりして確証を獲《え》れば、それこそ人海戦術で急展開させてくるわよ」

「直接接触の動向は、各種傍受《ぼうじゅ》で確実に押さえられます、アサヒに先んじて」

「現在のところ、兆《チョウ》は？」

「感度《メリット》ゼロ」

「い、いい、あの警察官の基礎調査は？」

「アルルカンですね。終えています」

「実態は？」

「ワクチン部隊の過剰反応。かつてダブルを務めたことはありますが、現在は杏からも社労党からも、まったくコンタクトなし。すなわち現在、アルルカンはウイルスでも何でもない。タマが無かったからでしょう、アサヒの趣味的な妄想と錯誤《さくご》に過ぎません」

「最後に杏との接触があったのは？」

「八年と九箇月前。以降は没交渉《ぼっこうしょう》です。アルルカンの実家にある、例の金庫のカネも動いてはいません」

「なら謝金もなし、か。

そうすると、火のない所に派手な煙を立てないといけないわね。できそう？」

「そのために、私を図書館に招かれたのですよね？　御期待にはおこたえします」

「ならばアルルカンは動く――

杏のプロトコル分析結果は？」

「八六・五％の蓋然性《がいぜんせい》で、アルルカンが蠢動《しゅんどう》を続ければ、自ら動くと出ています」

「神室副知事もとんだ飛び火ね。そして山蔵県庁にまで火の手が及べば――」

「――樽水《たるみず》本部長は必ずお立ち台に上がる。ちなみにプロトコル分析によれば、自ら接触に及ぶ蓋然性は、実に九三・三三％」

「最も重要なのは、タイミングよ。

すべては連鎖している。どの極をどう接触させるか。必要なのは火花であって、燎原《りょうげん》の火事ではない。統御できない火遊びは、ただのバクチだわ」

「それぞれの着火は確実に工作します、ツキノ副館長」

「よろしい。では最後に——

五ツ星を刺激してはならないわ。図書館とアサヒ、どちらのオーナーでもあるのだから。したがって、アサヒが泥を被《かぶ》ったり、公然とメンツを穢《けが》される事態にするのは論外。アサヒの企画官直轄工作『アプリコット』は成功させつつ、それでいて確実に、山蔵県警察本部長を排除しなければならない。これも車の両輪。

どちらが失敗しても、我々の敗北と受け止めなければならないわ」

「了解しております、ツキノ副館長。

我々とて、無意味に山蔵県警察を弱体化させたいわけでも、治安攪乱《かくらん》要因に助勢《じょせい》したいわけでも、アサヒの自尊感情をキズつけたいわけでもない」

「御明察よ。片方にその要請がある。そしてもう片方には当然、五ツ星の御勘気《ごかんき》に触れた警察官僚さんを排除する要請がある——

その歳《とし》で青短《アオタン》係長を命ぜられたエース。あなたならできるわね、キクカワイツキ?」

「レイディ・ヘカテ」キクカワは恭《うやうや》しく頭《こうべ》を垂れた。「図書館員に失敗の二文字はない。これまでも、そしてこれからも」

「結構」

ツキノカズミは執務椅子から優雅に立った。それは権力だった。

「QS-7号の開始を、図書館として決裁します」

第2章

山蔵県不忍《しのばず》市・山蔵県警察学校

この水曜日は、公休《こうきゅう》だ。

地域の三交替は、当番‐非番‐公休。実のところ、三日目は本当は公休でなく『日勤』だけど、ほとんど日勤の指定をされる事はない。小中学校と一緒だ。昔は土曜日に半日、学校があったと聴く。それが週休二日になって、土曜日は休みに変わった。地域警察官も、週休二日になってから、三日目の日勤日が休みの扱いになったのだ。私が物心つく前、既にそうなった。だから、いま警察官三年生である私の世代だと、もうそれが当たり前で、たまに本当の『日勤』が入ると、ガッカリするくらいだ。

いずれにしても。

この水曜日は、日勤日だけれど、公休だ。完全オフ。

地域警察官のつらくて、そして嬉しいことは、曜日の感覚と無関係に仕事をすること。だから、GWでもお正月でも連休なんてとれないけど、水曜日だの木曜日だの、勤め人がいそがしいとき、街がやや暇なときに、ぶらぶらと休める。

だから私は、この休務《きゅうむ》を使って、以前から招かれていた所へ顔を出すことにした。

少し寝坊してから、ワンルーム形式の待機宿舎を出て、ＪＲ能泉《のうせん》駅前に出る。

目的地が目的地だから、カッチリしたスーツ姿。パンプスは制服用の官品で足りる。――ロータリーに立つ能泉駅前PBは、私の勤務場所だ。改装されたばかりで、女性警察官にも少しだけ使い勝手がいい。だから嫌いじゃないけれど、休みの日にまで見たくはない。私は極力、駅前PBからの視線と動線を避けながら、ささやかなバスターミナルで07不忍《しのばず》系統のバスに乗った。街は静かで、バスも空《す》いている。というか、乗客は四人しかいない。この系統は、能泉市郊外の病院、介護施設、保養所などへむかうバス路線。平日の午前一一時ちょっと前だと、使う人も稀《まれ》だ。牧歌的な路線。乗って二〇分もすると、車窓はたちまち山村みたいに侘《わ》びてきた。既に能泉PS管内を離れ、郊外を受け持つ白樺《しらかば》署管内に入っている。そして草深い山あいのその先に、私の目的地はあった――

山蔵県警察学校だ。

三年前。私は京都の大学を卒業して、山蔵県警察に就職した。その新卒の春から、山蔵県巡査になった。だから、しばらくここに幽閉されながら、無数のカルチャーショックを受けながら、濃密な時間を過ごしたのだ。自分で自分のことは解らない。ただ、同期の女性警察官のうち首席で卒業できたから、無我夢中で頑晴《がんば》ってきたんだと思う。そして、そのことが私の人生を、かなり変えたようだ。

あの人との出会い。

スカウトと抜擢《ばってき》。

幾度の年末年始を卒配《ソツハイ》交番で過ごすのだろう――なんて思っていたら、巡査二年生のとき、たった半歳《はんとし》で本署の刑事に引き上げられてしまった。巡査一年生は学校生徒だから、そもそも員数外《いんずうがい》。だから実際のところ、実務経験半歳で、いきなり専務員になってしまったのだ。もちろん『女性警察官だから』という特殊事情はある。被疑者であれ参考人であれ被害者さんであれ、女性でなければ対処できないケースは少なくない。そもそも女警《じょけい》は圧倒的に不足しているから、専務には、わずかだけど女性枠がある。私が巡査二年生のときの刑事一課にもあった。そして幸か不幸か、先輩の昇任異動でポストが空いた。

そのとき私は。

もうあの人とは離れられない関係に——死がふたりを離《わか》つまで、という深みにまで——なっていたのだ。その力が陰に陽に、働いたのはあきらかだ。

結果、私は能泉駅前ＰＢの制服警察官から、能泉警察署刑事一課の女性刑事に登用され、男性警察官からしてみれば、チート的な栄転をはたしたのだった。

（それから、一年半……）

刑事としての日々は、激務だったけれど、充実していた。

街ゆく女の子であれば、羞恥《しゅうち》と恐怖で絶対に拒むような酷《ひど》い現場にも酷い命令にも、平気で耐えられた。警察に、セクハラなんて言葉はない。いや、それをいうなら、刑事の仕事そのものがセクハラ的な要素をふくむ。女性刑事が、男性の変死体を丸裸にして、躯《からだ》のすべての部位を確認しては記録し、清めることなど日常茶飯事《にちじょうさはんじ》なのだから。また女性刑事が動員される性犯罪など、捜査そのものが、言葉はともかく下ネタである。最初の二週間は、耳を疑う命令ばかりだった。それ以降、時に破廉恥《はれんち》ともなる激務に耐えてこられたのは……佐潟《さかた》刑事次長が、陰に陽に、見守ってくれていたからだ。

そう、事態が急変するまでは。

私は修羅場《しゅらば》に追いこまれた。

それはある意味、私が望んだことだ。私が望んだことの結果だ。

何時《いつ》になるのかはともかく、私が確実に予期していた事でもある——

密告の電話。密告の手紙。もちろん匿名《とくめい》の。これだけ狭く濃密な組織だ。そうならない方がおかしい。そして警視と巡査の『不適切な関係』など、警察では最も外道《げどう》とされている。署長クラスと新人だから。『どうせやるなら、せめて熟年熟女どうしにしろ』という意味で、これは外道なのである。もっとも、警察学校で聴いていたとおり、この世界では、たとえどんなパターンでも、『不適切な関係』は懲戒処分《ちょうかいしょぶん》ものの大罪《たいざい》なのだけれど。

——能泉署長と私。副署長と私。能泉署長と佐潟次長。副署長と佐潟次長。

そして、佐潟次長の奥さんと、私。

様々な組み合わせで面談と事情聴取が行われて。

飽くまでも非公式に、そして事実上、公然と署内認定される形で。

私は不倫警察官となり、短かった刑事生活に離《わか》れを告げ、駅前交番に引きとられ——

今こうして、塩漬けの腫《は》れ物として、警察学校の門を敲《たた》いている。そういうことだ。

(けれど。

これだけはいえる。私は私にとって、間違ったことはしていない。後悔なんて、するわけがない。

佐潟次長と奥さんにとって、非道《ひど》いことをしただけだ。それは、仕方の無いことだ。私が私である以上、絶対にこうしなければならなかったのだから……。

私はふたりを哀れんだ。ふたりのために悲しんだ。それは本当に、私の本音だ。

だから、佐潟次長が組織にした弁明と逃避に、反論はしなかった。するわけがない。

(絶対にこうしなければならなかったのだから、その罪は私だけが負う、当然のことだ。ただ私にとって、佐潟次長は、今でも……ううん、今だからもっと)

そうだ。

まだ失うわけには、ゆかない。

必要なら何度でも謝るし、何度でも罪を負う。組織だって、去ってもいい。

哀れむし、悲しむ。

けれど絶対に、失うわけにはゆかないのだ。

そこまで考えて、私はふと、啓太《けいた》のことを思った。

(人に追い縋《すが》るというのは、こういうことなのか……啓太もこんな気持ちでいるの)

——ふと気が付くと、『警察学校前』のバス停は目前だ。風景で分かる。腰を浮かせてブザーを押して、転がるようにバスから下りた。バス停の名前どおり、警察学校の門は一五m先だ。身分証を出して、あっけなく学校に入った。巡査一年生の頃。特にGWが明けて、外泊が許された頃を思い出す。体力的にも精神的にも、ギリギリまで追い詰められた日々。点呼までに帰らなければならない、外泊最後の夜。この門をくぐるのは、地獄の責め苦に思えた。いや、07不忍系統のバスに乗ることが、拷問《ごうもん》そのものに思えた。警察学校が世界のすべてで、教官は神様だったあの頃。ハナクソ以下、虫螻《むしけら》以下、蛆虫《うじむし》以下だとボロクソにしごかれていたあの頃。

警察署の実働員となり、巡査三年生となった今では、まるで嘘話《うそばなし》だ。

あれほど恐かったこの門をくぐるのは、もう、署内連絡で生安《せいあん》課、交通課のドアをくぐるのと全然違わない。

人生でいちばん走りこんだグラウンドを見遣《みや》る。突きぬける様な青空の下、秋入校の新任巡査たちが、点検教練《てんけんきょうれん》をやっていた。手帳!! 警棒!!

——本館のエントランスから、階段を上り、教官室を目指す。靴の照りと髪型を気にしている自分に、思わず苦笑した。叩きこまれた習慣というのは、躯《からだ》が憶《おぼ》えているものだ。ノックはどうしよう、官姓名《かんせいめい》の申告はどうしよう。考えていると、教官室のドアは開いていた。授業時間だから、入って来る生徒はいないし、コマがある教官は出払っている。私は、ちょっと、おっかなびっくり顔だけ入れてみた。すると、まるで予知していたかの様に、くるりと事務椅子をこちらへ回転させた制服姿がひとり——

「ああ諏訪《すわ》、よく来た」

「清里《きよさと》教官」学校に来ると、やっぱり敬礼が鋭くなる。「お疲れ様です」

「ちょうど第二講師控室が空いている。そちらで話そう」

「お願いします、教官」

清里警部補は、どこまでも自然な形で私を導き、教官室を出た。それでも、他の教官が独特の視線を私に投げ掛けているのは、すぐに分かった。まだ卒業して二年程度。私を知っている教官の方が多い。そう、半歳で刑事に抜擢された諏訪菜々子《ななこ》巡査を知っていて、かつ、それがバカ極まる不祥事《ふしょうじ》を起こしたと知っている教官たちが。

第二講師控室の蛍光灯は既についていた。売店から買ってきてくれたのだろう、緑茶のペットボトルも用意されている。部外講師の方をお迎えに来たことは数知れずあるけれど、まさか自分が、御客様《おきゃくさま》側のソファに座るとは思わなかった。

「まあ座れ」

「諏訪巡査座ります」

「どうだ、能泉署の方は」

「かなり、落ち着いてきました。勤務に集中できている……と、思います」

「駅前交番は？」

「出戻りの分、要領がそこそこ解っていますから、それなりに使ってくれます」

「そうか」

清里警部補は、警備公安の人だ。だから学校では、警備の教科担任をやっている。しかも、学校に赴任するまでの前所属は、何と能泉署だった。能泉署警備課係長。ちょうど私が巡査を拝命して入校した春、能泉署から警察学校に異動してきた。だから、能泉ＰＳのことも、かなり詳しく知っている。今でも、それなりに情報は入ってくるだろう。警備の教官とは、そういうものだから。それは巡査三年生でも解る。

当時四〇歳で、バツイチ独身（こうした情報は、生徒側もすぐに仕入れてくる）。しかも警備の人とあって、ソツがないけど壁はある。だからなのか、クラス担任は持たない、教科担任だけの教官だった。とはいえ、警備の教科はすべての生徒に教えるわけで、生徒との縁が薄いわけじゃない。私の同期の誰もが、清里教官にお世話になっている。それでもやはり、刑事の教官とか、クラス担任の教官と競《くら》べると、どちらかといえば敬遠されていたし、清里教官の方でも『熱い交流』を求めない雰囲気があった。

ただ私とは、大袈裟《おおげさ》にいえば、因縁《いんねん》浅からぬ関係にある。

生徒当時から刑事志望だった私は、授業のさなか、清里教官と大喧嘩《おおげんか》したことがあるからだ——といっても、私が泣くまで議論を吹っ掛けて、教官がことごとく冷徹に論破した、というのが実態。だから大喧嘩というか、私の自爆テロなのだけれど。そのあと、きちんと解り合えなければ、私はこの人を誤解したままだったろう。そして、女警首席で卒業することなど、できなかったに違いない。

「おい、そう硬くなるな。難しい話じゃない。それに今は、現場警察官同士だぞ」

「いえ、教官と生徒の関係って、一生のものだと思います。だいいち躯が忘れません」

「まあ俺も、学校長といった上官より、当時のクラス担任の方がよほど恐いがな」

「……清里教官にも、恐いものがあるんですね？」

「そうだな。学校教官になってから、かなり減りつつはあるんだがな」

警察は、人が命だ。警察の予算のほとんどは、人件費。警察ほど、教養《キヨウヨウ》に力を入れている組織はない。だから、学校はとても大事だ。学校教官も当然大事だ。そして私が刑事にスカウトされたように、学校そのものが、専務の牧場で草刈り場。それぞれの教科担任は、部門が一緒の上官と一緒に、誰がデキて、誰が使えるのか見定めている。裏から言えば、学校教官には、リクルータとしてのスキルが求められるのだ。もちろんリクルータは、自分自身が優秀でなければいけない。要するに、昔は姥捨《うばす》て山だったけれど、少なくとも私たちが知る学校という所属は、将来を嘱望《しよくぼう》された警察官が教官をやるところなのだ。そして――

(確かに清里教官は、優秀で鋭い人だと思う。それは、清里教官を嫌っていた同期たちですら、認めざるをえない事だった。

ただ。

異動時期が、おかしかった。三月の最終週、私たちが入校してしまってから……教官の顔ぶれも固まってから。突然、前の警備教官と入れ換わってきた。しかも、前の警備教官は、まだ着任後一年目だったのに。私たちを教える気、満々だったのに)

その三十歳代前半の、いかにもやり手の、それこそ『熱い交流』が得意科目のような教官は、たちまち警察本部の公安一課に大栄転してしまい、代わりに突如、どこか制服と、影の煤《すす》けたような清里教官が着任してきた。世代が前任者のひとまわり上で、独身で、他の教官たちとすら、見えない壁をつくっている様な、職人肌の警部補……

そうだ。

今の私には解る。私と一緒の匂いが。私と一緒の、脛《すね》の傷の匂いが。

だから今、清里教官は言ったのだ。

学校教官になってから、恐いものが減りつつあると——

(能泉署の警備課からの異動は、よくて左遷《させん》、悪くて更迭《こうてつ》。清里教官もまた、組織への希望を断たれた人なんだ)

警備の人だから、絶対に喋《しゃべ》りはしないだろうけれど。

私は清里警部補が味わったであろう苦味を想像した。もちろん、自分の生意気さも嚙《か》み締めた。すべては終わり、すべては決まったこと。私にはどうすることもできない。

「まず詫《わ》びておく。教官面《ヅラ》して、休務日なのに山奥へ呼び出してしまった。申し訳ない」

「いいえ、懐かしくて嬉しいです。初心に帰れる、っていうか」

「おいおい、まだ巡査三年生だろう。警察官人生、あと三十五年はあるぞ」

「ありがとうございます」

私は精一杯の笑顔をつくった。悲しい嘘だからだ。私はもう地域部門から出ることがないし、能泉警察署から出ることもない。ほとぼりが冷めた頃、私に与えられる仕事は過大になってゆき、それを分かち合ってくれる人もいなくなる。針の筵《むしろ》は剣山《けんざん》になる。じわりじわりと、退職願を自分で書くまでプレッシャーを積み上げられる。耐えられたとして、あと五年、いや三年。自発的に辞表を出させる警察の技術は、それこそ警察学校でいくらでも目撃してきた。

「まさか、辞めようなんて考えているんじゃないだろうな?」

「……いえ。少なくとも、今のところは」

「答えたくなければそう言ってくれ——黒瀬《くろせ》は味方になってくれるだろう?」

「啓太は、いえ黒瀬巡査は関係ありませんから」

「黒瀬はそう思ってはいない」

今でも、お前と離《わか》れたことを悔いている。

清里警部補は淡々と言った。そう、私は例の大喧嘩のあと、この人を頼るようになった。啓太との『異常心理のなかの恋愛逃避』みたいな関係についても、正直に相談した。吊《つ》り橋効果。ジェットコースター理論。極限まで追い詰められる警察学校では、タブーである学校内恋愛が、いっそう盛り上がってしまうのも事実だ。もちろん、教官にそんなことを相談する、そのことには恐ろしいほどの勇気が必要だった。私は当然、清里警部補に一喝《いっかつ》され、一蹴《いっしゅう》されるものとばかり思っていた。むしろそれを期待してもいた。だがこの人は、私の予想をあっさり裏切り、こう言ったのだ——

溺《おぼ》れるのも隠すのも、人生経験だ。それは巡査に最も必要なものだ。磨《みが》かれろ。

——そして私は啓太に抱かれ。

挙げ句、その啓太にも、支えてくれた清里教官にも裏切りを重ね、あの人の女になった。

「……清里教官にも、啓太にも、合わせる顔がありません。それだけです」

「それは諏訪、お前の勝手だが、お前を助けたいと思うのも俺たちの勝手だ、違うか」

「私に関《かか》わると、累《るい》が及びます」

「佐潟警視には、さほど及んでいない様だがな。総務課の議会担当調査官だった――という御経歴もあるんだろうが、両成敗《りょうせいばい》とはとても言えん」

「悪いのは私です」

「だが佐潟警視に処分がないという事は、そもそも不祥事案《ふしょうじあん》など無かったという事だ」

「人事記録上は、そうですが!!」

「いや、まあ聴け。わざわざ呼んだ本題だ――

どうだ諏訪、警備をやってみる気はないか？」

私は思わず教官の瞳を見凝《みつ》めた。あまりに突然で、あまりに直截《ちょくせつ》だったから。

「け、警備、ですか……？」

「そうだ。警備公安の専務員。いわゆる公安刑事になってみる気はないか」

「すみません教官、おっしゃることが、よく……それは、ひょっとして、また専務に登用されるということですか？」

「そうだ。無論、いきなり警察本部というのはありえんし、自署登用の原則があるから、必然的に能泉署の警備課員ということになるが」

「また交番から内勤に？」

「辞めさせられるまで駅前交番にいたいのか？」

「それは……でも教官……私は刑事警察の水を飲んだ人間です。しかも」

「そうだな。せっかく抜擢されたのに、たちまち追放された脱落者だ」

「……だから、専務員適格という意味でも、あと、どう言うのか知りませんが、警備適格といった意味でも、私は二重にふさわしくないと……そもそも、警備の専務員試験なんて、経歴的にも素行《そこう》的にも、絶対に受けられないはずです」

「専務員試験なんてどうとでもなる。それを言ったら、二十三歳で刑事をやってたのも面妖《おか》しいだろう。女性警察官枠は、言ってみれば推薦入試だ。一般試験じゃない」

「いきなりのことで、混乱しているのですが……教官、失礼に当たったら許して下さい。それは清里教官の御意見なんですか？　それとも」

「当然の質問だ。そして回答も当然なものとなる。

否《いな》だ。

いくら学校教官、リクルータといっても、俺はたかが警部補。そして専務にするってのは、それぞれの部門の意思そのもの。警察本部の御意向《ごいこう》がすべてだ。警部補ひとりがどうこうできる案件じゃない。能泉PSでいえば、せめて警備課長でなきゃ、必要な根回しすらできんさ。

ただ、既に能泉の警備課長の内諾《ないだく》は、とってある。

そして警備に個人はいない。警備には組織しかない。能泉の警備課長は当然、警察本部の公安一課に、そう次席あたりに相談をしている。その感触は極めてよい」

「そうなると……山蔵県警察の警備部門として、私を受け入れるということですか？」

「諾《だく》だ。繰り返すが、警備に個人はいないからな」

「理由が解りません」

「どの理由だ」

「警備が私を求める理由です」

「正解は俺にも解らん。推測するしかない」

「どんな推測をされておられるんですか？」

「難しい話じゃない。刑事に女のお客さんが多いように、警備にも女の顧客《こきゃく》はいる。これから顧客になってほしい奴らもだ。

ところが警備専務の女警は、かの大警視庁ならいざ知らず、山蔵県では圧倒的に少ない――するとだ。

例えば俺が、一緒に露天風呂に入って客の背中を流してやる訳にもゆかん。そうだろう？」

「話としては解りますが、それは一般論です。何故こんな私なのかの理由じゃありません」

「優秀な若手を獲得して、専務員として育成する。これは獲得した者の実績になる。

そして現在のところ、能泉ＰＳには、警備部門が欲しい女警のタマが無い。いや、山蔵県警察すべてを見渡しても、もう三、四年はタマが無い。俺は学校教官だから、そのあたりは頭に叩きこんである――

あとは、焦っている能泉ＰＳの警備課長にささやいてやればいいだけだ。灯台もと暗し、脚《あし》元《もと》にこんな絶好のタマが遊んでいるじゃないですか、とな」

「それじゃあ清里教官が、無理に」

「おっと勘違いするな。俺は警備だから、個人的感情で仕事はせん。俺がお前を推したのは、第一にあの授業での大喧嘩を買っているから。第二に、お前が警備で実績を上げたなら、刑事を口惜《くや》しがらせることができるから。そして第三に、お前が警備に恩義を感じて死に物狂いで働くから――そう、あと三十五年はな。さいわい能泉の警備課長は、三年前、俺が異動するまで仕えていた人だ。俺が、その、まあ、現場から教官に退《しりぞ》けられた事情も、よく解っていてな。眼を掛けてくれている。おまけに、そりゃまあ性格の悪い御方《おかた》でな。すぐこのシナリオに乗ってくれたよ」

私のスーツのスカートに、ぽろぽろと涙が零《こぼ》れ落ちた。

ありがとうございます。ありがとうございます。

それが言葉になっていたのかどうか。たぶん、嗚咽《おえつ》でしかなかったろう。

「……教え子に泣かれるのは、いつも居心地が悪い」清里教官は偽悪的《ぎあくてき》にいった。「あの日もそうだったが。それでそのバッグ、中身に余裕はあるな？」

「え、あ、はい教官。御指示が、ありましたから」

「泣いている暇は無い」

清里警部補は、第二講師控室のわざわざ片隅に置いてあった、何かの紙袋を応接卓に載せた。

そして断言した。

「ＭＬ主義、トロツキズム、毛沢東主義、国粋主義、カルト教義、主体思想、イスラム原理主義――入門書はすぐ読み終えろ。入管法、旅券法、外登法、外為法、暴騒音条例、公安条例、あと建侵・不退去・公妨・凶準・原本不実記載あたりは常識にしておけよ」

「こ、これだけの専門書、ぜんぶ読むんですか!?」

「推薦入試といっても、基礎学力がなけりゃ話にならんだろうが」

「そ、それは、そうですが」

「ほらバッグ貸せ――あとな」

「はい」

「これ、会計課からくすねておいた」教官は白い官品靴の箱を出した。「まさかサイズは変わってないな?」

「パンプス」

「今から、身形《みなり》にはいっそう気を配る癖をつけておけ……って泣くな!!」

能泉警察署・大浪《おおなみ》駐在所近傍

諏訪菜々子は、真実、優秀な警察官だ。

もちろん巡査三年生。圧倒的に現場経験が足りないが、そんなものは時間が解決する。経験の負荷《ふか》に耐えられるかは、素材が決めるのだ。もちろんその素材は、就職してから、後天的に鍛《きた》えてゆくものでもある。だが諏訪菜々子の見所は、素材そのものが、先天的に警察官むきだという点にあった。いや、警備公安むきだ。

土曜日、午後六時三五分。師走《しわす》の夕方は、既にとっぷり暮れている。

――清里哲也《てつや》警部補は、能泉PSの大浪駐在所を視認《しにん》できる闇に溶けながら、あの日の授業のことを考えていた。諏訪菜々子がいう大喧嘩《おおげんか》をした、『警察実務（警備）』のコマである。

授業内容は、社会民主労働党であった。

（俺はひとりずつ、社労党《しやろうとう》に対する生徒の考え方を訊《き》いていった。歴史の教訓、暴力革命の危険、対決姿勢の堅持……誰もがハンコで押したように、教科書どおりの念仏《ねんぶつ》を喋った。それはそうだ。最も無難《ぶなん》だからな。特に警備のコマなんかは理論先行だから、教科書丸暗記、教官の一言一句《いちごんいっく》丸暗記がベストという訳だ。また、下らん私見《しけん》を喋って、それこそ『シンパか？』とマークされるなどつまらん。つまらん以前に将来を脅かす。マルクス＝レーニン主義はサッパリ理解できなくても、『断じて戦います‼』と決意表明するのはカンタンだし、それが踏み絵であることくらい、学校生徒でも先刻承知……）

だが、諏訪菜々子だけは違った。徹底して違った。

（あれはよかった。アイツほど素朴な疑問をそのまま口にした奴は、以降三年が過ぎても、俺の生徒にはいやしない。アイツひとりだけだった。そして警備公安が欲しいのは、何と対決するのかも解っていない『対決姿勢』を喋々《ちようちよう》とするバカよりも、『王様は裸だ』とクラス総員の前で口にできるバカだ……

諏訪菜々子には本質が見えていた。そう、警察がわざわざ対決姿勢なんてものを強調しなきゃならない、根本的な欺瞞《ぎまん》と苦しさが見えていた。

敵も己も知らない奴は、すぐ死ぬ兵卒《へいそつ》にしかなれん。身方《みかた》が突かれて嫌な弱点、誰もが恐くて思考停止する病巣《びょうそう》が分かる奴。それこそ警備センスのある警察官だ）

論破するとき、舌を噛《か》みそうになったな。確かにアイツは、痛い所を突いてきた――

清里警部補は、脳裏にその激論を思い浮かべながら、いつしか社労党そのものについて考えていた。腐《くさ》れ縁《えん》であり、永遠の敵同士でありながら、どこか合わせ鏡のような互いの組織。

社労党は、党員数三〇万人を超える、我が国最大の共産主義政党である。党員数の増減はともかくとして、その位置付けは、一九二二年の結党以来変わらない。そして戦前は警察、なかんずく特高警察の、不倶戴天《ふぐたいてん》の敵であった。

それはそうだ。

ソ連と合衆国の冷戦をみても解るとおり、資本主義と共産主義は水と油。チャーチルの『鉄のカーテン演説』からも解るとおり、君主制と共産主義も水と油。天皇を戴《いただ》き、私有財産を認める日本が、共産主義を敵視してきたのは、理論的にも歴史的にも必然。かつ、それは、日本独自のことでもない。まして戦後、一九五一年から、いよいよ社労党に武装蜂起され、数多《あまた》の警察署と警察官をテロられた日本警察が、その怨《うら》みを忘れるはずもない。

ただし。

戦前は治安維持法違反の非合法政党であった社労党も、戦後は完全な合法政党。そして日本国憲法は、思想の自由も表現の自由も、結社の自由も認めている。それはつまり、『君主制の廃止と私有財産の否定』を信条とすることも、訴えかけることも、それを標榜《ひょうぼう》する組織を維持することも、すべて憲法によって保障されているということだ。

よって、警察は、この深い深い因縁《いんねん》ある最大の共産主義政党を、弾圧することも解散させることもできず、ただじっと見凝《みつ》めながら——執拗《しつよう》に見凝めながら——それこそ氷面下の、氷点下の冷戦を継続してきた。

そう、まさに冷戦だ。

例えば、今も新・冷戦下にある合衆国に、『中国を敵視していますか？』『中国を崩壊させたいですか？』『中国に有形無形の嫌がらせをしていますか？』と訊いたなら。合衆国はどう答える？　どう考えても『まさかあ。合衆国の存立が脅かされないかぎり、特定の国を敵視することなどありえません』『具体的な敵対行動がないかぎり、我が国はつねに中国との友好関係を希望しています』『アジア太平洋地域の安全と繁栄のために、中国の動向については、重大な関心を払って見守っています』という、模範解答が返って来るであろう。いったいどこのバカが『そうですね、絶対に許せない不倶戴天《ふぐたいてん》の敵で、仮想敵《かそうてき》の筆頭ですから、一分一秒でもはやく消滅させたいですね』などと言うだろうか。ただ、それは政治的・外交的・国際法的な判断からそうなるだけであって、合衆国が氷面下で熾烈《しれつ》な諜報《ちょうほう》活動を仕掛けていることなど、中学生が考えても解ること。するとそれは当然、中国の側についてもいえる事である——

これと一緒だ。

すなわち。

警察のいわばオフィシャル・ガイドブックである警察白書は、社会民主労働党に対して、解ったような解らないようなスタンスを公表している。すなわち、『公安の維持』の章、『公安情勢と対策』の節では、オウム・極左《きょくさ》・右翼・大衆運動と並列の扱いで、必ず『社会民主労働党の動向』の項目が、書き起こされているのだ。これは、昭和の時代から警察白書に載らなかったことのない、超伝統的項目である。むろん他の、国会議員を出しているほどの政党が、ここに特記されることはない（ちなみに、されたこともない）。つまり、警察が社労党を、『公安の維持』『公安情勢と対策』とダイレクトにリンクする存在と考えているのは、書き起こしと刊行そのものの意思からあきらかだ。隠そうともしていない。

ところが。

オウムにはこう、極左にはこう、右翼にはこう……と、他の項目では『対策』が記載されているのに、こと社労党の項目に関しては、『対策』の記載がない。重ねて言うが、節タイトルが『公安情勢と対策』なのに、である。社労党のページに記載されているのは、公然情報で誰もが解る、いわゆる公然諜報《オシント》の結果だけだ。誰にでも分かる『情勢』だけしか、オフィシャル・ガイドブックは喋っていないのだ。

翻訳すれば。

新・冷戦下にある合衆国が、中国について、『経済成長率はかくかくしかじかで』『国家主席の演説はかくかくしかじかで』『汚職追放キャンペーンはかくかくしかじかで』『南シナ海における軍事行動はかくかくしかじかで』『公表された軍事費はかくかくしかじかである』としか発表しないのと一緒だ。そして、これまた中学生でも解る道理だが、まずそれだけで、合衆国が中国に重大な関心を有している事は解る。それにまして、発表していること以上を知っているであろう事も解る。いや、それにまして、発表していること以上を知るためにあらゆる努力を惜しんでいない事もまた、解るだろう。発表している内容が公然諜報《オシント》の結果だけである――それはつまり、電子諜報《シギント》だの画像諜報《イミント》だの対人諜報《ヒューミント》だのの結果は、死んでも喋りたくないということだ。ましてそれを受けて、どのような『対策』をとっているかなど、まさか教えてやる義理はない。

　そう。

　警察と社労党との冷戦というのも、まさにこれと一緒である。

　しかも、中国と合衆国、ソ連と合衆国の冷戦より、遥《はる》か昔からの腐れ縁。戦前から隠微《いんび》にドンパチやっているのだ。お互い老舗《しにせ》といっていい。それぞれのワザも、人間国宝級だ。だから重ねて、警察は、合衆国が中国に仕掛ける様なことは当然するし、対する社労党も、中国が合衆国に仕掛ける様なことは当然する――それは、『ヒトと組織と社会と国家』を前提としたとき、当然導かれる理論的な結論だ。そう、現実がどうであろうと、それは理論的に導かれる、合理的な経験則である。ひらたくいえば、『常識』だ。

（そう、現実がどうであろうと……

　そして俺も、警備の第一線を離れて三年が過ぎた。そして三年も過ぎれば、今の現実など、何も知ることはできない。それが警備公安というものだ……まして、アサヒは）

　清里警部補は。

依然として闇に擬態《ぎたい》しながら、大浪駐在所とその周辺を、若い頃鍛《きた》え上げた独特の視野で、視認し続けた。監視しているその大浪駐在所もまた、都市型駐在所である。いわゆる駐在所ではない。駐在所は郡部《ぐんぶ》に置かれる、日勤制の住みこみ型出張所だ。他方で都市型駐在所というのは、夜間事象が極端に少ない住宅街とかに置かれる、まあ、夜営業のない交番みたいなもの。警察は慢性的な定員不足だから、事象の少ない所に、定員を固定させておく余裕はないのだ。だから夜は都市型駐在所から警察官を回収して、駅前だの繁華街だの、とにかく人手のいる拠点交番にシフトさせるのである。

これを要するに。

既に夜間。

都市型駐在所は定義上、閉まる。視認しているとおり、実際上も、もう閉まっている。

配属された警察官は、拠点交番へ転進してしまった。

大浪駐在所は、無人である。

さらに、これを要するに。

先に焼き討ちされた公園交番、上北山《かみきたやま》交番と同様、極めて仕掛けやすいということだ。

(今夜は休務日の夜。そして……またもや佐潟警視が当直長の夜でもある。

寝覚めの悪いことになったもんだ。これじゃあまるで、八百屋《やおや》お七《しち》じゃないか)

まさか、そこまでバカじゃあないという信頼。

ただ、そこまで一途《いちず》な奴ではあるという評価。

——真っ正面から対立する要素を天秤《てんびん》に掛けたあと。

清里警部補は単身、警察官としてでもない、勤務としてでもない警戒活動を、秘《ひそ》やかに行うこととしたのだった。さいわい、学校教官に緊急の呼び出しはないし、定時に職場を上がることも難しくない。

（ただ、単独のエリア警戒ってのは、初めてだな……これじゃあまるで、昭和の刑事だ）

警備公安に個人はない。そのあらゆる活動は、組織が行う。物理的にも、組織で行う。単独の警戒だの行動確認だのは、外道《げどう》だ。署の警備課長でも、警察本部の公一課長でも、いやアサヒの先生《レーラー》でも絶対に決裁しないし、意見具申《いけんぐしん》しただけで激怒するだろう。

そう。

清里哲也警部補は、アサヒの部隊《グルッペ》に所属していた。

巡査部長時代に四年、警部補時代に三年強。

巡査部長時代に警備入りし、警察署で下積みをし、素養が認められて警察本部に招かれた。しかもアサヒへの抜擢《ばってき》だ。警部補に昇任したとき、いったん交番に出たが、すぐまたアサヒに帰ってきた。こうなると、将来を嘱望《しょくぼう》されたエリートである。極左担当の対人課報部隊《ヒューミントグルッペン》、しかも機動部隊《シュヴァイス》に配属された清里は、まさに猟犬としてどの様な命令をも実行し、マル対たちを丸裸にしてきた。ヒトの行動確認にかぎっていえば、清里は日本警察有数の部隊員であり、かつ、現場指揮官であったろう。アサヒの御家芸《おいえげい》は、人海戦術による対人課報《ヒューミント》。それを、無数の修羅《しゅら》場《ば》で、自身の骨の髄《ずい》まで染みこませたのが、清里哲也という警備警察官であった。

要するに、清里は、山蔵県警察が誇る無敗の追跡者。

スッポンの清里、というのは、かのアサヒの学校長《シュールライター》ですら名を憶《おぼ》えている異能者《いのうしゃ》。

そのことは清里自身も知っていた。諜報員に名前はないのだから、このことは異例で最上の名誉である。そして、警部に昇任した暁《あかつき》には、またわずかな交番勤務の後、いよいよ同県人の伊吹《いぶき》警部の後を襲い、先生《レーラー》としてその学校長《シュールライター》の直参《じきさん》になる、はずだった。ただの警部でありながら、ある意味、都道府県警察の生殺与奪《せいさつよだつ》の権をにぎるアサヒの先生《レーラー》に——

（しかし、人の運命など、分からんものだ）

誰が予想しただろうか。

その清里が突如、機動部隊《シュヴァイス》の任もアサヒの任も解かれ、ただの警備係長として、能泉警察署に追放されるなど。いや、それは懲罰《ちょうばつ》の第一段階でしかなかった。第二段階として、今度は警備警察官の任を解かれ、警察学校に追放された。なるほど清里は警備担当の教官ではあるが、学校教官は総警務《そうけいむ》部門の人間であって、警備警察官でも何でもない……

（そして、このままゆけば、俺も衛星軌道に乗るだろう。中規模署の地域《ガイキン》－小規模署の地域－中規模署の地域－小規模署の地域……駐在所と警務も時々、混ぜてくるって所か）

絶対に警察本部へ帰れはしない。まして警備部門にも、アサヒにも。

四十歳、働き盛りの専務員が突如、追放されるというのはそういうことだ。

まして、清里は知り過ぎている。しかも、バツイチ独身。

（ワクチン部隊《グルッペ》の視点からすれば、俺は脆弱性《ぜいじゃくせい》そのものだ。

独身の侘《わ》び住まいで、ハニートラップの好餌《こうじ》。頭蓋骨《ずがいこつ》内のハードディスクには、社労党も極左も涎《よだれ》を流す極秘指定の秘密が満載。もし俺が寝返ったなら、山蔵県警察どころか、警察庁も東京大空襲なみの劫火《ごうか》につつまれるだろう。アサヒとは、そういうモノだ。

……俺を怒らせては不味《まず》い。

あからさまに追放されたと思わせては不味い。

だから、まず署の警備課に流す。希望を持たせつつ、心の準備と諦《あきら》めをうながす。

猟犬が牙を忘れた頃、ペットでいいと感じた頃に、また首の皮一枚残して養子に出す。

（自分の育った部門ながら、実に芸が細かく、嫌らしい所だ。

学校教官であと二年。飼い犬としての躾《しつけ》が終われば、いよいよハコのおまわりさんか）

重ねて、このような人事措置は、誰も予想していなかったに違いない。

だが実は。

清里哲也本人は、『いつか、こんな季節が来るのではないか』と考えてもいた。

それも、昨日今日の考えではない。それこそ、清里が諏訪菜々子の立ち位置だった頃。そう、巡査を拝命して警察学校の門を敲《たた》いたその刹那《せつな》から、それを思わない日はなかった。清里は当時から、そう黒瀬啓太の立ち位置だった頃から、警察を舐《な》めてはいない。まして、アサヒに抜擢され、ワクチン部隊《グルッペ》のすさまじさを知ってしまった身である。

（追放されずに十八年間。組織に容赦《ようしゃ》されてきた事が、むしろ奇跡だった）

もちろん、清里はアサヒの機動部隊《シュヴァイス》、それも極左担当の機動部隊《シュヴァイス》しか知らない。そして諜報機関のつねとして、他の部隊《グルッペ》のことなど一切、知りえない。アサヒの部隊《グルッペ》は完全に細胞化され、ヨコの連携、いやヨコとの接点など微塵《みじん》もない。『学級委員《シュプレッヒャー》』である警察本部の公一課長とかですら、担当以外の部隊《グルッペ》のことは知りえない。もしすべてを知る者がいるとすれば、それは、アサヒの学校長《シュールライター》だけである。警察庁における、学校長《シュールライター》の上官ですら、すべては知りえないはずだ。何故ならば、何を報告し何を黙っているかは、情報をにぎっている学校長《シュールライター》だけの特権にして裁量《さいりょう》だからだ。

(俺はワクチンの奴等《やつら》になど、会ったことすら無い。もちろんその拠点《ツインマー》も知らん。だから部隊《グルッペ》の規模など、想像すらできん。

だが。

こと機動部隊《シュヴァイス》の内では、実力でワクチンの奴等に敵《かな》う部隊《グルッペ》などない。なるほど俺は『スッポンの清里』などと持ち上げられていたが、もし俺がワクチンに配置されていたら、どう足掻《あが》いても『その他大勢』でしかなかったろう。奴等こそは最強の部隊《グルッペ》、歩く電子諜報《シギント》装置、歩く画《イ》像諜報《ミント》装置だ)

そのワクチンならば。

清里哲也の大学時代の容疑など、すぐさま洗い出せるだろう。アイツとの関係。

そして。

ひょっとしたら。

その容疑が現実の地《ち》公法《こうほう》違反となり、清里が背徳者《はいとくしゃ》・背教者《はいきょうしゃ》となっていたことも、既に解明したかも知れない。大学生時代の関係がなお続いていて、しかも隠微な形で続いていて、清里が警察官最大の禁忌《きんき》を犯していた確証を、獲《え》たのかも知れない。

そうだ。

その犯罪以外、清里が警備を追放される理由がない。それは絶対に無い。

だが……

(俺の禁忌《タブー》破りは、そう、八年と九箇月前を最後に、終わっている。俺がアイツに組織情報を売ったのは、真実、それが最後だ。俺は警部補昇任がみえたとき、そしてアサヒに骨を埋《うず》めると決めたとき、アイツとの接触を一切、断った。それ以降顔も見ていない。

しかも、だ。

ワクチンがその接触を現認《ゲンニン》していた位なら、俺が何を売ったかすら、解明できているはずだ)

清里が売り渡していたのは、公然諜報《オシント》で手に入るような『日刊警察』『公安委員会週報』『本部長記者会見メモ』等々の内容に、でっち上げのゲナゲナ話を織り交ぜた粗悪品だ。時折、謝金の額を釣り上げるべく、人事の噂《うわさ》だの派閥の動きだのを混ぜたことはあるが、すべて総務・生安《せいあん》・刑事・交通の話だけ。断じて警備公安の話は売っていない。ましてアサヒの情報など、月額あれっぽっちの謝金で、売れるはずないではないか。たとえ、現在の年収を定年まで保障されたとしても、まだリスクと価値が釣り合わない。アサヒとはそういうものだ。そんなことは、それこそワクチンの奴等が、いちばん理解できているはずの事である。

(足は洗った。そもそも真実を売ってない。アサヒに忠誠を誓《ちか》い、実績も上げてきた。

だから。

そもそも、接触がバレてない確率が三割。バレたが起訴猶予になった確率が七割。そう踏んではいたんだが……)

ワクチンは、つまりアサヒは、そんな生やさしいモノではなかった。そういうことだ。

(アイツがまた派手に動き始めたのも、大きかったんだろうな。元々派手好みな奴だったが)

いずれにせよ、破門され、追放された身だ。

地公法違反が立件されず、懲戒処分もなかったことを、よろこぶべきかも知れない。

このまま清里が貝になり、素直におまわりさんになり、飼い殺しのペットであることを受け入れれば、定年までの雇用は約束されるだろう。それはそうだ。もし仮に『退職願まで追いこむ』とすれば、清里が爆弾としてはじける虞《おそれ》の方が大きいからだ。その、組織との阿吽《あうん》の呼吸に乗りながら、小バカにされながら、同期に追い越されながら、部下も与えられないまま、昇任試験には絶対に受からないまま、平凡に、無難に生きる。

それも、いいかも知れない。

追放されてから三年。まさに清里は、アサヒが願うそのままに、心の準備を終えていた——

誰が、自分を売ったかを知るまでは。

そして当該者こそ、自分以上の裏切者だと知るまでは。

最初は、憤怒《ふんぬ》を憶えた。それはそうだ。清里とて、アサヒの企《き》画官《かくかん》にまで名の知れた絡鋼《すじがね》入りである。アイツとの腐れ縁と小商《こあきな》いがあったとはいえ、本当に価値あるものも心も、誓って売り渡してはいない。しかし、当該者は違うのだ。その愛人名義にしている預金通帳を、しかも現物を、清里は確認している。当該者は、管理職の給与にも匹敵する月額で、買収されていた。

（本当に価値ある組織情報を、平然と売り渡している!!）

清里はそれを瞬時に確信したし、それには著しい合理性があった。

それはそうだ。

清里自身こそ、警察情報の相場観とレートを――アイツが何を幾らで買うかを――誰より熟知している既遂犯《きすいはん》なのだから。そしてそれだけ高額で売り渡せる警察情報など、アイツの任務からして、不祥事《ふしょうじ》関連と警備公安関連しかありえない。

（奴はアイツに、警備公安の情報を売り渡している!!）

奴のあのポストで、何故それを知りえるのか分からない。だがさかしまに、あのポストだからこそ、警備公安を売り渡しても、何ら痛手がない。むしろ派閥力学的には、褒《ほ》め称《たた》えられる可能性すらある。警察におけるセクショナリズムは、そこまでやるほどのものだ。

――薄汚いスパイ野郎。

しかも、だ。

（奴は信じ難《がた》い愚挙《ぐきょ》を冒《おか》した）

愛人と寝た後の枕元《まくらもと》で、愛人が寝入ったその頃、アイツに架電《かでん》したのだ。それも、愛人のスマホを使って。防衛意識のカケラも無い。誤魔化《ごまか》しにも何にもなってはいない。だが、その愚挙のお陰で助かった。第一に、スマホの着信記録から、奴が間違いなくアイツに飼われていると分かった。第二に、次の接線の日時場所が分かった。そして第三に、奴とアイツが『キヨサト』という言葉を幾度か交わしていることが分かった――

だがその愛人は、起きていたのだ。

それが意図的かそうでないかは、まだ分からないのだが。

(そしてすべてを、俺に教えた。

御陰様《おかげさま》で、俺は奴が、アイツ御用達《ごようたし》の喫茶店へ――俺との接線を持った喫茶店でもあるが――いそいそと入る姿も現認《ゲンニン》できたし、あざやかに変装していたアイツとの接線も現認できたし、奴がアイツに角封筒を、アイツが奴に銀行の封筒を手渡したのも現認できた。それどころか、勤務時間内、頻繁《ひんぱん》にアイツのオフィスへ出入りしている動向も現認できた)

――薄汚いスパイ野郎。

清里は最初、憤怒を憶えた。復讐《ふくしゅう》すら誓った。そのために、独自に動いた。

だが。

当該者を行動確認しているとき、そうアサヒ時代に培《つちか》った最大限の五感で四囲を確認していたとき、ある事実に気付き。

そして、暗いよろこびを感じたのだ。

その、ある事実――

（あの戦慄《せんりつ》すべきワクチン部隊《グルッペ》が、奴の地公法違反を確認していない!!）

清里の最大限の五感をもってしても、ワクチンの展開は一切、確認できなかった。もちろん、ワクチンは忍者の中の忍者。清里が気付けなかったからといって、ワクチンが動いていない証拠にはならない。ワクチンは、そんな生やさしいものではない。

それでも。

（あんなにあからさまな接線が、俺にも現認できたのだ!!

ワクチンが展開していれば、絶対に秘匿《ひとく》撮影できたはずだ。秘匿録画すら。いや、アサヒの決裁さえ下りていれば、即座に身柄すら押さえたかも知れん。あの接線は、警察官にとって、それだけ致命的なものだ。その写真一枚、動画三分だけで、確実にスパイを摘発し、葬り去ることができる。そう、たった一回で充分なのだ。そしてスパイの摘発こそは、ワクチン最大の実績。学校長《シューールライター》からの絶讃と表彰と予算増額は、まず疑い無い）

ところが薄汚いスパイは、まだのうのうと生き存《なが》えている。

摘発され、検挙されるどころか、警察本部への栄転も確実視されている。

いや、それよりも、依然としてアイツとの接線を持ち続けている!!

（ワクチンも、アサヒそのものも、あんなスパイを容赦《ようしゃ》するはずがない――

ということは、ワクチンはまだ展開していないのだ。認知すらしていないだろう）

清里が感じた、暗いよろこび。

そう、清里は既に憤怒を忘れた。

そして情勢を最大限、有利にコントロールすることを考えた。

清里は首の皮一枚で、警備公安とつながっている。警備部門の学校教官として。

何もせず無為《むい》に過ごせば、生涯、自分の教え子が今やっている三交替勤務へ追われる。

だが、もし……

自分が警備公安に、絶対の忠誠心を有していると証明できたら？

自分が警備公安に、最大級の貢献《こうけん》ができる人材だと再確認させられれば？

また警備警察の第一線に、復帰できるかも知れない。

（いや、その功績の大きさ、インパクトによっては、アサヒにすら再登用されうる）

そして今。

自分の手が到《とど》くところに、恐ろしく防衛心を欠いたスパイが、摘発してくれと待っているのだ。それを摘発すべきワクチンは、まだこの最上等の獲物《えもの》を、認知してはいないのだ。

（そうだ。

佐潟《さかた》を手土産《てみやげ》に、俺はアサヒへ舞い戻る。

そのためには、絶対的な証拠が必要だ。あのとき撮影できた写真では、まだ弱い。ワクチンが撮ったならともかく、出所が学校教官では――それも追放された学校教官では、警備部門にすら疑われるだろう。そう、『清里が功を焦り、トチ狂った独自行確《コウカク》まで行って、佐潟をハメようとした』とな――

だから。

絶対的な証拠が要る。

肉声の入った動画か録音。それと、売り渡した情報だ。それでいい。

通帳の写しと、スマホの架電記録はもうある。

そこまでゆけば、あとはワクチンが必要な裏付けを開始する――）

だからこそ。

清里は今、諏訪菜々子を失う訳にはゆかなかった。

諏訪菜々子は、刑事志望で、事実、刑事に登用されたが、警備センスがある。

それはあの授業をしたとき、すぐに分かったことだ。

そして実際に、佐潟の奇妙な行動を、すぐ清里に相談してきている。もちろん諏訪菜々子は警備を知らない。刑事と警備は、最も縁遠い部門だから。そしてそれも清里を利した。若手は、そのような奇妙な行動を報告すべき部門は知っていても、誰にどう報告すべきか、知らないからだ。諏訪菜々子の場合、唯一、その部門で縁《えん》のある警察官は、教科担任の清里だけである。

そして報告を決意するだけの、人間関係がある。そうだ。人間関係のない者に、『何故そんな兆候を知ることができたのか』を説明できるはずもない。そして事実として、諏訪菜々子は、佐潟の『不適正行為』を報告してきた――清里だけに。

（自分自身が恐るべき『不適正行為』に利用されている。その恐怖はあったのだろう。諏訪は正義感も人一倍、強いからな。

しかし、それだけではない。いや、それ以上の理由があった――

諏訪は佐潟に心底、溺《おぼ》れているのだ。

だから、我が身がどうこう言うよりも、そんなスパイ行為が佐潟を危うくすることに、耐えられなかったのだろう)

もちろん清里は、諏訪菜々子の身上書《しんじょうしょ》を確認している。

中学時代に工場経営の父親を亡くしてから、看護師である母親の元、母子家庭で育ち、妹ふたりの面倒をみてきた娘だ。ただ採用段階での調査では、金銭的困窮《こんきゅう》は認められていない。母親はむろん交替制勤務で不在がちだが、父親が遺《のこ》したものと合わせ、公的扶助《ふじょ》が必要ではない程度の生計を維持している。だから諏訪菜々子の人生に欠けているのは、父性だ。自らは父性を失い、父性をくれる家族はなく、家族に父性を与え続けてきた娘。それが五十歳を超えた刑事部屋のボスに心奪われる……いささか教科書的なほど自然なことだ。事実、諏訪菜々子を熱愛していた黒瀬啓太など、本質的には見向きもされていない。

そして、いささか教科書的ではあるが。

(それが四十歳の学校教官に心奪われる――そういうシナリオも、不自然ではない)

だからこそ。

清里は今、諏訪菜々子を失う訳にはゆかず。

だからこそ。

一瞬の躊躇《ちゅうちょ》もなく、脚音《あしおと》もなく、自分の制空圏に入ったその自転車を呼び止めた。

激しいブレーキ音。予想していたが、これで余裕は無くなった。

機先を制して圧縮空気のような声を発する——

「その先は駄目だ。

大浪地区公会堂には、毛布をかぶった元同僚がふたり、待ち伏せているからな」

「き、清里教官‼」

「声を出すな」

「ど、どうして」

「ガソリンは匂う。すぐ離脱だ」

「じゃあ、知っていて」

「いや知らん。忘れたかも知れん。俺は教え子の補導に来ただけだ。急げ」

能泉市西《にし》の湖《こ》町・能泉署第二待機宿舎

私たちの現場離脱は、無事成功した。もっとも、清里教官がいなければ、どうなっていたか分からない——

「いや構うな、茶も要らん。むしろ済まんな、邪魔して」

「邪魔だなんて……」

「ラブホテルといきたい所だが、警察官にとっては鬼門《きもん》だ」

「それは、解ります」

徒歩で入っても、車で入っても、確実に顔まで捕捉《ほそく》される。エントランスもロビーもエレベータも廊下も、すべて防犯カメラの射程圏。そしてラブホテル……関連四号営業は、警察の管轄する業界。風営法《ふうえいほう》の直撃を受けている。だから、警察の軍門に降《くだ》らないホテルはないし、抵抗すれば廃業届を書かされるだけ。あの剛毅《ごうき》で鷹揚《おうよう》な佐潟次長でさえ、シティホテルを使うほどだ。それも、刑事部門の傘下《さんか》に入ったシティホテル。ホテルにすら、セクショナリズムの縄張りがある。

「まあ宿舎の女性階への侵入も、充分懲戒処分《ちょうかいしょぶん》ものなんだが、宿舎のカメラは死角だらけだからな」

「……清里教官も、待機宿舎ずまいでしたね。第一でしたか」

「ああ。昔は嫁さんと民間のアパートだったが、今じゃあ寝に帰るだけだからな。待機宿舎どころか、四畳半ひと間でもいいいんだが」

「おモテになりそうなのに？」

私はマグカップでコーヒーを出した。

この二〇一号室には、女友達に出せるようなカップしかない。あの人が、まさか待機宿舎などに来るはずもないから。教官に出したのは、いちばんカサのあるスープマグ。そう、かつて啓太が使っていたものだ。啓太もまた、つきあっていた頃、カメラをくぐってここへ来た。非番の夜、泊まっていったこともある。そうするしかなかった。啓太の独身寮は男性専用だから、セキュリティ以前の問題として、私がうろつくことは論外なほど目立つのだ。

「いつか学校で喋ったか……俺は器用じゃないから、今の相手だけで充分だ」

「学生時代の、頑固で手に負えなかったたって人ですか？」

「さてどうだか。

まあ、手には負えない。腐れ縁というほど会ってはいないが、致命的な女だ」

「『若い頃ってのは、後先《あとさき》考えないもんだなあ』とおっしゃってましたね」

「恋はいい。俺のかつての仕事も、まあ求愛活動みたいなものだったからな。ストーカーめいた感じはあるが。

どんな恋でも、恋はいい……後先考えないのもいい……溺れたことのない奴に、本当の客商売はできないよ。そして、警察は客商売の最たるものだ。

ただ。

八百屋お七は火あぶりになった。

死んで花実《はなみ》が咲くか。死んだら恋もできん。溺れることも、後先忘れることすらできん……

コーヒー美味《うま》そうだな、頂こう」

清里教官の呼吸の置き方は、心に染みた。私は自分のコーヒーを冷ますふりをして、必死にマグカップへと顔を伏せる。教官は幾度か飲物を啜《すす》ったあと、そう、試験前にそれとなく出題項目をさとらせる、そんな口調でぽつりと言った。

「ガソリンは、ＰＢのミニパトからだな？」

「……はい」

「買えば目立つし、そもそも法令に触れる」

「狙いはパンプス、だったんですね。私が学校に行ったときのパンプス」

「警察学校にはスーツで来る。必ず。なら、官品《カンピン》のパンプスを合わせるだろうと思った。ＰＢで制服と合わせるパンプスだ――ただ、会計課に遊んでるのがあったこと。誰かに使わせようと思ったこと。それは本当だ」

「ちょっと零《こぼ》しただけだったのに……」

「まあ、ほとんど揮発《きはつ》していたさ。誰も意識すらしないはずだ。ただ染みには、独特のものがある。だからだろうが、靴墨《くつずみ》の塗り方もおかしかった。これも、言われてみればという程度だ。誰も意識しはしない」

「じゃあ、荷物があるから、カサのあるバッグを用意してこいとおっしゃったのも……」

「そっちはバクチの度合いが大きかったが、結果としてはパンプスと一緒だ。確かめたいことは確かめられた」

「警察学校へ呼び出したとき、もう私を疑ってらしたんですか？」

「まさか、とは思っていた。証拠が獲《え》られんなら、直当《じかあ》たりで衝突《ぶつ》けてしまおうかとも思っていた。そうしたら感《カン》は獲《と》れるし、最善のシナリオでは、笑い話で終わるかも知れんからな」

「……ところがまさかの大当たり」

特に眼を掛けていた教え子は、放火犯。それも交番連続放火犯という最大級の破廉恥犯《はれんちはん》だったのだ。そして、『まさかと思っていた』のなら、もうその動機も御存知だろう。訊く必要もないくらいに。

そう、放火は刑事一課の仕事。佐潟《さかた》刑事次長は叩き上げ。臨場できるときは必ず現場に出てくる。まして警察施設へのテロは（テロに申し訳ない言葉遣いだけど……）重大事案だ。必ずPSから飛び出してくる。そして佐潟次長が臨場できる時とは、すなわち勤務時間内か、当直の夜かである。

「まだ、忘れられんのか」

「無理です」

「引き続き頑固だな」

「とうとう、犯罪者にまでなりました」

「会えない苦しさ、か」

「地域の私が、刑事次長室にうかがう理由はひとつもありません。いえ、それ以前に、もう能泉PS内に知れ渡っていることです。刑事部屋の掃除くらいはできても、絶対に、刑事次長室のドアを叩くことはできません」

「そりゃ署内ではそうだろうが、署外なら幾らでも機会はあるだろう」

「監察に上申書《じょうしんしょ》を書かされています。二度と佐潟次長に接触しないと」

「もちろん、佐潟警視も書かされただろうな」

「それがなくても、もう奥様の眼はとても盗めません」

「それじゃあ、露見してからは？」

「……私的には一切、会っていません。佐潟次長も、会ってくれる気はありません」

「だからせめて公的に、顔だけでも見たい。話をする機会がほしい。そういうことか？」

「御覧になったとおりです」

「まさに歌舞伎《しばい》だな。

火つけは死罪――火に炙《あぶ》られて殺される――ああ吉三《きちさ》さん、交番が燃えているよ――私とお前の何もかも――」

「覚悟はできています。教官に検挙されるなら、本望です」

「俺は何も知らんよ。

そもそも散歩をしていたら、懐かしい教え子の顔が見えたんで、職質《バン》かけてみただけだ。所持品検査すらしていないから、お前が何を所持していたのかも証拠化できない。お前、確か刑法はAだったな？　放火犯の実行の着手は？」

「……一般には、点火行為です。燃焼継続性が必要ですが」

「例外的には、いつ着火しても面妖《おか》しくないほど派手にガソリンを撒《ま》く、とかだな。いずれにしても、ガソリン入りのペットボトルを所持していただけでは、まさか放火は立たん。そうだな。公道の真ん真ん中でガス欠やらかして、焦って小買いしたのかも知れん。量的に変だというのなら、エンジンカッターが使いたかったのかも知れん」

「それじゃあまさか、教官は!!」

「まさかも何も、俺は待機宿舎の女性階に侵入している、建侵《ケンシン》の現行犯だぞ？　そして建侵は放火と違う。敷地に靴が入った時点で御立派な既遂《きすい》だ。実は俺はな、諏訪。お前に逮捕されるんじゃないかと思うと、心臓がドキドキして堪《たま》らん」

……私は清里教官がここへ来た理由が解った。

私を安心させる。それが目的だ。

教え子の待機宿舎に、現役の学校教官が侵入するなど、少なくとも地元紙が狂喜してしまう破《は》廉《れん》恥《ち》犯《はん》である。つまり清里教官は、我と自ら犯罪者になってみせる事によって、真実の放火犯である私と、一緒のレベルになってくれたのだ。その行為そのもので、私の交番連続放火を見逃す旨、訴えかけているのだ。

けれど清里教官は何故、そうまでして私を？　私はそれだけの意味がある存在？

「公園交番も上北山《かみきたやま》交番も、まあ壁と窓を派手に焼かれたが、それだけといえばそれだけだ。勝手口の方だから、市民にも目立たん。交番機能もすぐ恢復《かいふく》している。それは焼け焦げくさいだろうが……要するにここまでの所、まあ会計課は修繕費《しゅうぜんひ》に泣くだろうが、実質的な被害は出ていない」

「だからといって、私のしたことは」

「確かに許されん。組織に喧嘩《けんか》を売るのは、警察官最大の禁忌《タブー》だからな――

だが諏訪、よく聴け。

お前はさっき、忘れられんと言ったな。佐潟を忘れるのは無理だと。

それは昔の男より、まだ佐潟を選ぶということか？」

「はい」

「……また交番放火をしてでも会いたいのか。それほどまでにか」

「はい」

「供述拒否権《きょうじゅつきょひけん》は認めるが……

何故そうまで佐潟に執拗《こだわ》る？　昔の男の方がまだマシだろう？　俺の見込み違いか？」

「佐潟次長は、私に優しくしてくれました」

「男が狙ったタマに優しくするのは当然のことだ。お前、もう二十四歳ＯＬだろうが」

「そういうことじゃ……

私たち、当直班が一緒だったんです。そして私、清里教官も御存知だと思いますが、いきなり刑事に抜擢されて、右も左も分からなくて……係長にも主任にも、朝から晩まで怒鳴られて。

私の前任の斉藤女警《さいとうじょけい》、御存知ですよね？」

「ああ、俺も能泉ＰＳの警備課にいたからな。アイツはまあ、バケモノだよ」

「書類も調べも見分も、完璧な人でした。もちろん実力です。ただ、その実力をつけるため、連日三時間睡眠で勉強を……しかもそんな気配、絶対に見せずに」

「刑事一課では、斉藤巡査はもう、ベテラン巡査部長級の戦力として頼りにされていたな。そして、あっという暇《ま》に警察本部の捜査一課に抜擢されていった。将来の女性署長だろう」

「私にはそれが無理でした……どうしても、斉藤さんと競《くら》べられてしまって……必死に勉強はしました。でも、刑事一課としては、斉藤さんが捜一《ソウイチ》にとられて、そもそも面白くない所に、私みたいなマヌケた新人を押し付けられて……」

「お前は素養のある奴だよ。女警首席じゃないか。それに誰だって最初から、何でもできるはずがない」

「その学校の成績も逆効果で……女警首席で、斉藤さんの太鼓《たいこ》判《ばん》まであったのに、斉藤さんの一〇分の一も刑事一課に貢献できない。それは係長も主任も、イライラしますよね。最初のうちは、まだ真剣に怒鳴って叱ってくれていたんです。だけど、だんだん指導するのがバカバカしくなってきたのか、もう仕事を任せてはくれない様になって……できることといえば、掃除と電話番くらいで……そうなると、過去の捜査書類とか読んで勉強するんですけど、どうしても生きた仕事を盗む機会がなくなって」

「刑事を下りたい、地域に帰りたいって、零《こぼ》したこともあった様だな？」

「もちろん自分で志望した専務《センム》です。口を利いてくださった、斉藤さんへの恩義もあります。だから、刑事を離れたくはありませんでした。ただ、自分がいることで、刑事一課の雰囲気が悪くなったり、実働員が実質、マイナス1になっていることが、本当に苦しくて、申し訳なかったんです」

「だが、それだけじゃあるまい？」

「……何でも御存知なんですね。

清里教官が、学校でおっしゃったとおりです。女性警察官の専務登用は推薦入試で、いってみればチート。御説明するまでもないですが、その切符を手に入れられるかどうかは、学校成績とか、地域での勤務態度とか、あとは斉藤さんがしてくれたみたいに、いいタイミングで一本釣りしてもらえるかとか……いろんな要素が絡《から》むんですけど、男性警察官の一般入試みたいに、公正な競争だとはとても言えません。

そうすると、その……」

「まあ男性警察官は、愉快《ゆかい》じゃないわな。

交番で何年も下積みをして、あるいは機動隊に行ってハナクソ扱いされて、必死で上に認められようとして、階級を上げてアピールしたりもして。それでようやく、一般入試の願書が出せるくらいだから。それだって、合格して登用される保証はない。一生涯、交番ってことも異例じゃない。それが女警とくれば、まあ実態はともかくチヤホヤされるわ、三交替勤務から離れられるわ、交番を見下せるポジションに行けるわ――

ただ、それよりも、だ」

「そうです。陳腐《ちんぷ》ですが、女の敵は女」

「バッシングは、強かったたか」

「これもやっぱり、斉藤さんレベルだったら、気にもしないでいいし、実力で黙らせられるんですけど……そしてむしろ、署の女警のあこがれになれるんですけど」

「あまりパッとしないとなると、『何であの諏訪が』と嫉妬《しっと》が沸き起こる」

「……既に専務入りしている先輩女警からすれば、面汚《つらよご》しということになりますし、まだ地域で頑晴《がんば》っている先輩女警からすれば、『コネでAOのオヤジ誑《たら》し許すまじ』なんてことに、どうしてもなります」

「男の俺には実感できんが、精神的につらかったことは理解できる」

「佐潟次長は、当直勤務の夜ごとに、私の悩みを聴いてくれたんです。雑音もやっかみも多いけれど、自分はお前に期待をしているから、挫《くじ》けずに前を見ろと。自分でよかったら、幾らでも力になると。そして実際、自分が若い頃した勉強法とか、係長・主任それぞれの仕事のクセとか、『刑事の新人としてここを押さえておかなきゃいけない』といったツボを、本当に親身に、懇切丁寧《こんせつていねい》に、教えてくださいました」

「密室の、そう例えば、夜の刑事次長室でか」

「……それは、当直班とかの人目があると、また私の立場が悪くなるから」

「そして業務指導が身上指導に、身上指導が生活指導に、やがて生活指導が肉弾的指導になったわけだ」

「それがお望みならそうです!! よく御存知じゃないですか教官!!」

「だから離れられないと」

「頭では解ってます。もう、終わってしまったってこと。でも、どうしようもないんです」

「だが、もう佐潟と会う機会は無い。それこそ署長副署長《オヤジオフクロ》からも、監察からも、いってみれば接近禁止命令が出たわけだからな。そして残酷だが、佐潟自身も、お前より奥方を選んだと、まあそれが客観的事実だ。かなり単純化してはいるが。

ならどうする。

まだ八百屋お七を続けるか？　そして懸命に消火活動でもやって、佐潟の気を魅《ひ》くのか」

「それは」

「今夜は容疑者未満ですんだ。だがこんなことを続けていては、確実に被疑者になり、確実に被告人になり、確実に監察事案になって、刑事処分と懲戒処分のダブルパンチだぞ」

「私は、もうどうなっても」

「ああ、そうか。そういうことか。なるほど。

どうせ組織で死んだ身だ。しかも、主犯の佐潟はお咎《とが》めナシ。のうのうと管理職を続けている。警察本部長とも県議とも親しい。総務課の議会担当調査官だった人材だからな。その政治力から考えれば、バカをみたのはお前だけ――

なら敢《あ》えて無茶苦茶やって、そうでっかい花火を上げて、佐潟にも無理矢理心中してもらうと、そういうことか。なるほど。

不倫だけならまだしも、愛人ひとり処理できず、交番連続放火までさせてしまったとあっては、今度こそ佐潟も職を追われるだろうからな。実際の所は、それなりの天下り先が、ほとぼりの冷めた頃用意されるだろうから、とても心中とは言えんのだが。

そういうことか？

どうせ手に入らないのなら、帰ってこないのなら佐潟を刺す。それがお前の真意か？」

「私は……そこまでは……」またぼろぼろと涙が溢《あふ》れる。「……もうストーカーなんです。何も考えられないんです。自分がやっていることも、本当は解ってないんです。だから、私があの人を求めているのか、あの人を無茶苦茶にしたいのか、それすら……」

「そこでだ、諏訪。もし俺が、佐潟と会えるようにしてやれる――としたら？」

「えっ」

「より正確に言えば、佐潟の方から、どうしてもお前にコンタクトをとってくる。俺にはそういう脚本を書くことができる。お前が直接、何もしなくとも――もちろん交番放火をしなくとも、だ。そう、佐潟が土下座をして『頼むから会って話をしてくれ』と哀願する、そんな状況を作り出すことができる」

「そんなこと」

「できる」

「でも清里教官は、もう私のことを知って……どうしてそんな事までなさるんです？」

「先般、警察学校で話したこと、憶《おぼ》えているな？」

「……私を警備に登用するというお話ですか？」

「まさしく。

そして詳細はまだ言えん。言えんが、それは実は、佐潟警視絡《がら》みだ」

「い、意味が解りません」

「お前は佐潟と抜き差しならぬ関係にある。また、意味が解っているかは別論、抜き差しならぬ事も知ってしまった。

いいいい、それが使える。

佐潟はヤバい橋を渡っている奴だ。もちろん、お前との不倫なんかじゃない。そんなもの、木《こ》っ端微塵《ぱみじん》に吹き飛ぶほどのまさに火遊びだ」

「そ、それはひょっとして、私が相談したスマホの事とか、教官が写しを撮ったあの通帳とかと、関係があるんですか。あれはやっぱり、そんなに恐ろしい事なんですか」

「関係があるかどうか。どのような意味があるのか……

それは、警察組織として解明する必要がある。

そしてその突破口は、実はお前がにぎっている。お前こそ佐潟のアキレス腱だからな」

「そ、それじゃあまさか、清里教官は、佐潟次長をおとしいれようと……私を使って!!」

「それは全然違う。俺も警察官だ。お前の火遊びを止《と》めたように、佐潟の火遊びも止めたい。

そしてお前が被告人にならずにすんだ様に、佐潟もはやく改心させてやりたい。放火犯までになったお前なら解るだろう。まだ引き返せるポイントと、もう堕《お》ちるしかない断崖絶壁《だんがいぜっぺき》の違いがな」

「まだよく解りませんが、佐潟次長も、私との関係以上の不祥事を犯している、そういうことですか？」

「不祥事であり犯罪だ。これも詳細は措《お》くが、御立派な地公法違反《ちこうほう》だ。そして俺の睨《にら》んだところ、まだ警察本部をふくめ誰も認知してはいない。そう判断できる合理的な根拠もある——すなわち、今夜のお前と一緒だ。過去の犯罪はともかく、これからの現行犯は予防できる。そういう状況だ。それなら犯罪として立件はされないし、したがって刑事処分もない。まして懲戒処分もない」

「……私の放火だって、バレれば懲戒免職《ちょうかいめんしょく》だと思うんですが、佐潟次長もそうですか」

「違う」

「は、犯罪なのに？」

「絶対に表沙汰《おもてざた》にはできない犯罪というものがある。純然たる不祥事ならば、殺人だろうと放火だろうとストーカーだろうと、今は報道発表するさ。だが重ねて、佐潟の渡っている橋はぶっちぎりにヤバいもの。報道発表どころか、警察内部にすら知られてはならんレベルだ。それを知り、摘発に関与した極少数の警察官が、絶対に墓場まで持ってゆく。そんなネタさ。まさか懲戒免職なんかにはできないし、表沙汰にもならない。ただフェアであるために言っておくが、事実上の処分はある――更迭《こうてつ》と冷遇と飼い殺しだ。しかも組織に対して生涯、奴隷的な奉仕を強いられるだろう」

「……清里教官は、警備部門は、それをどうしても摘発なさりたいのですね？」

「そのために、佐潟へ諸々《もろもろ》、仕掛ける」

「元の愛人を……元の愛人をその手駒に使うんですか」

「否定はしない。だがお前の協力なくして、このオペレーションは成立しない」

「地公法違反っていうのは何なんですか？　まさか、佐潟次長は警察組織の」

「警備専務員の美徳はな、諏訪。舌の動きが最小限であることだ。言葉にするときは、勝負が見えたとき。そのときだけだ。よく憶えておけ」

「なら、もう勝負は見えておられるんですね……私がこれを、断らないと」

「確かに諏訪、お前は自暴自棄になっているが、それも佐潟を愛すればこそだ。佐潟の不幸は望まないさ、絶対に。そして佐潟を今、止めなければ、奴はいずれ懲戒免職になるよ――お前みたいな駆け出し刑事に、とんでもない物証《ぶっしょう》を確保されるほど防衛心が希薄《きはく》だからな。だから、もし、佐潟にとって最悪の結果を避けたければ、お前自身がどっぷり関与するしか道はない。佐潟の捜査の進展、知りたいし見到《みとど》けたいだろう？

そしてそうすれば、既に約束したことだが、佐潟の方からお前に連絡をとってくる――必ず。どうしても会ってくれと哀願するようになる――必ず。その寝物語《ピロウトーク》が焼《や》け棒杭《ぼっくい》になるのか修羅《しゅら》場《ば》になるのかは知らん。そしてそこで獲《え》られる情報以外に興味はない。だが、八百屋お七をやってまで会いたかった佐潟が、半泣きになりながらお前に膝《ひざ》を屈する。頼むから会ってくれとな――必ず。

どうだ。

そうでもせんと、お前たちの関係については、進展も決着も考えられんだろう？」

……清里教官は、薄汚いことを言っている様だが、しかし誠実だ。私と取引をしたいなら、もっとシンプルな方法があるからだ。そう、私を交番連続放火犯として、監察にでも売り渡すと言えばすむ。私を脅迫で屈服させるなど、教官にとっては子供の遊びだ。

自暴自棄なとき。後先考えていないとき。まだバレてはいないと思っているとき。そんなときは、それこそ猪突猛進《ちょとつもうしん》するだけだ。デタラメやるのがシナリオで、それ以外の選択肢はない。

ただ。

とうとう放火がバレてしまい、縁浅からぬ教官と膝詰《ひざ》めて話し合ってみれば――

やっと就職をして、やっと社会人三年生として軌道に乗りかけた巡査。たちまち窓際コースに行き着いてしまったけれど、それすら警備部門が救済すると言っている。デタラメもチャラにすると言ってくれている。そうなると、たちまち恐怖と後悔が先に立ってくる。救われる道ができたから。焼け落ちたと思った橋が、また架《か》けられたから。なおさら自分が可愛くなってくる方が、ヒトとして自然だ。

そう。

そろそろ看護師として体力の限界を感じつつある母親。やっと大学や高校に合格して、これからまだまだ学費も生活費も掛かる妹たち。清里教官なら、そんな『諏訪菜々子の身上関係』も、とっくに押さえているはずだ。冷静に考えれば、二十四歳ＯＬは昇任して昇給を狙うのが先で、まさか無茶苦茶やって懲戒免職に突き進むなどバカの極み――

だから。

バレてしまった今、私の懲戒免職は、清里教官にとって大きな取引カードとなるのだ。

けれど教官は、そんなあからさまで下品な、そして強制的なカードは切らなかった。

それは、私との人間関係を重んじているからだ。私にはそれがよく解った。いや、私はこの人が、そういう人だと最初から知っている。

「……幾つか、確認させてください」

「無論だ」

「佐潟次長は、仮に摘発されても、刑事処分も懲戒処分もないんですね？　本当ですね？」

「本当だ。これも詳細は措《お》くが、そうしないことが警察組織の最大幸福だからだ。警察本部長も警務《けいむ》部長も、首席監察官もこぞってそう判断する。これは絶対に確実なことだ。目的は改心であって、排除ではない」

「私が、佐潟次長を、その、内偵《ないてい》とかするってことは、佐潟次長には秘密ですね？」

「内偵と呼ぶかどうかは別として、マル対にわざわざ教えてどうする」

「けれど、私は佐潟次長と接触できる……いえ接触することになるんでしょう？　なら内偵も秘密もないと思うんですが……」

「当然、接触目的は欺騙《ぎへん》する。まさか俺のシナリオだとも、警備の仕事だとも知られるはずがない。お前は基本、捨てられた愛人として会えばいいし、それこそが俺の狙いだ」

「それで、佐潟次長が摘発されたとき、私がその、裏切っていたという事は」

「奴に教えてやる義理はないし、そもそも裏切りじゃない。改心させてやるんだからな。それにすべてが決着したとき、奴には過去を検証するだけの余裕はないさ。いそがしくなるからな」

「そうすると、このことは、私と教官と、警備の人しか」

「いや俺とお前しか知らん。未来永劫《みらいえいごう》、そうだろう。俺はオペレーションについて報告をするが、お前を運用していることはまさか口外せんし、する必要が無い」

「署長も副署長も、警備課長も」

「それが望みなら警察本部長以下警察本部のスタッフも、誰も知らんままで終わる」

私は言葉を発することを決断した。

「……解りました。お受けします」

「有難い。恩に着る。

そこでだ諏訪。まず第一に、明日は当務《とうむ》だな？」

「は、はい」

「なら交番勤務は自然に、平然と続けてくれ。もし刑事部屋の掃除がしたかったら、それもかまわん。突然止《や》めるのは不自然だからな」

「はい」

「ただし、当務の終わりに、そう着換えて上がる前に、制服姿のまま、能泉ＰＳの警備課へ入ってくれ。各当務の終わりに、確実にだ」

「署の警備課へ、ですか。私、一度もお邪魔したこと、ないんですが」

「警備課長に話をつけておく。だが実は、このことに意味は無い。正確には、外観以上の意味は無い。だから茶飲み話をして、そうだな、十五分ほどで引き上げてくれればいい」

「……解りました。各当務の終わりごと、必ずですね」

「そうだ。だから三日に一回、繰り返してだ。

そして第三に、これは野暮《やぼ》な話だが、これ以上の火遊びは絶対に止めてもらいたい」

「すみません……もう絶対に、しません」

ここで、私は危惧していたことを、やっと口にできた。確認しなければいけないこと。

「清里教官。

学校勤務の教官でさえ私を制止できたということは、交番連続放火の犯人像は、もう」

「いや、まさかお前だとは、誰ひとり想像してもいないだろう。

学校教官の身で、能泉PSの実情はつかみきれんから、絶対とは言わん。だが知ってのとおり、俺も能泉の警備課員だったからな。実は刑事一課にも、それなりの線はある。それなりのネタで固めてあるオトモダチがな。ソイツからレクチャーは受けている」

「ど、どんな感じなんでしょう、捜査は」

「知っているだろうが、捜本《ソウホン》は起《た》ち上がっていない。マスコミ対策上、目立ちすぎるからな。だから交番連続放火を担当しているのは、まさにPSの佐潟警視以下、刑事一課の面々。強行係だけでなく、盗犯係、鑑識係からも人出しさせた特命班だ。能泉PSの規模だから、一〇人前後だがな。

これを要するに――

それじゃあ無理だよ。諏訪菜々子のすの字も無理だ。

そもそも、能泉署にPBは十七ある。二人×二交替にしても全然人が足りん。マトモな張り込みもできん。ランダムに警戒するだけだ。今夜みたいにな。さいわい、お前は防カメに捕捉《ほそく》されてもいない。よって、犯人像など論じる段階にない。

「ただ？」

「ただ」

「ふたつ、懸念《けねん》がないこともない。

第一に、特命班も全く重要視してはいないが、『中学三年の女生徒の目撃証言』なるものがある。これはまだ、注意報告書のレベルで止まっているがな――目撃日時は公園ＰＢがやられた夜。目撃されたのは、今夜のお前の姿そのものだ、自転車もな」

「目撃証言は、その子だけですか？」

「ああ。唯一の目撃証言だ」

「なら、どうしてそれが、特命班に重要視されなかったんですか？」

「幸か不幸か、裸眼《らがん》視力が悪すぎた上、眼鏡を作り直していなかったんだ。現場照度も悪い。二度三度、事情聴取はされたんだが、その度に証言が曖昧《あいまい》になってな。まあ中学三年の女の子だ。強面《こわもて》の刑事に軟禁《なんきん》されて詰問《きつもん》されれば、証言どころか泣きたくもなるわな。

そして、彼女のもの以外、今のところ目撃証言は無い」

「……御懸念はふたつ、とおっしゃいましたが」

「ああふたつだ。そして第二の方がやや、厄介だ」

「目撃証言では、ないんですよね？」

「証言はしていない。するはずもない。だが、目撃者であることはほぼ、確実だ」

「よく解りません」

「黒瀬巡査だよ」

「啓太が――!!」

「奴のマンロケ情報にアクセスできればガチだったんだが、さすがに学校教官ではそうもゆかん。俺の、刑事一課のオトモダチでも無理だ。端末系は必ずアシが着く。無理は頼めん。だが、ソイツから気になる情報をもらったんで、さらに突き詰めてはもらった」

「啓太の、いえ黒瀬巡査の情報ですか？」

「そうだ。しかも、極めて興味深い情報だ。

黒瀬巡査はお前と一緒の係だから、当務日も一緒。お前は能泉駅前PBで勤務し、アイツは市役所前PBで勤務する。所管区《しょかんく》は当然違うことになるな？　PBが違うんだから。

ところが。

最近の黒瀬巡査の職質《ショクシツ》は、特に午後一一時から午前三時だが、ほとんど駅前周辺で行われている。そして何故か、単独が多い。それはマンロケを活用しなくとも、職質だからすぐに知れる」

「そうか、無線ですね。PB勤務員の無線は、警察署で聴ける。刑事部屋でも」

「まさしく。職質《ショク》かけたとき無線照会しないということは、まあ稀《まれ》だからな。そしてどこで何回職質《ショク》かけたかは、勤務日誌と職質《ショクシツ》カードをチラ見すればすぐ割れる。紙媒体だからアシは着かない」

「それで時間と場所を、突き詰めてもらったんですね」

「そのとおり。そうなると問題は、何故、市役所前PBの黒瀬巡査が、そっちもそれなりに多忙なのに、無闇やたらと駅前PBの所管区を荒らしているか──ということだ。しかも荒らしているのは、午後一一時から午前三時の間。これは極めて特徴的な時間帯だと言わねばなるまい？　まして、その時間帯は奴の仮眠時間だとしたら？」

──女性警察官は、能泉駅前PBでは泊まれない。施設がないから。だから私は、午前三時まで勤務をして、その後、署のミニパトに回収されてPSへ帰署する。ところが、PBの仮眠時間帯は、まず午後一一時から始まるのだ。言い換えれば、午後一一時からは、交番で起きている警察官が、少なくなる。なら、私がPBのミニパトからガソリンを抜きやすいのは、この時間帯……啓太は、打てば響く警察官じゃないけど、これくらいの結論は、疑惑をいだいていたなら導き出せるだろう。そして啓太は、できれば職質などはせず、凝《じ》っと駅前PBを監視していたかったはず。だが、さすがに四時間も職務執行をせず所管区を離れることはできない。それこそ懲戒処分ものだ。だから、場所はともかく、勤務を励行《れいこう》しているふりをしながら……できるだけ、相勤《アイキン》警察官と離れられるシナリオを作りながら……

「啓太は私を、心配して」

「黒瀬巡査が何故、お前への容疑を認知したかは皆目《かいもく》分からん。だがお前たちは同期だし、卒配《ソツハイ》PSが一緒だし、何よりも恋愛関係にあった。二十四歳OLには失礼な教養《キョウヨウ》かも知れんが、寝た女のことであれば、仕草ひとつで異変を知っても面妖《おか》しくはないだろう？」

「終わったことです、教官。すっかり終わったこと」

「重ねて言うが、黒瀬巡査はそう思ってはいない」

「だから私を、監視までして」

「恋愛の本質は、執着だ。盲愛と呼ぼうと、ストーキングと呼ぼうと」

「……まるで教官は、違うみたいですね」

「俺は今、猛烈に、佐潟のことが気になって気になって仕方がないのでね」

「それで黒瀬巡査は、とうとう、目撃したんですか」

「その蓋然性《がいぜんせい》は、極めて強い。何故ならば、お前が上北山PBを焼こうとした夜の二日前、すなわち放火前最後の当務を機に、異常な勤務形態を止めているからだ。ピタリとな。するとだ──容疑を裏付ける目撃をした確率が九五％。新しい女でもできてお前に興味がなくなった確率が五％って所だろう、どう考えても」

「黒瀬巡査は……啓太は私を怨《うら》んでいます、とても強く」

「いや、まさかそこまで情けない男じゃない。現に誰にも喋ってはいない──刑事一課に耳打ちするのに一〇〇m歩く必要もないし、密告の警電《ケイデン》なら一〇秒掛からないし、この情報は組織内では価額急騰《きゅうとう》中なのにな。まあ、身内売りはこれまた、PS内で嫌われるといえば嫌われるが、短期的な評価はグッと上がる。警察本部のウケもよくなる──

だが。

立身出世《りっしんしゅっせ》の足掛かりを犠牲にしても、お前を擁《かば》いたいってことなんだろうな、諏訪」

「……なら黒瀬巡査は、これからも私を監視すると思います」

「正確な認識だ」

「そうすると、教官の下さったお仕事をする上では……だって、また佐潟次長と私は。それを啓太が目撃したら。それこそとんでもない事に」

「黒瀬巡査は、不確定要素だ。できれば排除したい。その口も塞《ふさ》ぎたい。だが人の記憶は消せん。俺には人事権も無いし、あったところで舌の動きは止められん。まさか人殺しなど俺にはできんし、そもそも費用対効果がバカすぎる。

ただ。

黒瀬巡査対策のキモは、アイツが物証を確保してはいないという事だ。もし確保していたとしても、急いで処分してくれただろうよ。アイツはそういう男だ。お前も知っているとおりな」

「……はい」

「だったら、黒瀬巡査に、お前が犯人ではないと確信させればそれですむ」

「そ、そんなことができますか？」

「アイツはお前を監視していた。これからもするだろう。なら、解決法は極めてシンプル。そ、それを逆用すればいい。それだけのこと」

「逆用……まさか教官は。教官はひょっとして」

「いや、合理的な計算の結果だ。費用対効果も抜群だ。

もちろん、『黒瀬巡査に御退場願う』という目的も大きい。だが、リスク管理としてもベストプランだ。何故ならば、黒瀬巡査が既にゲロしてしまっているリスクも、アイツが既に特命班にマークされ、すべてゲロさせられるといったリスクも、無視できないからな。そうした『諏訪菜々子犯人説リスク』をコントロールする必要がある」

「いえ、あの、犯人は、私……」

「……と特命班が思ってはいかん。黒瀬巡査が思ってもいかん。

そこでだ。

このベストプランで捜査が混乱し、右往左往してくれるなら——

現場指揮官の佐潟も、いよいよケツに火がついてくる。そうすれば、交番連続放火に掛かりっきり。佐潟自身のガードが極めて薄くなる。まさか捜査指揮官の自分が内偵されているだの、行動確認されているだの、気を配る余裕すら無くなるだろうよ。

カモを嵌《は》めるには、異常心理に追いこむのが最上だ。異常心理とまではゆかずとも、平常心を失ってくれれば御《おん》の字じゃないか？」

……私は、警察学校時代を思い出していた。

この人が、どれだけ偽悪的な表現をする人かということを。

だから、私は。

『そんなことができますか？』と尋ねた時点で。

卑劣にも、この人のやりたいこと、やってくれることが解っていた。

そして警察学校時代から続く、この人の優しさと温かさを思った。

同期のうち、私はそれを唯一知る、そして最も知る生徒だったから。

私は、また大粒の涙を零《こぼ》した。

私は弱い女だ。

ビジネスライクに進めようというのが、この人の思い遣りであり、心遣い。

そして、私は知っている。

この人は、自分の言葉を、額面どおり受け止めてほしいんだと。

私は、この人の偽悪的な言葉を、そのまま受け止めればいいんだと。

ただ……

私は弱い女だ。

だからある意味で、いやきっと厳密な意味で、黒瀬啓太を踏み台にし、佐潟次長を無茶苦茶にし……

そして今、破廉恥《はれんち》にも、清里哲也をも犠牲にしようとしている。自分の病気の犠牲に。

それが頭で、解っていながら。

もうそれしかないという衝動とともに、自分で自分に命じたままの言葉を紡いだ。

「教官」

「ん？」

「あの日の授業のこと、まだ憶えていますか？」

「辞職しても忘れんだろうな」

「なら、お願いがあります」

能泉署第二待機宿舎・使用者用駐車場

公休《こうきゅう》の土曜日はもう明けて、日曜日の午前四時。

黒瀬啓太巡査は、自分の独身寮を飛び出し、車で第二待機宿舎の駐車場へすべりこんだ。アパート同様の宿舎だから、別段、門扉で閉ざされている訳でもない。警察官の勤務は不規則だから、深夜・早朝に車が出入りしても面妖《おか》しくはない。

だから黒瀬巡査の唯一の懸念は、『目指すポジションが他の車に占拠されていないかどうか』、ただそれだけだった。

さすがに、白線で仕切られた駐車スペースそのものは、宿舎使用者ごと割り当てられている。たとえ空いていたとしても、そこに駐車してしまうのは不味い。そして警察官の貧乏アパートに、来客用駐車場なんて小洒落《こじゃれ》たものはない。だから、来客は――黒瀬巡査自身、何度も何度も繰り返していた事だが――路駐を避けるなら、非常階段裏のちょっとした通路に置くか、宿舎建物の横《よこ》っ面《つら》に、ぴたりと着けるしかない。

そして。

今夜の黒瀬巡査は、かつてと違って、どちらでも空いていればよい、などという気持ちではなかった。是が非でも、入口正面の宿舎壁面に、ぴたりと寄せる必要があった。だから、そこに先客がいないことを知って、黒瀬巡査は暗いよろこびを憶《おぼ》えた。

（ここでなきゃ、意味がない!!）

黒瀬巡査の心は、それこそガソリンを撒《ま》かれて放火された様に、燃え猛《たけ》っていた。別段、午前三時半の怪電話に、怒っていた訳ではない。それにはむしろ感謝していた。たとえ、午後一一時に就寝していた所を、叩き起こされたとしても。

そう、日曜の朝からは、また二十四時間の当務《とうむ》。諏訪菜々子の監視があるから、仮眠などできはしない。だから、二十四歳若手社員としては、極めて健康的な時刻に就寝していたのだ。そこへきて、非常呼集に備え着信音発信にしてあるスマホが、いきなり三時半に鳴り出したのである。当然、署からだと信じて疑わなかった黒瀬巡査は、発信者を確かめなかった。それが、必ず『0110』で終わる警察署の番号でなかったことを知ったのは――しかも非通知だったと知ったのは、三分三七秒で会話が終了した後。着信履歴を調べたその後である。

その、親切な電話――

『もしもし、黒瀬巡査ですか？』

「……はいそうですが」

『清里警部補を知っていますね？』

「あなた誰です」

『あなたの身方ですよ。そして、諏訪菜々子さんの身方でもあります』

「なんだって？」

『今、清里が諏訪菜々子さんの二〇一号室にいるの、御存知ですか？』

「えっ」

『警部補であり、教官でもある者が、この時間に教え子と……そもそも内規違反じゃないですか。聖職者が、いやはや』

「ど、どうしてそんなことを」

『どうしてといっても……知ってしまいましたから』

「何をだ⁉」

『彼女、脅迫されているんです。そう、清里も目撃したんですよ黒瀬巡査。あなた同様にね』

「な、何を目撃したんだ。脅迫だって⁉　僕が何を目撃したって――」

『昨夕、ＰＢ付近で、あの現場を押さえられましてねえ彼女。ところが清里は、組織にも報告せず……あとはもう言いなりですよ、諏訪菜々子さん』

「あ、あの現場ってまさか‼」

『清里は独身ですからね。それはもう、それはもうでしょうね。いいオモチャだ』

「あんたも知っているのか。そもそも僕の身方って、あんたいったい」

『いや誤解なきよう。私は諏訪菜々子さんのしたイタズラなんて、どうでもいいんですよ……ただね、私、その昔ですけど、あの清里にはそりゃもう痛い眼に遭《あ》わされましてねえ。清里が警備公安の人間だってこと、御存知でしょう？　友人だろうと女だろうと、道具のように利用しては、ボロ雑巾《ぞうきん》になるまで使い切ってポイ。そうしたボロ雑巾からの、そう老婆心《ろうばしん》と思ってください……諏訪菜々子さんが、清里哲也被害者の会に入るの、私、お気の毒なんですよ……』

「菜々子が、清里教官と――清里教官に――ボロ雑巾――」

『もちろんお若い女性ですから、欲望のハケ口になるのは当然ですけど、そう、警備公安のやることとです。セックス漬けシャブ漬け、何でもあり。そうしてまた、懲《こ》りもせず謀《たくら》んだ良からぬ事に、そう手駒の売女《ばいた》として投入するつもりなんでしょう。カネと女は、工作の基本ですからねえ。特に清里の汚い遣《や》り口《くち》、私、よく知ってるんですよ……おっと御忠告。奴等は組織で動きます。黒瀬巡査、あなたひとりが足掻《あが》いてみても、いきなり交通事故に遭うか、生涯離島勤務か。まあ、どうにもなりませんよ』

「そ、それじゃあ菜々子は!!」

『遠からずシャブ中ですから、制服脱いで、今夜みたいに服も脱いで、ソープランドに沈むでしょうねえ。だって脅迫は続きますもんねえ。そりゃそうです、交番連続放火はまだ終わらないんですから』

「なっ――だって――清里教官が現場を押さえたって。だったらもう」

『火遊び、終わっちゃったら、脅すネタ無くなるじゃないですか。ネタが無くなるの、清里は嫌ですよねえ。だったらどうするか？　ネタをつくればいいんです』

「ま、まさか、菜々子を脅し続けるために、教官が自分で」

『いや知りませんよ。私の知る清里なら、たぶんそうするだろうなってだけで。そして私の知る清里なら、一度しゃぶった女は、絶対に離しません……その女が壊れるまで、ね。スッポンの清里って、聴いたことありません？　死ぬまで食いついて離れはしない。あれはそういうバケモノです』

「そんな――とにかく――そんなことは止めさせないと‼　あんた元被害者だろ⁉　わざわざこんな電話架けてきたんだ。何か僕にさせたい事、あるんだろう⁉」

『いえ別段。試されているのはあなたで、私ではありませんから』

「試されている――」

『……誰も私を、救ってはくれなかった。誰もいなかった。清里と警備公安を敵に回して、動かぬ証拠を攫《つか》んでくれる人も。組織すら持て余すバケモノを、排除してくれる人も……諏訪菜々子さんは、あなたを待っているし、あなたを試していますよ。私にはよく解る。とてもよく』

「動かぬ証拠――バケモノの、排除――」

『これが最後の老婆心です……敵は大きい。諏訪菜々子さんを取り返したかったら、よほど腰を据えて動きなさい。警備公安の前に、警察本部も監察も無力ですからね。そしてどうしても清里が止まらない様なら』

「止まらない様なら？」

『諏訪菜々子さんが本当に求めていることを、してあげなさい。さようなら』

「オイちょっと待て、まだ話は‼」

……女だと思えたが、確信は持てなかった。とても低い、じっとりとした、けれど断乎《だんこ》たる声だった。怨《うら》みがましいというよりは、起訴状でも読んでいる様な冷静さ。そこは、女らしくない。話の内容のわりに、ボルテージが全然上がらないからだ。

だが。

すぐジャージから出勤スタイルに着換え、独身寮を飛び出した黒瀬啓太にとって、それが男か女か、いや何処《どこ》の誰かはどうでもよかった。あの交番連続放火と諏訪菜々子を結び付けている時点で、ガセである確率はゼロ。そして、架電《かでん》の主はどう考えても警察部内の者、少なくとも警察OBだ。まさか部外者にできる会話じゃない。なら、清里が菜々子のワンルームにいるというのは、極めて信憑性《しんぴょうせい》のたかいネタとなる。すぐさま現場臨場する充分な理由がある――万々が一ガセならば、あの電話がいっそう不気味なものとはなるが、少なくともこの溶岩流のような怒りは収まる。嫉妬《しっと》？　いや嫉妬じゃない。当然嫉妬じゃない。もし真実、菜々子のワンルームに清里が侵入していたとすれば、それはまさに脅迫の結果なのだ。菜々子の心が清里にあるわけじゃない。

しかし。

理由がどうあれ、事情がどうあれ、菜々子の気持ちがどうあれ。

自分の女が他の男に抱かれて喘《あえ》いでいる――

そんなことは到底、許せるものでも我慢できるものでもなかった。

――黒瀬巡査は、車を狙いの位置に停車させる。エンジンも切り、しばし呼吸を整えた。

（こんな形で、これが役に立つことになるとは!!）

実は、諏訪菜々子の二〇一号室は、黒瀬巡査の車の直上になる。車を寄せた垂直の壁、その二階の位置こそが、二〇一号室なのだ。コンクリの外壁は挟むけれど、運転席から、その外壁に寄せてある本棚まで、直線距離でまさか二〇mはない。それはつまり、本棚の隣、本棚の脚《あし》元《もと》にあるコンセントまで二〇mないということ。そしてそこには、黒瀬巡査が、まだ諏訪菜々子とつきあっていた頃——したがって、この二〇一号室に歯ブラシとシェーバーすら置いていた頃——彼女にプレゼントしたピンクのテーブルタップが刺さっているはずだ。警察宿舎は安《やす》普《ぶ》請《しん》だから、ワンルームマンションっぽくはしてみても、使い勝手が悪い。電源もあきらかに足りない。だからコンセントが三つ増やせるテーブルタップを、菜々子は本当によろこんでくれた。だが、そのテーブルタップとは——

黒瀬啓太は、一〇〇円ライターに毛の生えた様な、超小型専用受信機を採り出した。イヤホンを耳に挿《い》れ、設定してあるバンドに切り換える。

テーブルタップ型盗聴器の集音能力は、周囲五m強。

ワンルームマンション型の室だから、これだけの性能なら、ほとんどの会話、生活音を集音できてしまう。そしてテーブルタップ型だから、電源は勝手に確保してくれる。要するにそのクリアなサウンドを、半永久的に、二〇〇m強は電波に乗せて飛ばしてくれるのだ。もちろん黒瀬巡査は、諏訪菜々子に離《わか》れを告げられてからも、この盗聴器だけは回収しなかった。そして時折、憑《つ》かれた様にここへやって来ては、自分でもよく解らない衝動に乗せられて、菜々子の発する生活音、独り言、そして時として電話に聴き入っていた——そう、時として三時間も五時間も。

自分が不祥事《ふしょうじ》を犯していることは、さすがに理解していた。

だが同時に、それは自分の正当な権利だとも信じて疑わなかった。諏訪菜々子は自分のものだったし、自分のものであるべきだし、まだ自分のものなのだ。少なくとも、それが黒瀬巡査の中の真実だった。そして、その真実を支える証拠が、どうしても欲しかった。

だが……

ユニットバスのドアが軋《きし》む音。

シングルベッドのマットが軋む音。

服と肌の摩擦音。シーツの擦《こす》れる音。

掛け布団とタオルケットが撥《は》ねのけられる音。

——黒瀬巡査は直ちにそれを識別できた。自分自身、何度も何度も聴いてきた音だ。

そして、ただ器物が発していた音に、人の吐息が重なり。

その吐息はたちまち喘《あえ》ぎになり、泣訴《きゅうそ》のようになり。

やがて押し殺せない快楽のうねりとなって、体液とともに淫猥《いんわい》な音を奏《かな》で始めた。

——菜々子の声は、大きい。初めて抱いたとき、吃驚《びっくり》したほどに。

だから其奴《そいつ》の声はほとんど聴こえなかった。

ほとんど、だ。

だが、黒瀬啓太は盗聴者である。それも、ここ二〇一号室だけとはいえ、累犯者《るいはんしゃ》だ。

諏訪菜々子が自分でするときの癖も音も、既に知り尽くしている。菜々子のやり方として、五分以上を掛けることはない。オモチャを使わないこともない。だが震動音は聴こえないし、五分などとっくに過ぎている。いや、もう三〇分以上も卑猥《ひわい》な音は続いている。

あの菜々子の美しい尻に股関節に、硬い肉の当たる音。

菜々子のものとは思えない、ぴちゃぴちゃと粘着的な唾液音《だえきおん》。

菜々子を叫び続けさせ、あるいは菜々子に何事かを命令する、腹筋の利いた吐息。

そして何よりも、女を知り尽くしたと思われる、絶妙なリズムの打突音《だとつおん》——

——もちろん、黒瀬巡査は、諏訪菜々子の同期である。学級担任も、教科担任も一緒。

いかに吐息、いかに囁《ささや》きとはいえ、その強姦者の声を聴き間違えるはずはない。

(清里教官……清里!!)

黒瀬啓太は、ハンドルにガン、と頭を打ち付けた。

両手が真っ青になるほどハンドルを握り締める。まるで扼殺《やくさつ》するように。

額《ひたい》をガン、ガンと叩きつけ続けた。何度も何度も繰り返して。もし誰かが通り掛かっていたら、確実に聴こえたし、確実に一一〇番通報されたに違いない。車そのものが、ドン、ドンと揺れていたからである。だがさいわい夜明け前。誰も黒瀬巡査の独《ひと》り相撲《ずもう》を止めなかったし、したがって黒瀬巡査は、二〇一号室で展開している痴態《ちたい》を、延々、盗み聴きし続けることとなった。

そう、証拠は獲《え》られたのだ。

今夜、確実に諏訪菜々子は自分のものではないと。そして自分のものであるべき諏訪菜々子を略奪しているのは、誰あろう、警察学校の教官である清里なのだ。

（クソ清里――薄汚い脅迫野郎!!　菜々子に――菜々子にこんな――畜生が!!）

それでも、黒瀬啓太は。

イヤホンを耳から外すことができなかった。それは恐ろしい呪いであり拷問《ごうもん》だった。だが、いざそれを外したとき、やがて発されるかも知れない菜々子の言葉を聴き逃すのが恐かった。

もちろん、この専用受信機はスグレモノ。録音機能まである。そして当然、それは作動させてある。だがしかし、黒瀬巡査は事ここに至って、なお証拠が欲しかった――これは脅迫であり、強制なんだと。そこには愛など微塵《みじん》も無いと。だから辱《はずかし》めが終わったあと、諏訪菜々子は必ず清里を罵倒《ばとう》し、あるいは呪詛《じゅそ》するはずだ。恨《うら》み言を染《あ》びせるはずだ。それさえ聴ければ自分は立ち直れる。菜々子の恋人として。それさえ聴ければ、菜々子はまだ自分のものだと確信できるのだ。そして佐潟《さかた》に捨てられ、清里に強姦された菜々子は、とうとう自分の下に帰って来るだろう――

そのとき自分は、菜々子に証明してみせるだろう。

自分は清里など恐れはしない。警備公安など恐れはしないと。

そう。

菜々子が改心し、自分の下に帰って来るのなら、清里哲也などどうとでもしてみせる。それが菜々子への証明になる——黒瀬啓太こそが、菜々子の本当の恋人であり、保護者であると。

だが。

いよいよ二〇一号室の激しい動きが終わったとき。

聴こえてきたのは衣擦《きぬず》れの音と、ユニットバスのドアが軋む音だけだった。

ふたりは、どこまでも無言だった。やがて、シャワーが響く音。ケトルが鳴る音。

……ここで初めて、黒瀬巡査は、自分の額から血が流れていることに気付いた。

鉄錆《てつさび》くさい血を、舐めてみる。

それは、思いっ切り唇を噛み締めて切ったあの日のことを、黒瀬巡査に思い出させた。そう、夏制服から出た腕に爪を突き立てて、血まで流したあの授業を。

そうだ。

すべてはあの授業から始まっていた——

その日最後の、五限目。『警察実務（警備）』のコマ。教官はもちろん、クソ清里だ。

テーマは、社労党《しやろうとう》だった。

教科書は、予習してこなければならない。授業でもゼミでも、予習してあることが前提で講義が進むし、バンバン指名され質問もされる。特に清里は、授業の初っ端《しよぱな》からひとりずつ、立たせて口頭試問《こうとうしもん》をするタイプの教官だった。講義も何もあったもんじゃない。

ただその授業で、清里が発問していったのは、シンプルな問いだ。

新任警察官として、社会民主労働党をどう考えるか？

キレイに列ごと、ひとりずつ立たされていったクラスの生徒たちは、教科書どおりの模範解答を述べていった――かつて暴力革命を起こそうとした政党だと考えます。いまだ暴力革命路線を捨てていない政党だと考えます。テロ・ゲリラで先輩警察官を殺した政党だと考えます。暴力によって国家権力を手に入れようとする政党だと考えます。共産主義革命の障害となる警察・自衛隊・在日米軍を敵視する政党だと考えます。日本国憲法が認める天皇、私有財産制を否定する政党だと考えます。三〇万人の現勢《げんせい》を有する日本最大の共産主義政党だと考えます。階級国家観・暴力革命論・プロレタリア独裁・プロレタリア国際主義を捨てない、マルクス＝レーニン主義の革命政党だと考えます。仮に権力をにぎった時、日本国憲法の人権分野も統治機構分野も守らない政党だと考えます。警察が重大な関心を持って見守ってゆかねばならない政党だと考えます。警察に対して、活発な情報収集活動と攪乱《かくらん》工作を行っている政党だと考えます。警察官として対決姿勢を忘れてはならない政党だと考えます――

それはそうだ。

そう答えなければ、まず卒業試験で落とされる。内申というか平常点《へいじょうてん》すら、危ない。

(もちろん僕も、教科書どおりのことを答えた。けれど正直、空念仏《からねんぶつ》を唱えただけだ。共産主義だの、マルクス＝レーニン主義だの、試験が終わればどうでもいい。というか実際、意味も中身も解っちゃいない。暴力革命だなんて、同期の誰も信じちゃいない。ただ社会人として、この会社から給料を貰わなくちゃならない新人として、会社が求める踏み絵を踏んだだけだ。ハッキリ言って、あんなの、警察だけが信じているカルト教義じゃないか。社労党自身だって、まさか信じちゃいないだろう。ただそれを信じなければ——信じたと告白しなければ、この会社で生きてはゆけない。

誰だってバカバカしいと思いながら、割り切って、ロールプレイしてただけだ)

だが、諏訪菜々子だけは、違った。

いきなり清里に食って掛かったのだ。

それまでパッと見、満足げながら、どこか事務的に念仏を聴いていた清里に。

(しかも、その内容!!)

教場《きょうじょう》は鋭い戦慄と恐れにつつまれた。

諏訪菜々子は、御約束を破ったのだ。『あなたは神を信じますか?』『はい信じます』という予定調和に、正面対峙《しょうめんたいじ》したのだった。もちろん黒瀬啓太も耳を疑った。自殺行為だ。諏訪菜々子が徹底的に列《なら》べ立てたのは——

『ならどうして、事件を摘発して壊滅させないのですか?』

『本当に摘発すべき犯罪を行っているのですか?』

『行っているなら検挙できない方が悪いし、行っていないなら冤罪《えんざい》じゃないでしょうか』

『国民は誰も解ってくれないと思います』

『国民の見えない所で悪事をしているというなら、見える様にしないと誰も理解しません』

『少なくとも私は、私の母にも妹にも、舌を嚙まずに説明することができません』

『ある思想を持っているからといって、警察がつけねらうなんて、憲法違反です』

『それは、国民を見えない檻《おり》に閉じこめ、国民を籠《かご》の鳥にすることだと思います』

『どうして暴力団みたいに、反社会的だと、社会から排除すべきだと言えないんですか？』

『真剣につぶすというなら、暴対法みたいなのを作って、法的根拠をしっかりすべきです』

『反社会的だというなら、暴力団員の更生みたいに、社会復帰のシステムがあるはずです』

『対決意識を持て、警戒を怠《おこた》るなと言いながら、敵だと公表しないのは卑怯《ひきょう》です』

……菜々子は、当時から刑事志望だった。

そして刑事の教科担任と、それまでは親しかった。いや、その関係が悪化することは、卒業までなかったが。だからこそ、刑事とか組対《そたい》のやり方と全然違う、抽象的で理念先行の、しかも事件検挙実績がほとんどない警備部門に対して、反感があったし、反感を吹き込まれてもいたんだろう。

そして、菜々子に言われて僕も納得した。もちろん口にはしなかったが。

(三〇万人の、警察最大の敵だというのなら。

暴力団事件、汚職事件、極左事件、右翼事件みたいに、例年必ず報道されるだけの事件検挙がなければ面妖《おか》しいし、警察を敵視して攪乱《かくらん》してくるって言うのなら、その実例を挙げてくれなきゃ困る。日本なり日本国憲法なりを根底からくつがえすというのなら、これこれこういう理由で反社会的なんですよと、そう、暴力団みたいにスパッと説明できなきゃ変じゃないか)

ところが、そうした実例なり説明なりは、教科書に載ってない。

もちろん僕らは新任巡査で新社会人だから、右も左も分からないのは当然だ。教科書に載っないのが、載せられないからなのか、載せられるものがそもそも無いのか、それすら分からない。

　ただひとつだけ、確実なことは。

　菜々子が指摘したとおり、こんな教科書では警察官すら納得できないし、当事者である警察官が納得できないのなら、国民が理解してくれるはずもないということだ。

『直感ですけど、国民が解ってくれないから隠れ、隠れるから解ってもらえず、解ってもらえないからまた隠す……そんな悪循環の匂いすらします。そして、これはいつも、教官たちがおっしゃっていることですよね。納税者が納得できる仕事をしろと。

　五〇年も六〇年も結果が出ていないのに、どうして納税者が、社労党はケシカランと言ってくれるでしょうか？　そんな仕事のために、ヒトを籠の中の鳥にするなんて、とても許されない奴隷主義だと思います』

　凍りついた教場で、誰もが菜々子を見凝《みつ》めていた教場で、しかし僕は清里教官を見た。

　笑っていた。

　それは大笑でも嘲笑でも、会心の笑みでもない。

　まるで遠目に獲物《えもの》を見つけた猛禽《もうきん》のような、冷静で冷徹な満足感だった。

　そして、メモもとっていなかった清里教官は。

　事務的だった口調をほんの少しだけ語り部《かたりべ》のようにしながら、菜々子が指摘した全ての点について、逐一《ちくいち》、一言一句、徹底的な反論を加えていった――もちろん、菜々子も必死に反撃をした。けれど彼女が矢継《やつ》ぎ早《ばや》にする反駁《はんばく》はすべて叩《たた》き墜《お》とされ、十五分後、ヒートアップし続けた彼女はとうとう、号泣してしてしまったのだ。

(僕は、今じゃあ清里教官の反論を、何も憶えてはいない)ただハラハラして、そして、やがて違う感情に支配されて、諏訪菜々子ばかりを見凝《みつ》めていた。(ただ、今なら解る。すべてはあの日、あの授業から始まったんだ……あのときの菜々子の顔。あんなに泣き腫《は》らしながら、それでも、そう、今までとは全然違う瞳で清里教官を……清里の野郎をとらえはじめた菜々子の顔)

あのとき。

唇と腕に血をにじませながら危惧したこと。

あの菜々子の瞳は、そうだ、圧倒的な畏《おそ》れと、そして尊敬だった。

そして猛禽のように微笑んだ清里は、菜々子がそうなることもまた、解っていたはずだ。

諏訪菜々子は、そのあとも刑事志望を変えることは無かったが——

注意して観察していたら分かった。頻繁《ひんぱん》に教官室へ、清里の下へ出入りし始めたことが。

そうだ。

菜々子のなかで、確実に世界が変わったんだ。そしてそれを変えたのは、清里なんだ。

(僕は最初、徹底して言い負かされたんで、先輩に対する尊敬が芽生えたんだと思っていた。真面目な菜々子のことだ。徹底して議論してくれた教官のことが嬉しくて、刑事しか見えてなかった自分を恥じて、もっと自分を成長させようと決意したと、そう思っていた——だから、

清里との距離を縮めようとしたんだと)

けれど。

今なら解る。

まだ巡査三年生だが、それだけでこの組織のことは、それなりに骨身に染みてくる。

警察社会は、学歴社会だ。最初の警察学校の成績。管区警察学校の成績。警察大学校の成績。裏から言えば、巡査一年生の警察学校の成績も、警察官には生涯、憑《つ》いてまわる。最初の生け簀《す》から、セレクションは始まっているのだ。警備公安の清里も当然、使える後継者を、あの冷徹な瞳で見定めていたに違いない。

今なら解る。

超理論派、超秘密主義で、鉄の規律を誇る警備公安が、『一般信者』など必要としてはいないということが。清里にとって、空念仏を唱える者など路傍《ろぼう》の石。『幹部信者』になりうる素材こそ清里の獲物だ。そしてそれは、信じてもいない教科書を丸暗記する生徒ではもちろんない。警備警察にとって痛い所を突いてくる、それを自分の頭で考えられる存在——そう諏訪菜々子のような異端《いたん》な発言をする者こそ、実はダイヤモンドの原石なのだ。

(あのとき、清里がいった最後の言葉——それだけは憶えている)

泣き崩れる諏訪菜々子に、清里が告げた言葉。

これは犯罪の取締りではあるが、それとて戦争の手段に過ぎない。それが解らんならそれまでだ

（清里は、菜々子こそ『それが解る』素材だと知ったんだ。そう、菜々子のような警察官こそ、警備公安の戦争に投入できる逸材《いつざい》だと。

けれど、菜々子は最初の希望どおり、刑事に行った。刑事に登用された。

だから清里は、ずっと、凝《じ》っと、狙っていたに違いない。

菜々子をリクルートできる機会を。そして、菜々子を実戦に投入できる機会を。

ひょっとしたら。

佐潟次長との関係を、副署長なり監察なりにリークしたのは、清里かも知れない。

まさか彼女が交番連続放火までするとは思わなかっただろうけど、彼女をギリギリまで追い詰めれば、何か不祥事をしでかす。それくらいは僕でも読める。そして菜々子……なんてこった……まさに清里の思うがまま、最上等のネタをくれてやったって訳だ。いや、交番連続放火なんてモノすら、陰に陽に、清里が御膳立《おぜんだ》てした可能性だってある。

警備公安という所は、目的のためなら手段を選ばない所だから。

ハコの先輩たちは皆、奴らを監察より恐れている）

そしてそれは、既に確信水準まで信頼性の上がった『あの親切な電話』が、裏書きしてくれてるじゃないか。あれこそ警備公安が、どれだけ忌《い》み嫌われているかの証拠だ。

その刹那《せつな》――

トントン。

イヤホンに靴音が響き、黒瀬巡査は我に帰った。

あの狭い玄関。自分の革靴と、菜々子のパンプスそしてサンダルを置いたらもう一杯になってしまうあの玄関。あそこで靴をはく音を、まさか聴き間違えはしない。そしてこの靴音は、パンプスのものではない。まだ夜が明けない内に、清里は粛々《しゅくしゅく》と撤収するつもりなのだ。奴隷をひとり、残して。

ワンルームのドアが開かれる前、黒瀬巡査は今夜、ほぼ唯一の会話を聴いた――

「次の公休《こうきゅう》と、ひとつ挟んでその次の次の公休。

ツレを誘って街で飲め。民間人より本官《ホンカン》がいい。

夜の七時から一一時まではアリバイを作れ。意味は解るな？」

「教官、それはまさか」

「隣接署で一箇所、あと能泉署で二箇所。それだけPBが燃えれば、やりやすくなる。

すべては仕事で作戦だ、割り切れ」

そして。

扉が慎重に閉ざされる金属音。清里はワンルームを出た。

やがて聴こえてくる、嗚咽《おえつ》。

黒瀬啓太は、自分が生涯で初めて、確乎《かっこ》とした殺意をいだいたのを知った。

もちろん清里哲也に対するものだ。

だが、諏訪菜々子に対するものがカケラも無いかといえば……それは、嘘だった。

第3章

山蔵県警察本部二〇階・山蔵県警察総務部フロア最上階

山蔵県警察は、いわゆる指定県である。

県都である山蔵市が、政令指定都市だからだ。人口の多い都市部は当然、警察事象も多い。政令指定都市のある県は『指定県』となり、ジェネラルともいえる警視監《けいしかん》が、警察本部長となる。警視監というのもいわゆる指定職であり、民間でいう役員だ。

警視総監、という大将級が統治する警視庁は、別格だが――

大阪・京都の二府、北海道、そして指定県は、他の中小規模県とはこれまた別格である。

そして山蔵県警察も、別格として、定員一万五〇〇〇人を擁《よう》する大規模県だ。大阪府警察の二万人には数歩譲るが、あくまでも比較としていえば、鳥取県警察の――徳島県警察でもいいが――実に一〇倍近い規模である。

その警察本部庁舎も、建て換えが終わったばかり。

公称地上二一階、地下三階のインテリジェント・ビルだ。東京の丸の内、品川にあったとして、まったく遜色《そんしょく》がない。指定県の警察本部なら、それだけで県庁規模の業務を行うから、県の組織ながら県庁とは分離され、独立庁舎をかまえるのが一般なのだ。その城主＝警察本部長といえば、これまた県警察の長でありながら、県知事の指揮監督を一切受けない。文字どおり一国一城の主《あるじ》だ。

現・山蔵県警察本部長、樽水《たるみず》警視監、またしかり。

五十四歳の樽水は、むろん警察庁採用のキャリア官僚である。都道府県採用の警察官が、警視監になることはありえない。その官僚人生は、大過なく堅実なもの――どころか、生安《せいあん》・警備畑の要石《かなめいし》として、エース級の存在感を発揮してきた。地方でいえば鹿児島県警察本部長を、警察庁でいえば生活安全企画課長、首席監察官などを歴任し、いよいよ指定県の統治者として昨年、山蔵県に着任したところである。役員たる警視監として、次は是非とも警察庁の局長クラスか、警視庁の副総監を狙いたいところだ。もちろん官僚双六《すごろく》、一秒先は闇。もし今、樽水がこの瞬間、かの桶川《おけがわ》ストーカー事件とか、立川《たちかわ》無理心中事件とかいった、最大級の警察スキャンダルに見舞われればどうなるか？　出城《でじろ》役員たる皇宮警察本部長だの、警察大学校長だのすら、夢物語になろう。野心的な警察キャリアにとって、最後の職歴欄が管区警察局長というのは、退職願ものの苦痛である――

――警察本部長室は、二〇階だ。

エレベータのドアが左右に割れる。

本部長秘書官は、開いたドアの片方を蒼白《そうはく》な顔で押さえた。精一杯の恭《うやうや》しさで、最上位の上官を先に下ろす。すぐさま、流れる様な自然さとともに樽水を追い越し、従僕《じゅうぼく》のごとく先導を務めた。秘書官は、所属長未満の警視である。いよいよ署長課長になれるかは、ひとえに、警察本部長への愛と献身に――異動までの期限つきではあるが――懸かっていた。県警察の人事権など、警察本部長の勝手次第、機嫌次第である。そして今この刹那《せつな》、その機嫌は、まさに『大型でとても強い台風』そのものであった。

（もともと我慢強い御方《おかた》ではないが……あれだけ侮辱されれば、無理もない）

樽水本部長と秘書官は、今朝方、徒歩五分の県庁を訪問していた。

正確に言えば、呼びつけられたのである。

それも、副知事に呼びつけられたのだ。

（神室《かむろ》副知事は、総務官僚。官僚年次でいえば、樽水本部長の二期後輩になる）

もちろん総務官僚といっても、大規模県の副知事になるくらいだから、当然、旧自治省系《じちしょう》である。自治省と警察庁は、そもそも旧内務省そのものであり、いわば兄弟。いずれも四大官庁の一角として、それぞれ強烈なプライドを持っていた。そして、キャリアの世界に昇任試験などない。キャリア官僚にとって、年次の違いは絶対的だ。

（二期上の警察官僚が、後輩の総務官僚に呼びつけられて、愉快なはずがない）

しかしながら。

敵は今、山蔵県副知事さまである。押しも押されぬ知事部局ナンバー・スリー。それも、知事の信任が極めてあつい。事実上の後継指名を受けているほどに。

（なるほど警察は知事の命令など受けないが、県費《ケンピ》予算を出すのは当然、県だ。すなわち、財布の紐《ひも》を握っているのは知事であり、今の実態としては、神室副知事という事になる）

もちろん県警察の予算というのは、国費《コクヒ》で賄《まかな》われている分も多いのだが、警察官のほとんどは県の職員だから、人件費は県が賄う。いや、捜査費すら、国費と同程度の予算を、県に認めてもらわなければならない。そして民間でもそうだろうが、最後に勝つのは査定をする側である。要するに、直接の指揮監督ができない事と、陰に陽にプレッシャーを掛けたり嫌がらせをしない事とは、全くの別論なのだ。

（そして残念ながら、錦《にしき》の御旗《みはた》は査定側にある。我が山蔵県の財政事情は、恐ろしく悪いからな。再建団体になることが現実味を帯びるほど……）

裏から言えば、それを劇的に改善させることが、神室副知事の大きな実績となる。

財政再建となれば、真っ先に槍玉《やりだま》に挙がるのが、公務員給与だ。

もちろん県庁の職員にも手を着ける。手を着けるが、公務員組合がうるさい。ここで、東京から天下ってきた神室副知事にはしがらみも無いが、組合を屈服させるだけの寝技力もない。少なくとも、今のところは無い。

ならば。

組合が無いところを先に攻めればいい……むろんそれは警察だ。そして警察は、本部長独裁組織。つまり本部長だけを叩けばよく、マスコミもそれに喝采《かっさい》してくれる……

（解りやすい話だが、樽水本部長が激昂《げっこう》するのも、それは無理のないことだ。

確かに、警察官給与が安いとは言わない。そりゃ公安職だから、一般職よりたかい。時間外手当だって箆棒《べらぼう》だろう。

だが、そんなことを言い出すなら。

『まず県庁が二十四時間営業されればどうですか』『緊急通報も受けるようにしてみては？』『命の危険がある仕事に取り組みましょうよ』とでも、言いたくなるというものだ……）

秘書官はそう思いながら、本部長秘書官室へ入り、その先、警察本部長室のドアを開いた。このあたり、警視ながら、ほとんどベルボーイと変わらない。瞳はずっと下げていた。一年以上のつきあいである。今、こちらから樽水警視監に発話することは、時限爆弾のよく分からないコードを片端からブチ切る様なものだ——樽水は、小柄な英国紳士といった風情《ふぜい》の常識人。そして勤務時間の大半は、親分肌の頼れる指揮官である。しかし、いったん火の着いたが最後、この引き締まった痩身《そうしん》のどこから溢《あふ》れ出るのか、フルオーケストラ級の罵声《ばせい》と怒声が、最低、六〇分一本勝負で響き渡り続ける。秘書官はそれを、自分自身が実体験した分をふくめ、ウンザリするほど知り尽くしていた。

「ああ、悪いけどね」

「はい!!」

「警務《けいむ》部長を呼んでくれ、すぐにだ」

「かしこまりました」

樽水本部長は執務室へ消えてゆく——

もっけの幸いである。

取り敢えず愚痴《ぐち》なり激怒なりの聴き役となるのは秘書官でなく、副社長となった。すぐさま自身のデスクに座り、警務部長に警電《ケイデン》を架《か》ける。さいわい、在席標示灯どおり、警務部長は自室にいた。これまた警察庁からのキャリア警視長《けいしちょう》である。秘書官が腰低く、『樽水本部長がお呼びでございます』と告げると、『ああ解った例の件ね』と警電は切れた。

警務部長室は、一八階にある。

警電を架けて三分もしないうちに、こちらは大将然と恰幅《かっぷく》のよい、刑事畑のプロとして知られる警務部長がやってきた。中小規模県なら、自ら本部長が務まる年次と階級の顕官《けんかん》である。のっしのっし、と悠然《ゆうぜん》と歩みながら、ああどうも、と秘書官に片手で挨拶《あいさつ》をし、そのまま本部長室へ入っていった。本部長室の巨大なドアを、確実に閉めながら——

事実上、山蔵県警察を支配するふたりの、トップ会談というわけだ。

山蔵県警察本部・警察本部長室

「如何《いかが》でしたか、神室《かむろ》チャンは？」

「如何も何も。一方的に演説をぶってきただけだ」

「すると、例の高尚《こうしょう》なお考えについては——」

「——県下署長会議の懇親会《こんしんかい》か？」

「アハハ、まずそっちですか。そういえばそんなMDじみた依頼もありましたな」

「ふざけてやがる。歳明《としあ》けの懇親会。知事と自分を呼べと。最上等の席を用意して、所属長すべてに酌《しゃく》に来させろと。ああ、知事令夫人も来る気満々だそうな」

「まさに前代未聞ですな。何の為に公安委員会制度があるのか。警察の政治的中立性とは何なのか。警察学校で教養《キョウヨウ》してやりますか」

「いや、むしろ我々に教養して下さるそうだ……知事と令夫人の、麗《うるわ》しきカラオケ喉《のど》をな」

「あれ、本気なんですか？　懇親会の席にカラオケセットを搬入しておけというのは？」

「一歩も譲歩する気はないと言い切った。あのクソ神室のことだ。現知事と令夫人の機嫌をとる為なら何でもやる。そして我々は、すべての警察署長の眼前で、知事と副知事の奴隷であることを御披露目《おひろめ》されるわけだ……警視監と警視長が、いや、山蔵県警察そのものが知事の妾《めかけ》であるとな‼」

「神聖な県下署長会議を、臣下の誓《ちか》いの儀式にしようと。まあ下劣で破廉恥《はれんち》な謀略だ。蕪栗《かぶくり》副知事が県庁を仕切っていた頃は、どうにかバカ殿知事をコントロールできていたのですがね。時代は変わりましたな」

「ああ、蕪栗副知事なあ。まあ、あれはあれで歯茎《はぐき》の黝《くろ》いケチゴリラで――」

「――しかも粘着質なズラ番頭。ですが、さすがに知事部局叩き上げの地元組だった。落下傘《らっかさん》知事の言いなりにはならなかったし、警察との不可侵条約も遵《まも》った」

「それが結果として、蕪栗サンの身の安全に直結すると理解していたからな。しかし三年前、クソ神室が副知事に抜擢《ばってき》されてから、すべては変わった。落下傘知事と天下り副知事が組んで、公然、警察への侵略を開始したというわけだ」

「その第一歩は県下署長会議、忠誠の儀式」

「そしてそれは無論、侵略の本丸、財政改革とリンクしている」

「例の、さらにファンタスティックなお考えですね。知事というか、神室チャンの本丸」

「そちらについても、同様だ。つまり一歩も譲歩する気はないと言い切った。

もし警察が抵抗するのなら、警察署、交番その他の警察施設の修繕《しゅうぜん》計画はすべて凍結。県費捜査費の執行停止も視野に入れるそうだ」

「おやおや、禁断の捜査費にまで手を出すと。いよいよやる気ですな、神室チャン。

あとは警察施設の整備修繕計画。また例の、交番連続放火と絡《から》めて、派手な嫌味でもカマしてきましたか？」

「市民の生命身体財産を保護するのが警察だろうと。そのために警察施設があるんだろうと。この財政厳しい折、一万人も定員を確保していながら、そして犯罪捜査のプロでありながら、自分の家を次々と焼かれて犯人は未検挙。そんなものはいわば失火の類《たぐい》だろうと。どのツラ下げて修繕を頼めるのかと。まして今後、どれだけ警察署だの交番だのを整備したところで、次々と燃やされてはまさに税金の垂れ流しだと――

腐れ総務官僚に、まさか警察の在り方を説教されるとはな!!

それこそアイツを即座に燃やしてやりたくなった。いや、副知事公舎でも焼いてやるかな。

そうしたらまさか前言撤回はせんだろう。県有財産を燃やされるのは副知事の失火の類。まさか税金の垂れ流しはできんから、テント暮らしでも満喫《まんきつ》されては如何《いかが》ですか――と諭《さと》してやれる」

「知事公邸に、副知事公舎――警察署三署分、交番一〇所分では到底、利きませんからね」

「どうも地方の県庁というのは、まだまだ身内に甘いな。昭和の感覚でいる」

「そもそもあんな副知事に、あんな高給で東京から『来て頂いている』組織ですから」

「いてもいなくてもいい総務官僚に媚《こび》を売る。そのためだけに、税金で高禄《こうろく》を投入している。中央からカネを垂れ流させる、その為《ため》だけにだ。その俸給《ほうきゅう》で、現場の巡査が何人増員できると思っているのか。狂気の沙汰《さた》だ」

「地方交付税交付金の議論を措《お》けば、無駄な副知事職をつくろうと、警察施設を三〇年四〇年放置しようと、百歩譲って地方の勝手ですが――」

県営プールの更衣室より劣悪な執務室で勤務している警察署長も、いる。きちんと現場を踏んでいれば、警察がどれだけ県庁と差別されているかは、すぐ分かりそうなものですが」

「きちんと現場は踏んでいるさ。交番連続放火で焼かれたハコは、すべてつぶさに視察しているそうだ。ウチの総務部が嘆いていた。予算を削るネタがあるとすぐ飛んでくる、とな」

「よほど交番連続放火に御関心があるようで」

「いまいましいが、醜聞《しゅうぶん》だからな。クソ神室にとっては、警察叩きの武器だ」

「能泉《のうせん》署の尻も、叩かなければなりませんね。いよいよ捜査一課も投入しますか。それこそ速やかな鎮火を図らないと、神室チャンがマスコミと県議を焚《た》きつけますから。なに、警察は売られた喧嘩《ケンカ》は買う組織。連続放火犯検挙も、まさか歳は越しますまい」

「そう、警察は売られた喧嘩は買う組織だ。

まだその警察の恐ろしさを知らんと見える――それで知事などになれると思っているのか。

バカな奴だ」

「県庁では、一喝《いっかつ》してこられたので？」

「……蹴り倒してやりたい衝動には駆られたがな。そんなに財政改革をしたければ、まず余計な副知事ポストからリストラするのが道理だろう‼

いやはや、俺にあれだけの忍耐力があるとは、我ながら思いもしなかった」

「錦の御旗と、後見人が、いささか面倒ですからな」

「財政再建は知事の実績になる。もちろん神室の評価にもなるが。しかも、県議会は社労党《しゃろうとう》以外オール与党。すなわち、条例と予算が人質だ――そのうち、公安委員への働き掛けも強めてこよう。

なるほど警察を敵に回して知事にはなれんが、知事選はまだ遠い。それまでに我々をガタガタにして、飼い犬に手懐《てなず》けようという浅知恵だ。一度泣いた闘犬は、もう牙を剝《む》かん」

「ならば、捜査二課の県庁対策。ステージを上げますか？」

「そうだな。

捜二《ソウニ》課長からのチャートは全て検討したが――スキャンダルとしてはどれも陳腐《ちんぷ》で弱い。マスコミも三日で忘れるパターンばかりだ。神室副知事・引責辞任のシナリオとしては、小粒で厳しい」

「体制と内偵《ないてい》の強化を、私から指示しておきましょう」

「頼む。だが知能犯は水モノだ。打撃力に極めて秀でるが、確実性と速度には欠ける」

「ただ不躾《ぶしつけ》ながら、神室チャンの給与削減案など認めてしまえば……」

「言うまでもないことだ。君も、俺もな」

神室副知事の、その、警察職員給与削減プラン――

所属長警視、一二％カット。

警視、一〇％。

警部九・五％、警部補八％、巡査部長六・五％、巡査四％――

もちろん平均的な数字であるが、それゆえ、よりショッキングである。例えば、実働警察官の要《かなめ》は警部補。また例えば、警察の仕事を事実上、仕切っているのは警部。それらが一割近く給与を削減されるなど。懲戒処分クラスのインパクトだ。

いかに財政再建のためとは言え、こんなプランが現実のものとなれば、組織の士気と威信は地に堕ちる。警察官は、一般職の公務員より確実に、寿命と命を削って、誰もが嫌がるこの世の煤払《すすはら》いを――ドブ掃除、トイレ掃除と言うと過激だろうか――二十四時間営業でやっているのだ。なるほど三交替制は交番だけだが、警察署も警察本部も三六五日、閉庁することはないのだから。むろん、警察官はパンのみの為に働くわけではない。ないが、我が国では警察だの自衛官だのにさしたる名誉は与えられないのだから――制服で電車に乗り、デパートに行けるか？――せめて処遇面は配慮してくれよ、というのが大方のホンネである。そう、殉職《じゅんしょく》すら当然、予定されている職なのだから。

絶対に認めるわけにはゆかない。

今の組織が腐ってゆくから――それもある。

だが、将来のない組織にどんな人材が集まるのか？

あなたは死ぬ可能性がありますし、職業人生四〇年、つねに非常呼集の可能性があります。もちろん大規模災害があれば家族が死のうと他人様に奉仕するんですよ――そういう職で、せめて給与を保障しなければ、どこの物好きが採用試験など受けるか。

財政再建が待ったなしなら、採用活動も待ったなしである。

そして今年、来年、再来年と二度ずつ採用してゆく新任巡査が、二〇年後の山蔵県警察を支える中堅幹部になるのだ。ここで、民間にあぶれた様な三等ミカンを大量採用することになれば、確実に二〇年後、山蔵県警察は崩壊する。いや、現場執行力という観点からすれば、巡査・巡査部長の実力がガタ落ちしたとき、もう山蔵県警察は終わっているのである。

そのことに強烈な危機感をいだいているのは、当然、地元組のボス級だが。

むろん東京組の本部長・警務部長とて、どうせ二年弱で離任する腰掛け県の騒動だと、逃げ切るわけにはゆかない。地元組に離反されては仕事にならない、という陳腐な理由もあるが、それ以上に、ふたりは山蔵県警察の統治を警察庁から委《ゆだ》ねられた経営者なのである。山蔵県警察という会社で売り上げをあげてゆくこと。山蔵県警察という会社を強化育成してゆくこと。

それが経営者としての実績であり、すなわち警察庁からの評価だ。

まして――

（樽水サンは、同期のエース）警務部長は瞳をぼやかしながら考えた。（警察庁総務課長としても、首席監察官としても、特に警察改革で名を上げた。国家公安委員は当然ながら、与党議員にも極めて評価されている。致命的なスキャンダルがなければ、次は警察庁生安局長か、警備局長か。

いや、ウチの歴代大臣が、こぞって褒《ほ》めあげる逸材。それはそうだ、あれだけ献身的に国会対応、したからな。だから、首席監察官時代、ことごとく不祥事の処理で対立した現長官さえ折れたなら――

いきなりの後継指名、官房長《かんぼうちょう》への抜擢《ばってき》も、異例ではあるが夢物語じゃない。

ただ長官と樽水サンが、どうしてここまで険悪なのか。どうして樽水サンは、こうまで長官に疎《うと》まれているのか。僕レベルですら正確な所は解らないんだが――）

その樽水本部長からすれば、だ。

まさか神室副知事、総務官僚などに膝《ひざ》を屈し、経営者として大きなキズを負うわけにはゆかない。山蔵県の財政事情は確かに厳しいが、似たような県ならゴロゴロしている。ここで譲歩すれば、まさに蟻《あり》の一穴。警察官給与カットの嵐は、日本全国を席捲《せっけん》し始めるだろう――まして、神室副知事に捜査費すらも凍結されては。それこそ現長官に即日、更迭《こうてつ》人事を発令されても仕方の無いスキャンダルである。

いずれにせよ。

（神室チャンを黙らせないかぎり、官房長への道は閉ざされる。これすなわち警察庁長官への道が。そして今の長官は、この最大の好機を見逃さず、樽水警視監を四国管区警察局長にでも

飛ばしてしまうだろう)

これすなわち上がりである。

神室副知事を殺すか、樽水が殺されるか——

(しかし、まあ。

警察の神様というのは、いるものだ。

僕は既に山蔵県で一年五箇月になる。どう考えても、春には異動だ。世話になった山蔵県と、親愛なる樽水サンにお離《わか》れを告げなければならんのは、誠に心苦しいが……)

それより、自分の次だ。

そして異動であれば逃亡ではない。

(これまで樽水本部長には異心なくお仕えしてきた。刑事畑の重鎮《じゅうちん》として、捜査二課をフル稼働させてもいる。樽水官房長が実現しても、自分が冷遇されることはまず、あるまい。さかしまに、樽水管区局長に連座《れんざ》させられる虞《おそれ》も、まずない。自分には特段、現長官との確執《かくしつ》がないからな)

警務部長は、自分の思考を燻《くゆ》らせるかの様に、メビウスに着火し、紫煙《しえん》を紡いだ。警察本部長の許可なく本部長室で喫煙できるなど、副社長くらいのものである。そして樽水本部長もまた、自分のセブンスターを灯した。

眼前の警務部長の臓腑《はらわた》を、食い破ってやりたい。その衝動を隠すためである。

既にこの警務部長が、神室副知事対策からしめやかに撤収する気であることを、樽水は知っていた。だがどうしようもない。一年半も任地にいれば、警察キャリアとしては長期の部類。在任数箇月の本部長、などというのも、実はめずらしくないのだから。コイツが異動するのは、官僚の儀典《ぎてん》どおりであり、まさかそれを怨《うら》む訳にはゆかない。

(しかしコイツは)樽水本部長は紫煙を大きく吐いた。(長官に俺の言動を逐一《ちくいち》、報告しているスパイだ。なるほど俺の命令に叛《そむ》いたことはないが、お前がどれだけ長官に警電を架けているか、そこで何を喋っているのか、俺が知らないとでも思っているのか……)

そうはいっても、樽水は、この警務部長を信頼したふりをし、むしろ重用してきた。重要な権限のいくつかを事実上、委任してきた。つまり、共同統治者として優遇してきたのである。

それは、その能力を買っていたからであった。

樽水は統治者・経営者として、実績を上げなければならない。

そして、警察組織にとっての実績とは――

納税者に納得してもらえる数字である。企業が株主を納得させるのと何ら変わらない。刑法犯検挙。特別法犯検挙。職質検挙。街頭犯罪検挙。振り込め詐欺検挙。サイバー犯罪検挙。風俗事犯検挙。薬物事犯検挙。銃器犯罪検挙。暴力団犯罪検挙。知能犯検挙。捜査本部事件検挙――これらは『上げる』数字。それだけではない。殺人、ストーカー、街頭犯罪、ピッキング、振り込め詐欺、交通死亡事故、違法風俗営業、発砲事案、暴力団抗争、人質立てこもり――これらは『下げる』数字。もちろん限定列挙ではない。警察庁からは、すべての部門が雨霰《あめあられ》のごとく、アレヤレコレヤレ、スグヤレイマヤレの通達を下ろしてくる。こうした『上げ下げ』以外にも、安全安心まちづくりだの、交通安全運動だの、何チャラ活動強化月間だの、イベントというかムーヴメントにも事欠かない。警察本部長が、お飾りのバカ殿でよかったのは昭和までだ。確乎《かっこ》たる経営戦略を立て、コストを最適化し、キャリアもノンキャリアもひっくるめて尻を叩き続け、馬車馬のように結果を出してゆかなければならない。さもなくば、激烈に譴責《けんせき》されるのみならず、官僚としての前途が閉ざされる。

そして、これまでのところ。

樽水政権下の山蔵県警察の実績は、文字どおりの鰻登《うなぎのぼ》りであった。

それは、刑事部門の重鎮である、今の警務部長による所が極めて大きい。実績の花形は、どうしても検挙。その前提は、捜査力だ。そして現場警察官は、最上位のボス級をふくめ、キャリアを値踏《ねぶ》む。本当のことを知っているか、知らないかを値踏みする。知らないならば舐《な》め、それなりの仕事しかしない。知っていれば恐怖し、実力以上のパフォーマンスを見せる。その意味で、若い頃から捜査の表も裏も知り尽くしてきた警務部長は、よく山蔵県警察を統制していた。

それが、数字となって表れているのである。

もちろん、樽水がそれを嫉《ねた》んだり疎《うと》んじたりするはずがない。神室副知事の実績が知事の実績となるように、警務部長を使いこなした実績は、当然、樽水の実績そのものだから。

そして。

国会議員の評価。歴代大臣の評価。国家公安委員の評価。警察庁内の評価。

こうした樽水の政治力と、山蔵県警察本部長としての実績を踏まえれば。

樽水が来年の夏以降には警察庁官房長に——すなわち次々期警察庁長官に抜擢されるのは、既定路線だった。正確には、既定路線のはずだった。樽水を蛇蝎《だかつ》のごとく忌《い》み嫌う現長官にすら、それを妨害するだけの大義がもう、なかったのだから。

(神室のクソ餓鬼《ガキ》が、このいまいましい侵略戦を仕掛けてこなければな!!)

この給与カットが確定し周知されただけで、本部長の威信は地に堕ちる。本部長を舐めるどころか軽蔑した地元組は、徹底して離反するであろう。すると実績どころの騒ぎではない。公然、サボタージュが開始されるかも知れない。そして樽水は、山蔵県警察を崩壊させた上、その悪《あ》しき流れを全国警察に輸出した最大級の戦犯となる。現長官に査問《さもん》され、冷笑され、嘲弄《ちょうろう》され、スケープゴートにされ、真綿《まわた》で首を締める様に更迭《こうてつ》されるだろう。次々期の警察庁長官どころか、高松市あたりでセルフ手打ちうどんを楽しみながら、ひねもす執務卓で昼寝をするしかなくなるのだ。そして誰もが樽水を口先だけで哀れむ。『あの人がまさか、四国管区で終わるとはねえ』と——

断じてならん。

冗談ではない。

神室が死ぬか、自分が死ぬかだ。長官が膝《ひざ》を折るか、俺が勝つかだ。

「警務部長。捜二課長をレクに入れてくれ。午後イチだ」

「最新のチャートですね。了解しました」

「そういえば君、警備の経験は無かったな？」

「若い頃から、刑事と生安しか知りません」

「そうだったな」ならば、アサヒの実態は知るまい。「また呼ぶ。退《さ》がってくれ」

「何なりと御下命ください本部長。それではまた後刻」

たとえ府県の警務部長、本部長をしていても、警備畑でなければ、アサヒの詳細は分からない。アサヒの学校長《シユールライター》が、詳細な報告を禁じているからだ。よって、学級委員《シユプレツヒヤー》である、例えば山蔵県警察の公一課長も、畑違いの本部長らにはサラリとした話しかしない。また、それは短期的な実績にはつながらないから、他部門出身の本部長らも、さしたる興味をいだきはしない。むしろ、『よく分からない陰謀を本庁直轄でやっている胡散臭《うさんくさ》い奴等。いつかリストラして交番に出してくれるわ』くらいの反感を、いだいていることすらある。それはそうだろう。自分の部下職員でありながら、自分の指揮監督下にありながら、その実、たかが本庁企画官の命令を最優先させる徒党《ととう》なのだから。そう、今の警務部長とて刑事畑。何も口には出さないが、アサヒに最大限理解があったとして、好意的中立が関の山だろう。ましてその実態をつぶさに知り、その真価を知り、それを使いこなそうなどとは、考えていないに違いない。

（だが、俺は違う）

若い頃から警備部門の機微《きび》に触れ、府県勤務ではアサヒの学級委員《シユプレツヒヤー》をも務めてきた樽水である。その戦慄《せんりつ》すべき実力は当然、骨身に染みていたし、生きるか死ぬかのこの殺所《せつしよ》、まさにアサヒを実戦投入する好機だと考えた。もちろん、ルールは解っている。事実上、自分に県下アサヒの指揮権はない。だが、これまた神室と樽水の関係と一緒である――指揮権がなくとも、定員を削り、係をスクラップすることなど、最終的には本部長たる樽水の判断でできるのだ。最後の最後は、査定する者の勝ち。学校長《シュールライター》は激昂《げっこう》するだろうが、たかが企画官レベル。自分が生き残って長官になれば、むしろ靴を舐めにくるだろう。そう。アサヒは使いこなし、懐柔《かいじゅう》すべきもの。そして実は、アサヒと自分の利害は一致している。

(俺が警察庁長官となった暁《あかつき》には、歴代長官の私兵《しへい》・恐怖政治の尖兵《せんぺい》となってきたあの冷戦の遺物……警察の恥部を粛清《しゅくせい》せねばならん。この俺すら全ての実態を知らん、あのバケモノどもを。ならばアサヒには、俺の目となり耳となり、猟犬になってもらわねば……)

いまわしき秘密警察の廃止。

警察系諜報機関の抜本的刷新《さっしん》。

アサヒを軸とした統合と充実強化。

それこそが実は、現長官と樽水警視監、最大にして極秘の対立点であった。

(現長官を黙らせる。その執拗《しつよう》な抵抗を排除する。図書館なるオモチャは、解体する。その俺に忠誠を尽くすことは、アサヒを利すること。それはアサヒとて先刻承知だろう)

――ゆえに樽水は、本部長卓上の警電を採り、内線6011を押した。先方はツーコールで出た。

『公安一課長でございます』

「樽水だ」

『お疲れ様です、本部長』

「例の特命、どうなっている？」

『確実に実行させております』

「ワクチンを使っているのだな？」

『御下命のままに』

「アサヒは？」

『……企画官は御存知ありません。いわゆる逸脱工作《ダマテン》。すべてヤミです』

「君のその献身は、評価している」

『ありがとうございます』

「そこでだ。まだヤミでできる余裕はあるか？」

『率直に申し上げますと、ございません。アサヒの統制は、それは微に入り細にわたります。誤魔化し切れてあと二週間。まして動員数をふやせば、五日と維《も》たないでしょう』

「それでも、やってもらわねばならん。君が万一更迭となったときは、私の名誉に懸けて君の処遇を保障する。四阿《あずまや》警視正ごときの勝手気儘《きまま》にはさせません。

すぐ本部長室に来てくれ。君ひとりでだ」

『差出口《さしでぐち》ながら、当該新たな特命。神室副知事対策――でよろしかったでしょうか？』

「……よく解ったな？」

『僭越《せんえつ》ながら、警察組織のアンテナとなるのが、私の務めでございます』

「それは公安一課長としてか。それとも、アサヒの学級委員《シュプレツヒャー》としてか」

『それはもちろん』公一課長はひと呼吸置いた。『樽水本部長の部下として、であります』

能泉警察署・市役所前交番二階休憩室

当務《とうむ》の夜も、もう午後一一時を過ぎた。

僕は若手だから、扱《アツカ》いが特にないのなら、早寝組である。

交番警察官の勤務に、実は『仮眠』はない。仮眠は、『休憩』のコマにとる。そして深夜だと、午後一一時から午前三時までと、午前三時から七時までが、休憩のコマ。もちろん、どちらかが指定されるのだ。

そして、遅寝組の方が、やや体力的に楽になる。扱《アツカ》いで叩き起こされなければ、朝七時に起きてから、ウダウダしていればすぐ勤務終了の八時半だから。そして、七時から八時半の扱いなんて、よほどのことがなければ、物損事故だの駐車苦情だのばかり。それすら無くて、通学・通勤者の見守り活動しかしないことも多い。他方で、早寝組は、また午前三時に無理矢理起きてから、八時半まで仕事。さすがに午後一一時までとは違うが、三時あたりだと、まだバタバタと臨場しなければならないケースも多い。要するに、早寝組は体力的にキツいのである。だから。

先輩・年長者が遅寝組で、後輩・若手が早寝組。これが普通だ。

――その早寝組の僕は、先輩巡査部長と二階に上がり、装備品を金庫にしまった。紙の枕カバーだけ換えて、制服を脱ぎ、各係使い回しの煎餅《せんべい》布団で横になる。五分もしないうちに、巡査部長の派手な鼾《いびき》が聴こえた。早寝早飯早グソは、警察官の基本である。ただ。

僕はとても、四時間の仮眠などできる心境じゃなかった――

もちろん仮眠だから、昭和を感じさせる四角いカサの照明は、豆電球にまで落ちている。貧相で寂しい灯《あか》り。湿《し》気《け》った布団。黴《かび》臭い畳。

菜々子は今、駅前PBでまだ勤務をしているだろう。菜々子の仮眠はPS。絶対に三時から。隣の巡査部長は、確実に爆睡している。

僕は枕元の携帯を、採り上げてはまた伏せた。何度も何度も繰り返して。

すぐにでも菜々子に架けたかった。

けれど、これは公用携帯だ。それも、地域警察官仕様の装備品。誰がいつどこで誰に架《か》電《でん》したか。誰がいつどこから誰にメールしたか。そんなことはすぐ、解析されてしまう。私用のスマホならまだ少しは安全なのだが、勤務中の携行は許されていない。『職務専念義務』なるものからして、不要だからだ。

……菜々子はいったい、どんな気持ちでいるんだろう。

どんな顔をして、駅前PBで勤務を続けているんだろうか。

(公園交番から始まって、大浪《おおなみ》駐在所まで。いよいよ交番連続放火は、五件になった。もちろん、最初のうち、それをやってしまったのは菜々子だけど)

今は違う。

菜々子から引き継いで、、、、それを実行し続けているのは、清里警部補だ。

(あの怪電話を受けてから。あの夜の二〇一号室を知ってしまってから)

僕は公休《こうきゅう》の晩だけ、清里教官の尾行を開始した。

捕捉《ほそく》できるか心配だったけれど、ヒントはそれなりにあったから。そう、あの卑劣な夜、清里は菜々子に告げていた。次は隣接署のPBでやると。その次はまた能泉《のうせん》のPBだと。そして日時も分かっている。菜々子が公休の日、夜七時から一一時までの間だ。

(しかし、まさか本当にやるなんて。警察官が交番を焼くなんて。しかも、それを仕事だと断言しやがった。

清里は、警備公安ってのは何を……菜々子まで奴隷にして、何をしようってんだ)

僕は布団で蠢《うごめ》きながら、清里の大胆極まる犯行を、思い出していた――

まず僕は、あの夜以降の最初の公休日、警察学校で清里を捕捉した。もちろん近づいてはいないし、見られてもいないはずだ。

清里は学校教官だから、午後五時一五分で勤務終了。特に課外活動とか時間外勤務がなければ、そのまま門から一五m先、『警察学校前』のバス停にゆき、07不忍《しのばず》系統の路線バスに乗る。

清里が自動車通勤をしていないことは、それこそ生徒時代から知っていた。警察官が車を持ってないというのは稀《まれ》だが、学校教官は部内飲み会の機会ばかりだから、自動車通勤はむしろ面倒なのだ。事実、僕は清里の自家用車というものを、一度も見た事がない。

だからバスが、唯一の動線だ。

そしてこれは、山間《やまあい》の郊外路線。時間帯にもよるが、最大でも十五分に一本しかない。時刻表は、これまた生徒時代から頭に叩きこんである。何時のバスに乗れば、何時に終点『能泉駅』バス停に着くのかも。そして清里は言っていた。『隣接署のＰＢでやる』と。

そう、警察学校こそ、まさに能泉の隣接署、白樺《しらかば》ＰＳ管内にある。

おまけに、交番連続放火は能泉ＰＳでしか起きていないから、警戒度はかなり低いはず。推測というより、憶測でしかなかったが、もし僕が清里なら、バスが能泉ＰＳ管内に入る前に下りて、まだ油断している最寄りのＰＢを焼き討ちする。そう思った。そしてそれを確かめる術《すべ》もあった。清里が、昔から愛用している革鞄を持っていればハズレ。そうでなくリュックなりバッグなりを持っていればアタリ――

そして清里は、ずだ袋みたいな黒いバッグを持っていた。バッグというより、手提げだ。コンビニで幾らでも売っている、マイ買い物袋みたいなシンプルなもの。真っ黒でカサがある――それを目撃した僕は確信した。『中途下車して今夜、やるつもりだ』と。そして証拠品は、あのバッグごと、そう警察学校の焼却炉で始末してしまうつもりだと。

僕は清里がバス待ちしているうちに、車で先回りすることにした。

白樺署のことは詳しくないけど、ＰＢの位置などスマホで検索できる。誰でも。御丁寧に、外観写真まで分かる。もちろん、地図アプリですぐ位置も出る。清里になったつもりで考えれば、ターゲットはカンタンに締《しぼ》れた――古くて、バス停が近くて、閑静な住宅街にあって、防犯カメラだの防犯灯だのが少ないエリアにあって、清里が途中下車して寄ったとしても不自然じゃない施設の近くにある奴。

ぴったりの駐在所が、ひとつ検索できた。

郊外型のファミレスと、郊外型の中古書店の奥にある団地街。

昭和のコンクリ団地がうら寂しく、街路灯ですら疎《まば》らな、夜歩きが不安になる様な地域。僕はそこを知っていた。交番のミニパトで、被疑《ひぎ》車両をここまで追跡したことが、しばしばあったから。迷路のようになっていて、一方通行も絡《から》んでいるので、脱出に悩んだ記憶がある。すなわち『やりやすく逃げやすい』し、『能泉PSとの近さもアピールできる』。

そうだ。

かつては繁盛したんだろう。その団地の群れの片隅に、忘れられた様な駐在所があった。いや、都市型駐在所だ。もう、夜に警察官を置いておく価値もないと判断されたんだろう。すなわち役所の開庁時間外になれば、拠点交番へ人が引き上げてしまうPBだ。これまた、そこで警電と書類を借りようと乗り着けたら、誰もいなかった記憶があるから間違いない。

念の為、またスマホを検索した。

白樺署管内には、確かに、他にも都市型駐在所がある。夜には無人になる獲物《えもの》が――だがしかし、幸か不幸か、どれも車じゃないとアクセスできない。そして清里は、車を用意してはいない。菜々子の次の公休日にやる、という約束を清里が果たすつもりなら、自動車を用意していない今の清里には、距離的に無理だ。

（そしてその読みは、当たった）

僕は大型古書店の駐車場に車を止め、バス停を見続けた。バスが止まる時刻は、ほとんど予測できる。こんな郊外の山間部に、渋滞もクソもない。

そして、予想どおり、清里は下りてきた。

そのまま大型ファミレスに入り、有難いことに、窓際の席でゆっくり食事をしてくれた。食事に二時間強。じっくりドリンクバーまで楽しみ、ファミレスを出たのが午後八時。

圧倒的な自信があるのか、何も恐怖するものがないのか。

そこから徒歩八分の道程《みちのり》、清里はまったく自然に歩いていた。まるでコンビニへぶらり、酒でも買いにゆくように。もちろん、後ろを何度も顧《ふりかえ》ったり、急に反転してみたり、いきなり路地裏に消えてみたり――そういった、尾行を警戒している犯罪者特有の、バカな行動など一切ない。ものすごく緊張し、警戒していた僕がバカバカしくなるほどに。

（その姿が、目指す駐在所の陰に消えた。僕は物陰から、それを予想して待った――

実際のところ、二分と過ぎてはいなかったろう。あざやかなものだ。

駐在所の裏手からオレンジの炎が上がったとき、もう清里は、火に影をつくられる距離にはいなかった。これまた自販機で煙草を買うみたいに、飄々《ひょうひょう》と悠然《ゆうぜん》と――なんて奴だ。僕の面先《つらさき》をかすめて現場離脱しやがった。

僕も急いで現場を離れたけど、ＰＣのサイレンが聴こえたのは、せいぜい八分後、いや一〇分後……）

僕は正直、清里の実行力に舌を巻いた。

もちろん、安心したのも事実だ。

何故なら僕は知っていたから。菜々子は、清里の指示どおり、その時間、警察官仲間と飲んでいる。その段取りは、あの二〇一号室でしてくれたから、もちろん盗聴できた。電話して誘った相手は、先輩の斉藤女警《じょけい》である。というか捜査一課の斉藤刑事だ。さいわい、斉藤刑事はふたつ返事でＯＫしてくれた。人選としては、ベストだし、必然だったろう。菜々子は能泉署で孤立している。抜擢と追放。女警仲間のウケは、最初から最後まで、いいはずがない。菜々子を刑事部門に導き、菜々子の苦労を知り、しかも今は能泉ＰＳと縁のない斉藤刑事なら、哀れんで誘いに乗ってくれる。まして、斉藤刑事は捜一《ソウイチ》の若手エース。放火は捜一の仕事だ。すべての意味で、アリバイの証人としては申し分ない。

(清里が菜々子を守りたいというのは、本当だ。もちろん、自分の奴隷と手駒にするためだけどな!!)

――それから僕は、公休ごと、清里を完全尾行することにした。警察学校を退勤するときから、清里の宿舎の灯りが消えるまでだ。

難しくはなかった。

僕は三交替だから、公休日はそれこそ自由自在、フル活用できる。清里は菜々子を守るため、放火のパターンを変えない。だから、菜々子の公休日――つまり僕の公休日でもある日以外は、尾行する必要がない。

また、清里は車は使わない。Nシステムに捕捉され、記録されるから。なら徒歩か自転車だ。通勤に自転車は使っていないから、もし自転車で動くなら、いったん宿舎に帰らなければならない。もし徒歩で動くなら、警察学校からのバスの終点、能泉駅バスロータリーで待ち受ければいい。『あと能泉署で二箇所』やるのだから。もう途中下車して、白樺署管内で動く予定がないのだから——そして奴の宿舎周辺でも、バスロータリーでも、身を隠す方法なら幾らでもある。

しかも。

拠点交番は狙わない。

絶対に狙えない。防犯カメラ云々《うんぬん》を無視するとしても、勤務員が五人も六人もいる。誰かが残っていない方がおかしい。それに拠点交番というのは、取扱いが多いから拠点交番なのだ。誰かが通り掛かってない方がおかしい。

すると。

清里が獲物とするPBは、決め打ちになるが、大抵、当たりをつけることができる。

あとは、自転車にしろ徒歩にしろ、どのベクトルを目指して動くかだ。

徒歩なら最初のときの様に、徒歩で慎重に尾行すればいい。

自転車ならこちらも自転車で、距離を置いたり先回りをしたりして、撒《ま》かれないようにすればいい。そのための自転車は、清里の宿舎の駐輪場に置いておいた。警察官舎の駐輪場なんて、住んでいる警察官すら気に留めないから。

そして悪いが、こっちは二年も能泉ＰＳで地べたを舐めている交番警察官だ。いつでもどこでも無線ひとつで最初に臨場させられる兵隊だ。能泉ＰＳ管内の地理なら、専務《センム》だの学校教官だのには、負けない自信がある。

(結果、僕はすべてを現認できた。

予告どおり『あと能泉署で二箇所』清里はやってのけた。菜々子にアリバイがある夜に)

清里はいずれも、自分の宿舎から自転車で出撃し、あざやかにＰＢをあとふたつ焼いた。もちろん、菜々子のための偽装。まさか燃やし尽くすつもりは無い。勝手口なり裏庭なりを、ちょっと焦がせば作戦終了だ。

(しかも、消火活動にまで加わりやがった。臨場した当直班に合流して、平然と雑踏《ざっとう》整理なんか始めて……あの夜の当直長は、佐潟《さかた》警視だ。刑事次長の佐潟警視。放火とあれば素っ飛んでくる。そしてまさか、交番連続放火犯が、何食わぬ顔してそのＰＢに出入りしているなんて思わない……どこまでも計算してるって事か)

さらに驚愕すべきなのは。

佐潟警視に姿を見せつけたその犯行の、次の犯行だ。

――菜々子の次の次の公休日。午後一〇時過ぎ。

さすがに佐潟次長は退勤しているし、当直長でもなかった。だから佐潟次長の臨場はない。これまでの犯行パターンは、佐潟次長が必ず臨場できるときにやる、というものだったから、そこは敢《あ》えてズラしたのだ。

（まだ冗談のレベルだったけれど、能泉ＰＳでは、佐潟次長と放火犯との関係を云々する話も出ていたし……そしてそれは、本当の放火犯である菜々子にとって、致命的な事実だからな……）

そのパターンと憶測を、いよいよ断つ。その清里の判断は、敵ながら正しいし、有難い。

そして犯行時刻をやや後ろ倒ししたのも、パターンをズラす上で、有効だ。もちろんその夜も、菜々子は斉藤刑事の宿舎へ、引き続きの進路相談・人生相談に行っていた。斉藤刑事に架電《かでん》した様子を盗聴するかぎり、菜々子の困り果て、弱り果てた訴えは自然で（事実、清里に困り果ててはいるんだが!!）、しかも清里第二の犯行日からは、実に六日後。次の次の公休とは、そういうことだ。よって斉藤刑事の方も、不審に思うほどの面会頻度じゃない。菜々子のアリバイは、完璧だ。

（けれど、驚愕すべきなのは、清里のその緻密《ちみつ》さじゃない……呆《あき》れるほどの大胆さだ!!）

その、清里第三の犯行。菜々子から通算して五箇所めの、最後の交番焼き。

自転車で出撃した清里は、何の変装も欺騙《ぎへん》もしてなかった。

けれどそれは、三度をつうじて一緒だ。大胆だが、呆れるほどじゃない。

（僕が真実、敵《かな》わないと思ったのは……）

清里は、量販店で、多くの商品に紛《まぎ》れさせて買ったレインコートを着、フードを被《かぶ》った。一緒に買った大型のマスクで顔を蔽《おお》った。

犯行を悠々、終えた後で。

そして自転車を、そこらのアパートの自転車置き場に隠し、徒歩で路地裏に待機した。犯行後三分。犯行現場から約二〇〇m。おい何をしてるんだ。急いで逃げろよ。僕は思わず漏らした。清里が逮捕されても免職されてもどうでもいいが、菜々子が手繰《たぐ》られてはマズいのだ。

と、思っていると。

何と清里は、道の先から女子高生がやってくると見るや、わざわざ息を切らし猛ダッシュを始め、よろける様にその女子高生へ激突したのだ。そして狼狽《ろうばい》したように、地団駄《じだんだ》のように足踏みをした上で、『誰ニモ言ウナ、殺スゾ』と捨て台詞《ぜりふ》を残してたちまち消えた――わざわざ一〇〇円ライターを路地裏に落として。そしてその声音《こわね》は、少なくとも女子高生よりは冷静だった僕が聴いても、二十歳代の学生そのもの。またそのとき僕は残像で、初めて、清里の身長が本来の一七〇cm弱より遥《はる》かに伸びていた事に気付いた。靴で偽装したのだ。

(僕はもう、現場離脱を終えた清里を尾行しなかった。そこまでやる清里が、まさか地域警察官に確保されるはずがない……

女子高生との接触時間は、充分だった。必ず、清里が望む目撃証言をしてくれるだろう。くれてやったライターからは指紋が出る。当然出る。コンビニの店員の奴か、売店の婆ちゃんの奴か、ぱちんこでスリとられたマヌケの奴が。

交番連続放火の被疑者は、男――

女子高生がしっかりしていれば、身長一七五cm以上、二十歳代学生風。これがガチになる。能泉署刑事一課はそれで動く。そして、指紋からの突き上げで迷路に入る。

菜々子は容疑圏内にいないけれど、やがて万一、浮上したとしても、真剣に追及される確率はほとんどゼロになった……)

放火に使ったガソリンは、警察学校の公用車か、同僚の車から抜く。いや、そもそも警察学校には給油所そのものがある。そして、警察学校と放火を結び付ける刑事なんていない。僕だって発想しない。ペットボトルと発火装置は、当然燃えて無くなった。レインコートとマスクは、これまた警察学校の焼却炉ゆき。被害PBの防カメの死角を確認していないほどマヌケでなければ――そんなものは、モニタできる能泉PSの当直席と、能泉PSの地域課デスクをチラと調べればすぐ分かる――放火と犯人を結び付ける証拠は、もうこの世に存在しない。もう目的は達成されたから、未来永劫、存在することもない。

清里哲也。何て野郎だ。

(いや、圧倒されている暇《ひま》はない。

清里の工作が終わったって事は、いよいよ、清里が菜々子を手に入れたって事だ……

菜々子の犯罪を知り、自分が囮《おとり》になってまで、それを被《かぶ》ってやった清里。

脅迫され、そう……強姦されたとはいえ、揉《も》み消しまで頼んだ事になる菜々子。

どう考えても、菜々子はもう、清里の言いなりだ、人形だ)

僕は交番の煎餅布団の中で悶《もだ》えながら、あの怪電話の声を反芻《はんすう》していた。したくはなかった。ただ鼓膜《こまく》に貼り付いて離れない。胸が、じくじく痛む。いや窒息しそうなほど灼《や》けつく。

欲望のハケロ
セックス漬けシャブ漬け、何でもあり
手駒の売女《ばいた》
カネと女は、工作の基本
遠からずシャブ中
制服脱いで、今夜みたいに服も脱いで、ソープランドに沈む
（そんなことは――そんなことは!! そんなことになるくらいだったら僕が――!!）
組織すら持て余すバケモノを、排除してくれる人もいなかった
諏訪菜々子さんは、あなたを待っているし、あなたを試していますよ
どうしても清里が止まらない様なら――
（どうしても清里が止まらない様なら。
そうだ菜々子。僕は試されている。菜々子に試されている……）
諏訪菜々子さんが本当に求めていることを、してあげなさい
（菜々子が本当に望むこと。それは）
……僕が禁を犯し、公用携帯を使おうとしたその刹那《せつな》。
いきなり襖《ふすま》が開いて、階段の裸電球の灯《ひ》が差しこむ。
シルエットで分かった。遅寝組の警部補だ。高鼾《たかいびき》の巡査部長を気遣ってか、僕だけにすばやく囁《ささや》いてくる。僕は必要もなかったのに、公用携帯を布団に隠した。

「すまん黒瀬、下におりてくれ」

「りょ、了解です。扱いですか？」

「ロンロン街のスナックで持凶器《じきょうき》だ。刺叉《さすまた》もって行ってくる」

「僕も出ます」

「いや、大トラひとり、アイスピック奪ってブン回してるだけだ。遅寝組だけでいい。お前はＰＢの守りを頼む。まだ仮眠させてやりたいが、ハコ空けとくと地域課長が煩《うるさ》い」

「もちろんです、了解しました」

僕が制服制帽装備品を整え、一階に下りたとき、もう遅寝組は現場に出ていた。

二階の巡査部長は、まず起きては来ない。今、市役所前ＰＢは実質、僕だけだ。

そして、公用携帯で直電《チョクデン》となると諸々《もろもろ》マズいけれど――

固定の警電なら、一般回線にリンクしないかぎりただの内線だ。記録は残るというけれど、まさか公用携帯ほど監視されてはいない。通話記録のコンピュータ処理も、そう注目されるものじゃないだろう。弁当買ってきてくれとか、今夜の飲み会はどこにするとか、そんな程度の公私混同は、誰でもやっていることだ。通話料タダだし。公用携帯が恐いのは、まさか僕は狙われてないと思うけれど、警察本部だの監察だのがやろうと思えば、傍受《ぼうじゅ》し放題、録音し放題、位置確認し放題、コンピュータ処理し放題だからだ。

（この時間帯なら、菜々子は起きている。そして菜々子はいちばんの下っ端《したっぱ》。真っ先に受話器を採らないといけない立場だ――それはおなじ巡査の僕が、いちばんよく知っている）

もし菜々子以外のPMが出れば、ガチャ切りしてもいいし、届いているはずのない拾得物の問い合わせでもすればいい。リスクゼロ。

……僕は、また必要もなかったのに周囲を確認すると。

交番のカウンタ内にある固定警電の受話器を採り、能泉駅前PBの番号をプッシュした。

能泉警察署・刑事次長室

「おうおう、めずらしい客人だな」

「御多忙中すみません、佐潟《さかた》次長」

「いや、課長以上副署長未満なんざ、お飾りの階段職さ——まあ座ってくれ」

清里警部補は、古巣の能泉PSを訪問していた。

最後の交番焼きとなる、大浪《おおなみ》駐在所放火を終えて、数日後の午後である。

学校教官は、授業と学校行事には縛られるが、授業準備は自分の裁量労働。そして学校教養は、第一線の動きから浮いていてはならない。警備の教科担任である清里は、普段から、時間を見出《みいだ》しては近隣PSの警備課へ赴《おもむ》き、最新の情勢、最新の課題などをリサーチしていた。喋ってよい部分は、授業にフィードバックするためである。

だが。

もちろん今回の能泉署訪問は、清里のそうした職業倫理と無縁だった。確かに警備課も訪問はしたが、今いるのは刑事一課の奥、刑事次長室である。清里が刑事警察から学びたいことは無いし、刑事部屋に興味関心も無かったし、仮にあったとして、刑事の方で端《はな》からお断りであろう。警察のセクショナリズムからして、他部門の人間に最新の情勢だの、最新の課題などをレクチャーするはずがない。

だから。

清里が刑事次長室に来るというのは、刑事部屋の者からすれば、奇異であった。

もし清里が元能泉署員でなく、したがって幾人かの刑事と当直で組んだことがなければ、門前払いされた可能性すらある。だから、今、刑事次長室に女警《じょけい》がコーヒーまで搬《はこ》んできたというのは、怨敵《おんてき》である刑事と警備の関係からすれば、破格の厚遇といえた。ちなみにこの女警というのは、諏訪菜々子の追放とともに抜擢《ばってき》された、後任の女性刑事である。

――清里はシナリオどおり、そこから入った。

「あれが期待の新人ですね。警備課長から聴きましたが、伝説の斉藤女警に匹敵するとか」

「イヤア、まだまだだよ。ただ、交番に置いておくには勿体《もったい》ない。それだけの性根《しょうね》はあるな」

「……諏訪巡査の件については、御迷惑をお掛けしました。申し訳ありません」

「学校教官のアンタに責任はないだろう」

「いえ、専務《センム》に登用していただくとき、私自身も、太鼓判《たいこばん》を押したひとりですから……どうやら一段落ついた様ですので、今日は改めて、佐潟次長にお詫《わ》びに参上した次第です」

「ううむ、マア刑事ってなあ、素質というか、合う合わないがあるからな、どうしても。俺は気にしちゃいないよ。むしろ諏訪巡査には、可哀想なことをしたなあ」

（何ほざいてやがる、この狸《タヌキ》が）

清里は心底、眼前の、脂ギッシュなビール腹を軽蔑した。

署の刑事のボスでありながら、新人女警に手を出した破廉恥漢《はれんちかん》。

まさにその騒ぎが一段落した今。引き続き、署長の叱責《しっせき》も監察のお咎《とが》めも、むろん人事措置もなく、のうのうと現在の職に居座り続けている。

――清里は既に警備課で、謀友《ぼうゆう》の警備課長から、最新の署内情勢を仕入れていた。

（確かに佐潟と諏訪が、執拗《しつよう》に副署長と監察の調べを受けたのは事実だ。不倫は警察の鬼門《きもん》、部内不倫は外道《げどう》中の外道だからな。そしてどれだけ調べを秘匿《ひとく》しようと、ふたりの噂《うわさ》はたちまち署内を駆けめぐった――不思議なほど。誰か、署員の目撃者がいたのかも知れんな。密告は警察の花でもある。

そして諏訪は交番に追放された。これは外観上、あきらかな事実。誰にも見える事実。

これをもって、佐潟＝諏訪不倫説は、能泉署では公然の秘密となった。

だが、残念なのは――

諏訪の追放を別論とすれば、噂以外、何も証拠がないってことだ。物証も人証も。だからこそ監察は、ふたりに懲戒処分をしなかったのだろうが。

警備課長にも確認したが、署長も副署長も、決定的な証拠は突きつけられなかった様だ。副署長など、露骨に佐潟を叱責し、毛嫌いし始めた様だが、証拠が無いなら霞《かすみ》のような話。密告が警察の花だからこそ、誹謗《ひぼう》だの冤罪《えんざい》だのといった可能性もあった。少なくとも、そう言い逃

れる余地は、充分にあった）

そして佐潟警視は言い逃れに成功し。

諏訪菜々子は隠しとおすことに失敗した。

諏訪菜々子自身が、清里に、取調べの内容を説明してくれたから疑い無い。

そう、諏訪菜々子は既に、清里の手の内にある。佐潟を摘発する同盟者でもある。

（警察組織を裏切り、組織情報をアイツに売り渡し、あろうことか俺まで失脚させた薄汚いスパイ——それが佐潟だ。まして、スマホを無断借用し、謝金用口座をつくらせるなど、諏訪菜々子をさんざん利用してもいる）

コイツを摘発し、警備部門に返り咲くのが、清里の最終目的だ。

その佐潟を摘発するには、当然、確乎《かつこ》たる証拠と、確乎たる弱味がいる。

ただスパイだと暴露し、排除するだけでは、実績として弱いからだ。スパイの最上の利用方法は、確乎たる弱味を攫《つか》んで骨の髄《ずい》まで恐れさせ、雁字《がんじ》搦《がら》めにし、そう奴隷にまで堕《お》として、二重スパイに調教し直すことである。

（佐潟でいえば、その決定的な弱点を押さえ、俺に絶対の服従を誓わせる。

アイツにバレることなく、そう、摘発したことすら徹底的に秘匿《ひとく》した上で、今度はアイツの情報を垂れ流させる。これこそが実績の最上等のものだ。

アイツの情報は、ワクチン部隊《グルツペ》にとって垂涎《すいぜん》の的《まと》のはず——

そしてアサヒならば、次は佐潟を足掛かりに、いよいよアイツ自身を堕とそうとするだろう。

俺がアサヒの企画官でもそう命じる。山蔵県警察がアイツを手に入れれば、十年に一度、いや五十年に一度の快挙だからな。全国警察を見渡しても、アイツほどのタマがあるのは、警視庁と大阪府警くらいのものだろう）

そうなると。

清里の工作《アルバイト》の第一歩は、佐潟の決定的な弱点を攫《つか》むことだ。

当然、この情勢である。もっともコストが安いのは、諏訪菜々子との不倫。取り敢えず監察への言い逃れには成功したようだが、清里が決定的な証拠を押さえれば、当然話は違ってくる。いや、いったん言い逃れに成功しているからこそ、保身の動機は強く、かつ、ますます強まっていると見ることができる。

（しかしながら、だ）

刑事に陰湿な敵意をいだいている、謀友の警備課長にして、証拠どころか、端緒《たんちょ》情報すら攫んではいない。すべては噂だけだ。清里が刑事一課に確保している情報線からも、意味ある話は上がってこない。

（意外だったのは、諏訪菜々子自身の線だ）

清里は、諏訪菜々子を完全に堕としている。諏訪菜々子が、清里に嘘を吐き、あるいは隠し事をするはずがない。

だから清里は、あらゆるアプローチを試みた。

パソコン端末。スマホ。紙媒体。写真。録音。だがメールはすべて、佐潟の命令で消去されていたし、架電記録も残ってはいない。手紙も、一緒に撮った写真もない。留守録の類《たぐい》も存在しない。そして今、清里は個人で動いている。もしセオリーどおり組織で動けたなら、ハードディスクだのスマホのストレージだのSDカードだのの解析が、できていたかも知れない。いや、諏訪菜々子の証言に基づき、防犯カメラ調査すらできていたかも知れない。ふたりが利用していたシティホテル調査も――刑事のシマではあるが――洗って洗えないことはなかっただろう。そうすれば確実に、物証を獲《え》ることができていただろう。

（だが俺は、少なくとも今は、警備の人間ではない――むしろ裏切者として、座敷牢《ざしきろう》に軟禁《なんきん》されている身だ。佐潟を堕とすまでは、個人でスタンドプレイをするしかない）

結果、監察レベル、いや副署長レベルの調査しかできず。

あとは諏訪菜々子の証言に頼るほかなくなった。

諏訪菜々子は、さすがに苦痛だったのか、かなりの抵抗を示したが、もはや清里に抵抗する心はない。過去の人間関係もある。それなりの時間と体力を要したが、言葉はもちろん、全身ですべてを喋ってくれた。佐潟との馴《な》れ初《そ》め。最初の誘引。最初の肉体関係。以降の頻度。密会場所。防衛心のレベル。会話の内容。佐潟の性癖。性格傾向。家族関係。職場関係。交友関係。趣味嗜好《しこう》。酒と博奕《バクチ》。懐《ふところ》事情。金銭負担。諏訪への援助の有無。プレゼント等利益供与。職権の濫用《らんよう》――

（監察に喋ったのは、態度で示してしまった分もふくめ、概《おおむ》ね三〇％程度。そして一〇〇％を訊き出した俺でさえ、諏訪菜々子から突き上げる線は、断念せざるをえなかった。具体的な裏付け調査をしたくなる話は、とうとう無かった。なるほど、監察が処分を諦《あきら》めたというのも頷《うなず》ける——

そして三〇%とはいえ、ゲロってしまった諏訪菜々子を懲罰《ちょうばつ》しない訳にはゆかない。証言が真実だというのは、諏訪菜々子の態度をチラ見しただけで分かるからな。他方で〇・一%も謳《うた》わなかった佐潟は、証拠不十分で不起訴というわけだ。

もっとも、諏訪菜々子は巡査で佐潟は警視。諏訪菜々子は孤立無援で、佐潟は県議とのパイプが強い。そして諏訪菜々子の自白はあるが、佐潟は完全否認で物証もない。俺が監察でも、佐潟を落とせなかった時点で、佐潟の立件は見送るだろう——実際のところ、能泉署が落ち着けばそれでよく、その為にはひとり、生け贄《いにえ》があれば充分だからな)

いずれにせよ。

佐潟を諏訪菜々子との不倫ラインから堕とす作戦は、スジ悪《ワル》というかドン詰まり。

だとすれば。

(やはりアイツとの『不適正行為』『地公法違反《ちこうほう》』から攻めるしかない。いきなりの直球勝負というのは、俺の流儀《りゅうぎ》ではないんだがな——)

だからこそ清里は、わざわざ佐潟次長を今日、訪問したのだった。正確に言えば、わざわざ警備課に立ち寄ったことを知らしめてから、刑事次長室を訪問したのである。

「コーヒー、頂戴します次長」

「ああどうぞ。警備課ほどいい豆じゃないけどな、アハハハ」

「その諏訪菜々子ですが、やはり、刑事には合いませんでしたか」

「いやあ、やる気は猛烈にあったし、確かに優秀だったんだが……どうもその、何だ、マア美人ではあるし、いや可愛いタイプか、そういった自意識も強いようだったし……セクハラとかにもナイーブだったな……だから署の女警との関係は正直、悪かったし、あまり他課とギスギスされちゃあ、刑事部門の仕事にも悪影響があるからなあ。負けん気も強かったから、いや負けん気が強いのは大いに結構なんだが、あれだけ課内で泣かれちゃあ……先輩刑事の指導ってのも、派手に手荒いんだが、それがパワハラだのセクハラだのって誤解されるとなあ。指導する方が嫌になってくるわな。泣く子と地頭《じとう》には勝てんから、どうしても先輩刑事の方が悪者にされてしまうし。副署長《オフクロ》なんかも心配して、ちょくちょく刑事部屋にまで、巡視にやってくる始末。それがまた刑事たちには、過保護に見えてくる」

「そうしますと、やはり刑事部屋での人間関係を育《はぐく》めるほど大人ではなかったと」

「マア可愛いタイプだからな、受付とか秘書とかにはいいんだろうが、刑事はまだ無理だ」

監察にどう説明したかはともかく、刑事たちとはそういうストーリーで合意しているのだろう。どのみち物証はないのだ。そして、他の女警から嫉妬されていたこと、先輩刑事のセクハラに耐えかねていたことは、諏訪菜々子自身が清里に証言している。そうした事実に引っ掛けて、『人格が未熟』『刑事不適格』という物語を確定させ、蔓延《まんえん》させているのだろう。

佐潟は署内では、最上位の刑事。もちろん警察本部の刑事部にも人脈がある。なら刑事たちは、噂レベルの不倫を糾弾《きゅうだん》するより、佐潟の物語に乗り、自ら焚《た》きつけられる方を選ぶだろう。

もともと、諏訪菜々子を愉快に思っていなかった刑事たちだ。佐潟が好きかどうかは別論、ボスに迎合した方が、ノーリスク・ハイリターンである。

「そうでしたか……では、また交番に帰るというのも」

「もちろん諏訪女警の意思だ。俺も副署長《オフクロ》も、いや署長《オヤジ》も確認している」

(フッ、そう監察に言わせ、そう上申書《じょうしんしょ》を書かせたのはお前だろうが)

諏訪菜々子本人の自発的意思があれば、すべてはスピーディに終わる。監察も署長も、佐潟も万々歳だ。諏訪菜々子は涙ながらに言っていた——まさか自分から刑事を下りたくなかったが、そうすることでしか佐潟次長を守れなかったと。それこそ、佐潟次長から涙ながらに頼まれたと。

(そして佐潟が諏訪菜々子をスピーディに処理したかったのは——

藪《やぶ》を突かれると死ぬからだ。

諏訪菜々子は何も解っていなかったが、佐潟がアイツとの連絡そして金銭授受に、諏訪菜々子を利用していたのは事実。万が一、監察が佐潟の生活実態なり、諏訪菜々子の生活実態なりをもっと調査し始めたら——部内不倫だから、金銭の授受というのは想定外だろうが——不倫などというお遊びを端緒《たんちょ》に、地《ち》公法《こうほう》違反なんて爆弾が飛び出しかねない。

藪を突かれれば大蛇が出る。

だから諏訪菜々子には自白させる必要があったし、刑事を出る意思を示させる必要があった。

佐潟の奴、やっている悪事の割りに、どこまでも小悪党だな)

「駅前交番では、また精一杯頑晴《がんば》っている様ですね、諏訪巡査も」

「人の噂も七十五日というし、元々、優秀な努力家さんだ。また専務にお呼びが掛かることも、あるだろうよ。マア実際、七十五日とはとても言えんが……」

「えっ」

「うん？　どうした清里警部補」

「警備課長からは、特にお話がありませんでしたか？」

口止めしてあるから、あるはずがないが。

「いや何も。どんな話だ？」

「あっ、これは、ちょっと順序が違っちゃったな……いえ、私が今日お邪魔したのは、諏訪巡査が刑事に御迷惑をお掛けしたそのお詫び、というのもあるのですが……悩ましいな、警備課長がすっかり仁義を切っているものとばかり」

「仁義？」

「仕方ありません。学校教官がしゃしゃり出るのをお許し下さい。

実は諏訪巡査ですが、専務に登用されます」

「何だって？」

「正式には登用試験の後に決まりますから、実際の配属はまだ先という事になりますが」

「自署登用の原則があるから、この能泉の専務だろう。どこだ。交通課か」

「警備課です」

「……諏訪巡査を」佐潟は微妙な渋面《じゅうめん》をつくった。刑事は正直だ。「警備が獲《と》るのか」

「佐潟次長の御指摘どおり、優秀な努力家だからでしょう。

私は詳細を知りませんが、もちろん警備課長も、まさか刑事への面当《つらあ》てなど考えてはいないはずです。だから、真っ先に仁義を切りに来たとばかり」

「いや、俺はそんなことは考えない」両切りのピースがせわしなく着火され、紫煙《しえん》が激しく吹き出される。「優秀な若手警察官が活躍するのは、ロートルのよろこびだからな。だがしかし、いきなりこの時期に、いきなり警備か……そういわれてみれば諏訪巡査、当務ごとちょくちょく、警備課に出入りしてるな」

やはりよく見ている。まあ見せつけてはいるのだが。

「もちろん交番勤務がありますから、まだ非番だの公休だのの日に、雑用をさせている程度と聴いてはいます」

「ただ、あのガードの堅い警備が獲るんだから、よほど見所があると考えたんだろうな」

「刑事には刑事の水が、警備には警備の水があるでしょう。畑を変えてみればいきなり化ける。若手にはよくあることです」

「マアあんたは学校教官だから」

「そうなんです、学校教官ですから……

そんな一般論しか教えられてはいません」

「もちろん、実態は違うだろう」

「……佐潟次長、ここだけの話ですが」

もちろん演技である。以降の話を、佐潟は絶対に口外しない。口外できない。誰にも。

「どうも警備課長の様子を見るとですね、実績の匂いがするんですよ」

「実績」

「しかもゲナゲナ情報じゃありません。そもそも、コソコソと内偵捜査の準備、してますから。警備は事件慣れしていませんので、普段と違う動きを始めれば、私ならすぐ分かります」

「事件捜査ということかい。そりゃ確かに、警備課としては異例だなあ。能泉署なんて、あれは確か……三年ほど前に極左の免状不実記載《めんじょうふじつきさい》、やったっきりだろう」

「どうやら、内偵捜査の規模からして、そんなもんじゃないみたいです」

「警備がやる事件なんて、想像もつかんが。ありゃ情報警察だからな」

「もちろんいい情報があれば、必死で食いつきます。事件化を目指します。警備事件検挙は、めずらしいからこそ当たればデカいですから。本部長賞も本庁表彰も、当たれば確実」

「なら、いい情報があったと」

「それをもたらしたのが、諏訪巡査」

「なんじゃとて!?」

「いや、そう考えないと、この抜擢劇《ばってきげき》は到底、説明できないんです。だってそうですよね。刑事で専務不適格として交番に帰された、しかも巡査です。それを、刑事の反感覚悟でたちまち警備に掻《か》っ攫《さら》うなんて。私が警備課長なら、絶対にしませんよ。警察署の最大勢力は刑事です。警察署の最大勢力にケンカを売るなんて、生安課長でも交通課長でもしないでしょう？　まして最小部門の警備はしません。警察署って良くも悪くも、家族ですからね。

ただ。

もし一番上の兄貴を憤慨《ふんがい》させてでもやる、というのなら。

そして内偵捜査の兆候とも合わせて考えれば。

諏訪巡査を確保することに、一番上の兄貴を敵に回して余りあるメリットが……そう、刑事のボスである佐潟次長を敵に回してなおお釣りの来るメリットがある。そう考えるのが自然ですし、そう考える以外にありません」

「いやだから。俺はそういう考え方はせんが。だがそうか。俺を敵に回してでも、か」

「ただそのネタ。諏訪巡査が巡回連絡だの職質だので仕入れて来たんでしょうが、さすがに警備を出された私には、サッパリ分かりません。警備課長は、諏訪巡査をかかえこんで、何を狙っているのか……あるいは諏訪巡査しか知りえない機微な情報があるのか」

「諏訪巡査しか知りえない……だが諏訪巡査は実働二年、うち一年ほどは刑事だぞ」

「なら刑事一課で何か、特異な動向でも？　諏訪巡査が何かを知ってしまったとか？」

「いやあ、いやいや、いやまさか。自分で刑事を諦めた奴だ。まさか重要情報など獲《と》れん。情《ハ》報源《タケ》もない。そんな様子もなかった」

佐潟はイライラとピースを扼殺《やくさつ》した。すぐさま四本目に着火し、葉をペッと吐く。

「マア、高尚《こうしよう》な警備の方々が考えることは、俺みたいな刑事バカには解らんよ」

「高尚というか、唯我《ゆいが》独尊《どくそん》で冷たい部門です」

「……そうか、アンタもう学校で三年か。確か警察本部から能泉、能泉から学校だったな」

「そして学校からは、もう言うまでもありません」

「もちろん何があったのかは知らんが、警備もえげつない人事をするもんだと思うよ」

「ヒトゴトと書いて人事ですから、あとは俎板《まないた》の上の鯉《こい》ですが」

「いや、そうは言っても、さすがになあ……」

「……そうですね、あと残り二〇年、三交替勤務のおまわりさんというのも、厳しいものです」

「ナア、清里警部補」

「はい佐潟次長」

「どうにか、警備課のやる、その事件っての、割れないかなあ？」

「警備課の内部情報ですか。学校教官の身で、どこまでできるか……」

「正直に言おう」佐潟はぷはあと紫煙を吐いた。「俺としては、それがサンズイだと困るんだよ。むろん贈収賄《ぞうしゆうわい》だけじゃない。背任でも横領でも、いや詐欺でも困る」

「ああ、なるほど!!」

「そりゃ警備がやるってんなら、警備のお客さんが被疑者だろう。だがなあ清里、ことサンズイの実績にあっては、そりゃもう警察本部が煩《うるさ》いからなあ。ところが能泉の刑事は、サンズイも選挙違反も、とんと御無沙汰《ごぶさた》なんだよ。俺が着任してからゼロ件だ。ゲナゲナ話のチャート一枚、マトモに描けやしねえ」

「そうすると、たとえ警備のお客さんが被疑者でも――」

「――能泉の他課にサンズイやられるってのは、俺の管理能力が問われるんだよ。事件に弱い警備でさえ、端緒《たんちょ》つかんで掘り起こしてんのに、本家本元の刑事はいったい何寝惚《ねぼ》けてんだと。しかもだぞ。それがバーンと一面トップの派手なサンズイだったとしてみろ。賭けてもいいが、俺はその日の昼飯を食う前に、離島の副署長の内示もらってるよ」

「そうしますと、佐潟次長のお立場としては」

「警備のネタが知能犯ってんなら、いや大規模知能犯ってんなら、そりゃ知っとく必要がある。知っとくどころか、流れによっちゃあ一口、嚙ませてもらわんといかんだろう。どうせ警備の奴らに、マトモな捜査なんてできやしないんだ。宝の持ち腐れにすることがあっちゃあ、署長《オヤジ》にも申し訳が立たんからな」

どうやら、必死に考えたようだ。唾《つば》を飛ばしながら力説してくる。

飛んだデタラメだ。

ありえないとはいわないが、警備のお客さんが派手な汚職をするなんて、魚が空を飛ぶようなもの。カネでなく、思想で動くから、警備のお客さんなのだ。だから警備の事件に、刑事が興味関心をいだくことなど、まずない。

(だがしかし、有難いデタラメではある。危機感もって食いついてくれなければ、『狙われて

いるのはお前かも知れんぞ』と、ベタな直球を投げねばならん所だったからな）

しかも、佐潟の危機感は並々ならぬものだ、ということまで分かった。あきらかに、自分の保身を真剣に、緊急に検討しているレベルである。細工は流々《りゅうりゅう》――清里は、シナリオどおり佐潟のシナリオに乗り、仕上げに入った。

「……よく解りました、佐潟次長。諏訪菜々子はかつて、次長に御迷惑を掛けました。だのに今、また次長の寝覚めを悪くするような事があっては、こうして謝罪に来た意味がなくなります。

どこまでの事ができるか解りませんが、警察本部の人脈もたどって、警備課長の動きを調べてみましょう」

「おお清里‼　イヤすまんな‼　恩に着るぞ‼」

「その代わり、と言っては、嫌らし過ぎますが……」

「ん？」

「佐潟次長は、激務の、議会担当調査官を務められた。総警務《そうけいむ》には顔が利きますね？」

「まあな、それなりにはな」

「次の異動で私が交番に出るとなると、学校教官より、ますますお力になれなくなります」

「アア、そういうことか‼

安心しろ清里、俺は刑事だ。受けた恩義は忘れん。仲間も見捨てん。

お前が古巣をそうまで忘れて尽くしてくれるのなら、もちろんその成果物《せいかぶつ》にはよるが、断じてお前を交番なんぞに追い遣《や》ったりはせん。ナアニ、警部補ひとりの異動くらいなら、この俺にだってどうとでもできるぞ。アッハッハ」

「御言葉、ありがとうございます次長。

それでは、また警備課に寄ってから学校へ帰ります……

あっ、本当に御多忙の折、こんな話ですみませんでした。交番《ハコ》の火つけ野郎の所為《せい》で、バタバタされておられるでしょうに。例の餓鬼の指紋《モン》、割れましたか？」

「おう、あの学生風のマル被な。いや駄目だ。前歴《マエ》が無い。せっかくの遺留指紋だったのになあ」

清里哲也は、下品な工作はするが、下品な男ではない。だがその清里ですら、佐潟のノリに思わず北叟笑《ほくそえ》んだ。アクティブ・ソナーがびんびん返ってくる。しれっと当てた指紋情報は、捜査をしている刑事たちしか知らないはずのものなのだが。しかし、そこまで考えている余裕は、もう佐潟には無かった様だ。何の不審性も感じず、清里が知りたかったことを、アッサリ教えてくれた。

(少なくとも能泉署の刑事は、マル被を学生風の若い男だと想定している。指紋の工作にも引っ掛かってくれた。諏訪菜々子に、まして俺に到《たど》り着くことはありえない)

そしてそれは、もちろん清里が既に、刑事一課の情報線から確認はしていることだった。よって、現場刑事レベルと、指揮官警視レベルの認識が一緒であることも、裏書きできた。ならばもう刑事次長室などに用は無い。

「着《つ》け火《び》は心の病といいます。どうせまた出てくるし、もうそろそろ網《あみ》に掛かるでしょう」

「だといいが。これで止まったとなると正直、手持ち札が無くなるからなあ」

「そのような時にアレですが、そして私も最大限努力しますが、次長御自身も充分、警備課の動きには御注意ください。我が古巣ながら、何を考えているのか解らない部門です」

「イヤ解った、頼むぞ清里!!」

——清里警部補は、反吐《へど》を吐きたい衝動を堪《こら》えながら刑事次長室を出。

警備課で緑茶を飲んでから、つまり時間を殺してから、バスで警察学校に帰任した。

(罠は仕掛けた。焦燥《しょうそう》した佐潟は、諏訪菜々子を突《つつ》くか、あるいはアイツに泣き付くか)

さんざん仄《ほの》めかしてやったのだ。いくら鈍感な刑事バカでも気付くだろう。

自分を怨《うら》んでいる諏訪菜々子。

自分が利用してきた諏訪菜々子。

証拠を確保しているかも知れない諏訪菜々子。

情報警察である警備に出入りしている諏訪菜々子——

(『ターゲットは自分だ!!』と邪推しないほど、佐潟はバカじゃない。あれでも警視だ。しかも、好んでヤバい橋を渡っている警視だ)

もし、佐潟が諏訪菜々子と接触を図れば、それは、清里の録音機と接触を図るも同然。

もし、佐潟がアイツに泣き付いたなら、いつもの定点《ていてん》で接線を持つだろう。それは、佐潟の車に着けたGPS発信機で察知できる。その上、非番の夜と公休日には、諏訪菜々子を現場配置する手筈《てはず》も整えた。

（どのみち、証拠は確保できる――フフフッ）

教官室に帰った清里は、自分のデスクに鞄《かばん》を置いた。

卓上には、警察共済のパンフレットと、郵便物が置いてある。職場への郵便物は、手空きの助教授が、所属ごとのポストから回収してくるのだ。確かに、もう午後の郵便配達が終わった時間である。

ここで。

清里はアサヒにまで登用された、練達《れんたつ》の警備警察官だった。

まさかその驚愕を、表情に出すことはない。

だから清里が今、両肩をびくりと震わせたのは、最大級の衝撃を受けた証拠である。

――卓上の、郵便物。

何の変哲《へんてつ》も無い白封筒。コンビニで幾らでも売っている奴。

名宛人《なあてにん》はむろん清里哲也だから、不思議も驚きも無い。

差出人は裏に書いてある。押花《おしばな》書房編集部何某《なにぼう》。警察系出版社の編集者だ。学校教官には無数の新刊案内が来るし、警察系受験雑誌に寄稿することも多い。これまた不思議も驚きもない。

だが、その封筒に貼られた切手――

その独特の傾きは、清里を確実に戦慄《せんりつ》させた。

それは、世界で清里といま一人しか知らないサイン。

しかも、その切手の絵柄は。

果実がたわわに実った樹《き》。小さな黄桃《おうとう》を思わせるその果実は——

（杏《アプリコット》）

清里のペーパーナイフは、一度だけすべった。

知らず、唾を飲みこみながら、いい、い、没個性的《ぼっこせいてき》な便箋《びんせん》を開いてゆく。それはもちろん、三分後には灰になるものだ。灰にすべきもの。そしてもちろん、押花書房とは何の関係もない。

（まさか、こう出てくるとはな……）

釣られていたのは、俺なのか？

清里は接線の日時場所を確実に諳《そら》んじると、喫煙所にむかった。

燃え尽きた紙の黒炭を、ライターの尻で、徹底してバラす。

意外なほど時間が掛かった。

山蔵県警察本部・某所《ぼうしょ》

山蔵県警察本部は、二一階建てのインテリジェントビルである。

これだけのキャパシティがあれば、別館だの別棟だのは、まず必要がない。

なまじ庁舎が分散すると、地下通路でも整備しないかぎり、行き来が外部から視認《しにん》されてしまう。捜査二課長がやたら別庁舎に入ってゆくとか、公安一課長がやたら本部長室に出入りしているとか、そうした動向は、気の利いた新聞記者ならすぐキャッチするものだ。その点、自己完結した独立庁舎だと、エントランスより先は密室。保秘《ほひ》のレベルがたかい。それでも、地検へ協議に行くときなどは、姿を外部に露出せざるをえないから、捜査二課長だの、警備公安の課長だのは、かなりの防衛心を持っていないと務まらないのだが――

これを要するに。

山蔵県警察本部内で動くかぎり、そして最低限の防衛心を維持しているかぎり、さほどのリスクは無い。だから公安一課長は、二〇階で樽水本部長との謀議《ぼうぎ》を終えたあと、そのまま目指す某所へ赴《むか》った。むろん、自身の執務室がある警備部のフロアも、セキュリティが一段と堅い所だ。だが、その目指す某所は、別格である。一般の警察官はおろか、警備公安の警察官ですら、そうそう入室を許されない室。非公然の拠点。そもそも存在することすら秘匿《ひとく》されている。それも、トップレベルの防衛心で。

そう。

闇に生きるアサヒの部隊《グルッペ》のうちでも、ワクチンほど、徹底して隠された係はない。たとえ山蔵県のアサヒに属していたとしても、ワクチンの拠点《ツインマー》は知りえない――そう、所属する係員らそのものと、担当学級委員《シュプレッヒャー》たる公一課長以外は。公一課長の上官ですら知らない。樽水警視監でさえ。といっても、上官について言えば、用事もなければ実績以外に興味もない。ゆえに知る動機原因がないだけの事なのだが。

いずれにせよ。

事実上、山蔵県のワクチンの全貌《ぜんぼう》を知る公一課長は、当然のことながら、すんなりと拠点入りした。担当学級委員《シュプレツヒャー》ならではである。そしてモニタでその姿を確認していた霧積《きりづみ》警部は、最大級の室内敬礼をもって公一課長を出迎えた。霧積警部は五十二歳。知る人ぞ知る山蔵県警備警察官の生《い》き字引《じびき》である。その外貌《がいぼう》は――敢えて言うなら、市役所の福祉課の係長であろう。誠実な朴訥《ぼくとつ》さに、バーコードハゲ。腕カバーが似合いそうな、平々凡々たる役人風だ。なるほど、謀略というのは、謀略家然《ぜん》とした顔ではとてもできない。

「やあ霧積さん。ここも久しぶりだなあ。いつも課長室に来てもらってるからねえ」

「課長に来てもらおう、来てもらおうと思いながら、つい三箇月も過ぎてしまいました」

「樽水本部長のところ、行ってきたよ」

「何やら、また新しい特命をお考えとか……」

「樽水サンは、学級委員《シュプレツヒャー》の経験があるからね。アサヒの実力と使い出は、よく御存知だ」

「しかし課長、これ以上の逸脱工作《ダマテン》は、さすがに四阿《あずまや》企画官が察知するかと」

「いや霧積さん、御懸念《ごけねん》はごもっともだ。そのときはむろん、僕の解任すら考えられるからね。まあ査問されたらそのときは、樽水本部長と僕に強要されたと――ワクチンとしては徹底して異議を唱えたが押し切られたと、そう弁解してくれてかまわない。いや、そう弁解するんだ。そうでなきゃ、東京から所属長が天下ってくる意味が無い」

「課長を殺したとあっては、ワクチンのメンツも、担当警部のメンツも立ちません」

「だとすれば」公一課長は無垢《むく》に微笑《ほほえ》んだ。「ダマテンのツモ上がり、満貫《マンガン》とゆこう」

「御着任当初は知りませんでしたが」霧積警部は目蓋《まぶた》だけで笑った。「課長は博奕《バクチ》打ちだ」

警察の仕事は、都道府県がやる。だから都道府県警察制なのだ。

だが。

国家警察の色彩が極めて強い所属がある。

知能犯をやる捜査二課系と、政治犯をやる公安課系だ。

もちろんそれらの捜査とて、都道府県の仕事ではある。

だが大規模贈収賄《ぞうしゅうわい》にしろ、テロリストへの討ち入りにしろ、国家的規模の影響がある。ボタンの掛け違いひとつ、台詞《セリフ》の言い間違いひとつ許されない。わずか一箇所の足し算のミスが、警察庁と全国警察に波及する。これは、対象犯罪の性質からして不可避だ。

すると。

警察庁としては、これらについては、国家的統制を強めたい。いや直接指揮監督したい。

もちろん、それは一般論として、都道府県警察制とは矛盾する。

だから、人事的にコントロールをする――

都道府県の捜査二課長系と、公安課長系は、警察庁の指定席ポスト。それには、こういう理由があった。指揮官そのものを国家から投入する。身分は地方警察官、本籍は国家警察官という鵺《ぬえ》的な属性をもたせる。それによって、『都道府県の独立と国家的統制の確保』を実現するのだ。

ゆえに、霧積警部が仕えている公安一課長というのも、東京からのキャリアである。

もちろんその任務は、警察庁警備局の代官として、山蔵県警備部を統制すること。今、議論されているケースでいえば、あの四阿警視正の代官として、山蔵県のアサヒを統制することである。そう、学校《シューレ》の学校長《シュールライター》から特派された、学級委員《シュプレッヒャー》として。ちなみに、今や指定職にまで登り詰めた樽水警視監もまた、若き日に、府県の公安課長系を務めた経験がある——そう、学級委員《シュプレッヒャー》を。だからこそこの絡繰《からく》りを、身を以て知っているのだ。だから臆面《おくめん》もなく『企画官に黙って逸脱工作《ダマテン》をやれ』などと言えるのである。

そう、その恐怖と制裁とを知っていなければ、こんな無謀な命令は出せはしない。代官が幕府に隠然と叛《さか》らって、幕府の知らない密貿易を始めたらどうなるか？

公一課長が学校《シューレ》に隠然と叛らって、無報告で山蔵県アサヒの部隊《グルッペ》を動かしたら？

まさに抗命罪《こうめいざい》であり、叛乱《はんらん》であり、警察庁支配に対するこの上ない挑戦である。

そもそも、府県のアサヒ部隊《グルッペ》の諸工作は、事実上、アサヒ企画官の直轄。すべての部隊《グルッペ》の動静は、暗号化された詳細な報告書《レファラート》としてまとめられる。そして最悪でも明朝には、企画官に送達され、その決裁を受ける。どこの府県のどの部隊《グルッペ》の誰がいつ何をしてどうなったか。アサヒの学校長《シュールライター》には、それをすべて了知する権限があるのだ。むろん質問する権限も、是正する権限も、譴責《けんせき》する権限も。これを要するに、手続として、システムとして、府県アサヒが企画官支配から逸脱することはできないし、ありえない——

——理論的には。

もちろん実際上は違う。それは、民間の常識で考えても解る。

銀行でも鉄道会社でもいいが、本社本店の監査が何故面倒かといえば、支店としては、絶対に言えないことがあるからだ。隠しとおさなければならないことがあるからだ。そのために、諸資料を隠滅したり改竄《かいざん》したり疎開《そかい》させたりする。それは別段、本社本店に反旗を翻《ひるがえ》し、サボタージュし、実績を下げ、企業活動を妨害するためではない。全然違う。本社本店の御希望を最大限尊重しつつ、それでも支店の実情からして無理難題が多すぎるから、双方のメンツと実績の最適化を図るべく、真摯な嘘吐きとなるためだ。参謀本部には参謀本部の利害が、現場指揮官には現場指揮官の利害がある。それを数式化すれば、むしろ最適解をもっていることの方が少ない。これは、社会人経験があれば誰でも解ること。

そしてそれは。

事実上の国家警察、鉄の規律をもって知られる警備警察でも変わらない。

いや、その警備警察のエリート、闇と秘密と謀略をつかさどるアサヒでも変わらない。

現場指揮官としての課長＝学級委員《シュプレッヒャー》が知るのは、いわば、中間管理職の悲哀である。

アレヤレコレヤレ。イマヤレスグヤレ。アレハドウシタ。ナゼデキナイ。

定員不足。予算の制約。装備の陳腐化《ちんぷか》。他部門との軋轢《あつれき》。リストラ圧力。無謀なノルマ。

この数式もまた、最適解などもたない。

警察庁の無理をゴリ押しすれば、実働員の士気は下がる。

実働員の要求を丸飲みしていれば、警察庁は激怒する。

ただでさえ、東京からの所属長というのは、その鵺《ぬえ》的ジレンマに苦しむものだが――

今、霧積警部と公一課長が直面しているのは、ジレンマどころか、万力《まんりき》そのものだった。

「博奕《バクチ》打ちか、あっは——泣く子と警察本部長には叛らえないだけだよ」

「正直、ワクチンの定員はギリギリです。もし本部長の御勘気《ごかんき》に触れて、リストラなどされては」

「それこそ学校長《シユールライター》に殺されてしまう。府県アサヒの弱体化は、最悪の破廉恥罪《はれんちざい》だ」

「かといって、樽水本部長の特命に、部隊《グルツペ》を流用していることがバレても」

「やはり学校長《シユールライター》に処刑されるよなあ。日々の報告書《レフアラート》までしゃあしゃあと捏造《ねつぞう》してるからね。

山蔵県のワクチン部隊《グルツペ》は引き続き、御下命のとおり鋭意、容疑解明マル対A^{+}『アプリコット』を二十四時間捕捉しております!! その二十四時間の動静かくのごとし!!——とか何とか言っちゃってさ」

「課長、正直を言いますと。

私は学校長《シユールライター》の指揮どおり、『アプリコット』をこそ継続すべきと思っています」

「そりゃ僕だってそうさ。山蔵県最大のタマ。僕が着任してからも二年、ストーカーさせてもらってる最重要顧客だからね。当たればこれほどデカい実績はない」

「ところが実際は、その要員をほとんど引き上げて、樽水本部長特命に使っている——

私は小心者《しようしんもの》ですから、もう気になって気になって仕方ありません。もし今、この瞬間にでも、

『アプリコット』が社労党《しやろうとう》なりウイルスなりと接線を持っていたなら……」

「熱烈求愛ストーカーのメンツに懸けて、悔やんでも悔やみ切れないね」

「どうでしょう課長、ここは樽水本部長と四阿企画官で直接、御調整いただくというのは？」

「それも考えたんだけどねえ……難点が少なくともふたつある。

ひとつ、樽水警視監が四阿警視正に直電《チョクデン》すれば、当然上位階級者である樽水サンの意見が勝つが、それは四阿警視正のメンツをシュレッダーに掛ける事だ。当然、僕を筆頭として、山蔵県アサヒに懲罰《ちょうばつ》と粛清《しゅくせい》の嵐が吹き荒れるだろう。

ふたつ、樽水警視監は学級委員《シュプレッヒャー》の経験があるから、アサヒが本部長特命などを歓迎しない、まして僕らに真剣にやらせるはずもないと知っている事だ。最初から暖簾《のれん》に腕押しが予想されるのに、正攻法で仁義を切るほど、樽水サンは善良じゃない」

「それもそうですね……

放火犯の追及なんてのは刑事部門の仕事。アサヒどころか、警備警察そのものに関係がない。そんなものにアサヒの部隊《グルッペ》を、しかもワクチンを使わせろだなんて。あの四阿警視正が、ハイそうですか御意向《ごいこう》のままに——なんて言うはずもない」

「まあ、四阿企画官は確かにエキセントリックな人だけどさ、エキセントリックな企画官でなくとも、そう判断するのが適正だよ。僕が学校長《シュールライター》だったとしても、樽水本部長の依頼なんて、まず聴き流すだろうから。

そもそもワクチンはアサヒの内でもエリート部隊。その任務はただひとつ。警察組織におけるウイルスの無力化だ。だからこそ『アプリコット』に熱烈求愛してもいたんだ。

いや警察官として心底、交番連続放火犯はケシカランと思うよ？　だからできるだけ刑事に協力して差し上げたいと思うよ？　けどさ、大本命の恋人を放り出してまで追わえるタマかと。

そもそもそれ、僕らの給与の内じゃありませんよと。

しかしだ」

「樽水本部長は、政争にお勝ちになれば、次期官房長《かんぼうちょう》」

「さすれば次々期、警察庁長官だ。お負けになれば管区局長だけどね」

「これも博奕ですね」

「警察本部長でさえ、アサヒにそれなりの嫌がらせができるんだ。まして長官当確となれば、ものすごい論功行賞《ろんこうこうしょう》ができるだろうねえ。

むろん僕の立身出世にも影響があるが……」

「……山蔵県アサヒも直撃弾を免《まぬか》れない」

「したがって政争の行方《ゆくえ》定かならぬ今は、樽水警視監にベットしておく必要もある」

「そうしますと、現在の本部長特命については、どのように御報告されたのですか？」

「それは事実どおりに――

我が優秀なるワクチン部隊《グルッペ》は、わずか二週間で放火マル被を現認《ゲンニン》した、とね」

公安一課長が、樽水本部長から下命を受け、企画官に極秘で開始した逸脱工作《ダマテン》――

それは、あの交番連続放火犯の解明と追及であった。

もちろん、霧積警部と一緒に愚痴《ぐち》っているとおり、これは本来業務でも何でもない。まさに特命であり、いってみれば警察本部長へ恩義と忠誠心を売るための政治的活動である。

警察施設への襲撃は、警察組織への挑戦。統治者からすれば無論、樽水警視監への挑戦だ。

愉快でないどころか、絶対に許せない愚挙《ぐきょ》である。まして、警察施設というのは、県庁が整備するもの。カネを出す側は、どうしても小姑《こじゅうと》になる。パトカー《PC》の物損事故ですら、県庁にネチネチと嫌味を言われるのだ。それが、交番を五も焼き討ちされて、無駄なカネばかり出てゆく上、いまだ被疑者は検挙されていない。もちろん県庁には黙っているが、実はまだ被疑者候補さえ割り出せてはいない――

そして、神室《かむろ》副知事と樽水本部長との確執《かくしつ》は、警察部内公然の秘密である。

樽水本部長は、職業的メンツの観点からも、県庁対策の観点からも、誰よりこの被疑者の生首を欲していた。そして当然、統治者として、能泉警察署の刑事一課が依然、危機感なくチンタラ、ノホホンとしているのも知っていた。

それが、この本部長特命につながったのである。

重ねて、樽水本部長には、府県アサヒの学級委員《シュプレッヒャー》経験があった。すなわち知識と実感をもって知っていた――警察組織のうち、姿なきマル対を割り出して地獄の底まで追わえる最強の機動部隊《シュヴァイス》は、アサヒの、それもワクチンであると。そしてその認識は、正確だった。ワクチンこそは十年単位、三十年単位で組織のウイルスを検知し、隔離《かくり》し、その宿主《しゅくしゅ》まで解明することを任務とする、警察のアンチウイルス部隊である。

プロスペクト分析。フレーミング分析。バーコヴィッツ分析。アンダーソン分析。

ワクチンが練り上げてきたウイルス検知能力をもってすれば――

放火の攻撃パターン、防衛パターンからして、『マル被は警察関係者である』と確信することは、難しくない。それも、現在の警察の実態を知る者――現役警察官か、離職直後の警察官だ。また、『想定される動機』と『リストアップされているリスク警察官』と『その人格傾向』とを数式化すれば、今般の交番連続放火が怨恨《えんこん》に由来する確率は、実に八六・五％。それが組織への怨恨である確率は、実に六五・八％。

――要解明マル対として抽出された警察官は、十一名。

まずは基礎調査《ヴエッシエ》で勤務パターンを調べ上げ、居住地と縁故地を調べ上げ、その機動力をも調べ上げる。これでマル対は六名にまで締《しぼ》れた。こうなるとアサヒの御家芸《おいえげい》、人海戦術に移行してもよかったのだが、さすがに『アプリコット』の動向も気になる。二十四人ないし三十人は投入したかった所だが、定員事情がそれを許さない。したがってＧＰＳ発信機と秘聴《ひちよう》マイクに活躍してもらい、当該マル対六名の位置情報パターンを割り出したところ、篩《ふるい》に残ったのはたった一人――

「清里哲也警部補。

霧積警部の読みは、当たったね」

「マル対十一人のうち、これだけ大胆な事をやってのけるのは、清里くらいのものです。もっともそれは臆断《おくだん》と勘。そしてワクチンに必要なのは、ただ物証のみ」

「だからあと五名も確実にツブしてくれた。さもなくば六日で終えられたのにね。有難う」

「恐れ入ります」

「ただね、霧積警部。樽水本部長にはまだ、その固有名詞を出してないんだ」

「えっ、すると、秘匿《ひとく》撮影の結果も？」

霧積警部は、『K』ファイルから複数枚の写真を出した。

能泉警察署の、鳥羽台駐在所と大浪《おおなみ》駐在所の接写写真である。無論ここで問題となっているのは、ハコそのものではなく、その裏手へ侵入している清里警部補の姿であった。

樽水本部長の特命を受けてから、ワクチンが確認できた犯行はこの二件。第一、第二の犯行は特命以前に終わっていた。そして第三の犯行においては、位置情報と現場行確から清里を捕捉できはしたが、敵もあざやかなもの、秘匿撮影できるだけのチャンスは無かった。それが可能となったのは、清里の容疑がかぎりなく黒になり、したがって現場待ち受けと拠点設営《ツインマー》が可能となった、第四・第五の犯行からである。

（もっとも）公一課長は思った。（二度の秘匿撮影に成功しただけでも、ワクチンの実力は知れようというものだ。清里は腐っても、元アサヒの機動部隊《シュヴァイス》。ワクチンほどではないが、その警備センスと防衛心は傑出《けっしゅつ》している。平均的な警備警察官はとても使えない。清里に接近させることすら、危なくて命令できやしない。ワクチンならではの戦果だ）

学校教官生活で、警戒心を失ったとも考え難《がた》い。アサヒの猟犬は、そんななまやさしいものではない。

（だがその猟犬も、たかが交番放火ごとき刑事事件で、ワクチンが動くことはないと油断した。だから大胆に動いた。そういうことか……）

それはありうる。警部補はまだ実働員だ。霧積警部クラスならともかく、警察本部の意思決定パターンなり、警察本部長の思考パターンなりは、理解できない。それは、実際にその階級になってみなければ解らない。少なくとも、直接お仕えする階級になってみなければ。

いずれにせよ、清里の写真はワクチンならではの戦果である。ワクチン名指しの特命で出した実績だ。それを、発注者の樽水本部長に呈示しないとなれば、霧積警部が怪訝《けげん》に思うのも無理はない――

公一課長はまず瞳で霧積警部を宥《なだ》めた。そしていった。

「うん、撮れたとも言わなかった。位置情報の解析記録だけ出した」

「誰だとの御下問《ごかもん》は、なかったのですか？」

「今しばらくの猶予《ゆうよ》を、と逃げた。ただ、もう宿題が終わりそうだという事は当然、理解されたはずだよ」

「御判断に異議は申し上げられませんが……すべて報告して、監察なり刑事に投げて頂いた方が……既にこれ以上、交番連続放火に人を割いている余裕は」

「もちろん最初は、すべてゲロっちゃう予定だったさ。事実、宿題はもう終わっている。物証も確保できた。四阿企画官にバレない内に、逸脱工作《ダマテン》からは脚《あし》を洗いたい。だから本部長室に入るまでは、カードをすべて開いて、我がワクチンの実力のほどをアピールする予定だった。さすれば僕らは明日からでも、『アプリコット』への求愛活動にもどれるからね」

「ならば何故」

「それは本部長室で、新たな特命を受けたからさ。

正確には、その新たな特命を聴いたとき、よりファンタスティックな考えが浮かんだからだ」

「……と、おっしゃいますと」

「霧積警部。警部の戦歴ならば解るだろう。その新たな、第二の本部長特命というのは」

「今が盛りの、県庁対策ですね」

「さすがだ。しかしそれだけではない」

「……まさか、樽水本部長御下命《ごかめい》のマル対というのは」

「そう、神室《かむろ》副知事さ」

「いやはや、なんとまあ。それでは警察本部長は」

「神室副知事を、警察公認の——少なくとも警察本部長公認の主敵として位置付けた。そういうことだ」

「しかし、そのリスクは」

「当然御存知だ……

犯罪者でも虞犯者《ぐはんしゃ》でもありえない市民を、しかも知事部局第三位者を監視して、失脚ネタを鵜《う》の目鷹《たか》の目でかぎまわる、なんてね。旭日《きょくじつ》新聞なりテレビ山蔵なりが知ったら、山蔵県警察どころか警察庁が大炎上だ。いや、知事部局に察知されただけで、すぐさま捜査費と旅費の執行停止にまでゆくだろう。もっと苛烈《かれつ》な復讐もだ」

「ですが、ということは、樽水本部長はまだ……」

「そう、まだそれ以上は予想していない、そういうことだよ。だからこそ本部長は断言した。二度目の特命に関しては、警察本部長として一切のコストを惜しまないと。すべて自分が最高指揮官として責任を負うと。ヒトであれモノであれカネであれ、短期決戦に必要とあらば無尽蔵《むじんぞう》で出すと。最優先だと」

「それはまあ、劇的な展開ですね。そして、最高指揮官がそこまでおっしゃるのならば」

「僕らとしては、すべてに優先して、そうコスト無尽蔵で、この特命を実行する……そうせざるをえないじゃないか？　命令なんだからね」

「そうですね。警察官には、上官の命令に服する法的義務がありますからね。

ですがそうしますと、課長。この第二の特命ですが、四阿企画官には？」

「今度は報告する。そして決裁をいただく。逸脱工作《ダマテン》にはしない。当然、経緯を御説明しなければならないから、第一の特命──交番連続放火の逸脱工作《ダマテン》については、厳しい御叱責《ごしっせき》があるだろう。

だが。

僕の読みが当たっていれば、それはかぎりなく無罪放免に近くなる……」

「……むしろ、企画官直轄工作《アルバイト》として、警察庁からも予算無尽蔵、資器材《しきざい》無尽蔵」

「是非ともそう期待したいね」

「だから本部長室で、清里のことを伏せておかれたのですね？」

「まさしく。

僕らにとってただの知事部局対策など、ぶっちゃけどうでもいいことだ。

ただ。

いま清里を逮捕される訳にはゆかない。樽水本部長に報告すれば、監察に事件化されるだけだ。バカバカしい。いま清里の身柄をとって、獲《え》られるものは非違《ひい》警察官一匹だけ。くだらない。

だが。

清里を自由にさせておけば……

プロトコル分析の結果どおりになる。そうだろう？」

「はい。清里という男は動く。必ず動きます。この情勢を最大限、利用しようとして」

「能泉PSの佐潟とは、もう接触したの？」

「はい、確実に捕捉しております」

「そこでだ。清里の動機をトレースすれば……」

「これもプロトコル分析どおりですが、まずは、交番連続放火について、自分がマル被として浮上していないか確実に勘《カン》をとる。できるだけ捜査情報も吸い出しておく」

「佐潟からの実態把握だね。現時点での、自分の株価なり商品価値なりを、見定める」

「いざというとき、刑事《ジ》に自分が幾らで売れるか」

「そうだ。自分と自分のハードディスクが、だけどね。

そうやって刑事《ジ》にも保険を掛けておく……

その意味では、我々警備《ビ》ですら保険だろう。どちらに確保されても、清里が売るべき商品はある。刑事《ジ》にはアサヒの実態が売れるし、我々には社労党のオトモダチが売れる。

だがいずれも、最悪の為の保険に過ぎない。むろん清里の真意は。あの火遊びの真意は」

「まさか刑事《ジ》にも、我々にも確保されることではない。逮捕は当然、回避するつもりです」

「そしてこれからの交番警察官人生にそなえて、社労党からの謝金を釣り上げる……」

「もし火遊びで自分が逮捕されれば？　刑事《ジ》であれ警備《ビ》であれ、身柄を獲られてしまったら？

これまでの社労党さんとの親密な交際を謳《うた》いますよバレますよ――と脅迫する。社労党スパイとしてのストレスに耐えきれず、また交番放火をしてしまいますよ――とも」

「そうだ霧積警部。清里の本命の顧客は、刑事でも警備でもない。社労党だ。

清里哲也。

警察官の魂を売ったウイルス。

社労党のスパイに堕ちた裏切者――」

「そしてそのコントローラーは、社労党の『アプリコット』。容疑解明A⁺の太いタマ」

「もし清里が、『アプリコット』と接触すれば？」

「我々は『アプリコット』を摘発できます」

「そして、『アプリコット』の摘発は……」

「確実に、神室副知事の失脚につながります。

『アプリコット』が摘発できれば、それはもう、あれだけのタマです、神室副知事の政治生命を絶つこともできる。神室副知事を雁字《がんじ》搦《がら》めにして堕とすこともできる。上級公務員の非公然党員。しかも現役警部補ともども、地公法違反……

　清里を動かして、『アプリコット』を堕とす。『アプリコット』が堕ちれば、神室副知事は沈む。神室副知事と『アプリコット』は、切っても切れない関係ですからね」

「さすれば四阿企画官も、樽水本部長も、ともに御《ご》満悦《まんえつ》という訳さ――

　清里哲也か。

　ワクチンにとってはショボい、容疑解明Bのタマだったが、こういう形で我々に貢献してくれるとはね」

「それでは、学校長《シュールライター》の決裁が下り次第、ヤミで中断していた――」

「オペレーション『アプリコット』、再開だ。清里の完全行確もふくめてね」

　けれどなあ。

　公一課長は、急に警戒感を捨て去って無垢《むく》に微笑んだ。そしていった。

「こっちのさ、この黒瀬啓太って巡査の子。交番の若い子。

　どうして現場をウロチョロして、清里に求愛してるんだろうね？」

「警察学校での、清里の元生徒ですね。さすれば、清里の為人《ひととなり》については、それなりの知識があるのでしょう。それにこの子、地域警察官ですから、恐ろしい偶然で、犯行を目撃したのかも知れません」

「組織報告をせず、自ら行確の真似《まね》事《ごと》？　一階級特進でも狙ってるのかな。真実、意味不明だ」

「どう分析してもド素人ですから、我々が警戒すべき動きとは思えませんが……念の為、洗いますか？　この子程度の基礎調査《ヴェッシエ》なら、まさか四人は必要ありません」

「いやいい」公一課長は即断した。「むしろ清里の眼を曳《ひ》いてくれる。遊ばせておこう」

東京都千代田区霞が関・中央合同庁舎2号館某所《ぼうしょ》

「わざわざの出頭御苦労さま、キクカワイツキ」

「アサヒが本格稼働しています。架電《かでん》報告は危険と判断いたしました、ツキノ副館長」

「あなたのその臆病《おくびょう》さ——私はたかく評価していますよ」

「恐縮です」

「では状況報告を。アルルカンは？」

「コロンビーヌを堕とし、交番連続放火と警察内スパイの実態について結論を出しました。当該スパイを摘発し、警備公安に返り咲くため、独自のスタンド・プレイを開始しています」

「ピエロは？」

「怪電話を受け、コロンビーヌへの恋慕《れんぼ》を著しく募《つの》らせています。不倫警察官に対する憎悪はもとより、いよいよアルルカンへの憤怒《ふんぬ》を強め、コロンビーヌの為なら暴発も厭《いと》わぬレベルに達しました」

「当該暴発のための演技指導は？」

「物心両面から誘導しています。恋慕と憤怒の異常心理下。既に合理的な判断はできません――アルルカンについてもコロンビーヌについても、もちろん自分自身についても」

「大団円《だいだんえん》では、あなた自身も舞台に立つのね？」

「確実に。そして主演三者の退場を実現させます、副館長」

「重畳《ちょうじょう》。するとコロンビーヌは？」

「アルルカンに隷属《れいぞく》している状態ですが、それに対する恐怖と疑問を匂わせてもいます。特にピエロの前で。ピエロは当然、それを察知しています」

「アルルカンは、コロンビーヌが動揺し離反することを警戒していないの？」

「想定はしているでしょうが、警戒には達していません。アルルカンは、女を躯《からだ》に隷属させることで実績を上げてきました。そしてコロンビーヌは、いわば完璧に調教された籠《かご》の鳥。それはアルルカンとコロンビーヌのセックスから一目瞭然。そして事実、アルルカンは、コロンビーヌに機微《きび》なミッションを託してもいます」

「でもピエロとコロンビーヌはもう、接触までしているのでしょう？　アルルカンがそれを放置しておくかしら？」

「アルルカンは日勤の学校教官で、ふたりは三交替の交番警察官です。いかにアルルカンが鋭敏な警備警察官だとしても、自分が授業をしているときは、コロンビーヌの行動を統制できません。そしてピエロはもはや、アルルカンに殺意をいだいていますから、むしろコロンビーヌに警戒させせています――『接触の証拠を一切、残さないように』と。ゆえに現在の所、アルルカンがふたりの接触を知った兆《チョウ》は皆無です」

「ピエロ。コロンビーヌ。アルルカン。三者三様に舞台へ上がって、動き始めてくれたようね」

「はい、ツキノ副館長の脚本どおりに」

「舞台監督が優秀だと救《たす》かるわ、キクカワイツキ」

「ありがとうございます」

「さて、アサヒはどうかしら。きちんと妄想してくれている？」

「それも脚本どおりに。

アルルカンは最上の外観を作出してくれました。その行動の動機は先のとおりですが——すなわち忠誠誇示、実績づくり、返り咲きですが——アサヒはこれを真逆に理解しています。すなわち昔の手癖《てくせ》が忘れられず、かつ地域部門に流される怨《うら》みから、金銭的利得のため再び組織を裏切っていると。交番連続放火はその手段であると」

「すると、四阿《あずまや》の坊やも」

「企画官直轄工作にするほど前傾《ぜんけい》姿勢です。すなわち、アルルカンを真正のウイルスと確信しています」

「結構。

すると最後に、杏《アンズ》の動きね」

「撒《ま》いた餌《えさ》に食いつきました。近々にアルルカンと接線を持つ予定です」

「アルルカンは出てくるの？　アサヒに返り咲きたいのなら、恐ろしく無謀な接線となるけれど？」

「出てきます、必ず。

アルルカンとしてはさかしまに、杏から、警察部内スパイの証拠なり言質《げんち》なりを獲《と》るつもりですから。それに、アルルカンの主観では、自分は身代わりで交番放火をしただけ。まさかアサヒに行動確認されるとは考えていません。そこへ杏からのこのラブコール。

アルルカンは確実に出てきます」

「ワクチンの展開に気付《ヅ》く確率はむしろ大きい。なにせアルルカンは、アサヒ出身なのだから」

「ワクチンの行確が、そこまで下手だとは思いませんが……そうなればそうなったで、最初の接線が流れるだけ。そしてアルルカンならば、技倆《ぎりょう》からも動機からも、必ず次の機会を設定し、杏と接線を持つでしょう。必要ないとは思いますが、それに失敗しそうならば、私がワクチンを攪乱《かくらん》します、現場で」

「よろしい。

そして杏とアルルカンが接触した瞬間――」

「――それはアサヒによって証拠化され、杏を破滅させます。杏は罠におちる」

「杏の破滅は、神室《かむろ》副知事の失脚に直結する。そこで最重要なことは？」

「樽水《たるみず》本部長に、御出馬願うこと」

「それこそがQS‐7号の最終目的だということを、肝に銘じておきなさい。そして青短《アオタン》係長。

図書館は実力主義。年齢も性別も経歴も不問——

五ツ星の望みが実現されたそのときは、酒杯《サカズキ》補佐の職をあなたに委ねます。

朗報を期待していますよ、キクカワイツキ」

「身命を賭して、あなたのために——レイディ・ヘカテ」

第4章

JR能泉駅地下街キラリナ・喫茶『マークス』

私は電車を使い、地下鉄を使い、タクシーを使い、女性用トイレを使い――

エレベータと大型商業施設の構造を使って、想定される尾行者をあらゆる形で排除すると、地下街の喫茶店『マークス』に入った。私が勤務する県庁からは、徒歩で十五分弱。地下鉄とかバスを絡《から》めたら、五分強しか掛からない店舗だ。私はそこへ入るのに、五十五分を費やした。具体的な尾行者を警戒している訳ではない。現に私は、この密会が最も盛んな時期でさえ、尾行者など、影も形も察知した事はない。まさか私を尾行しはしない、という確信すらあった。だがそれは、経験的な、実際的な確信だ。理論的に正確かどうかは依然、分からない。いや、理論的には、私は尾行されるのに充分な理由を有している。

それはそうだ。

社労党《しゃろうとう》の非公然党員と、そのコントロールするスパイ。

県庁の最上級幹部と、警備警察の秘密を知る警部補。

私たちを結び付ける接点は、たったひとつ――

大学時代の恋人だったという事実、ただそれだけ。

既に二〇年近い時が過ぎ、当事者以外、誰もが忘れ去っている事実。

だからこそ。

いま私たちが密会しているのは、不自然極まる。

私には夫がいるから。ふたりは、事実として、逢瀬《おうせ》を楽しんではいないのだから。ふたりの公務員としての職と地位は、あまりに隔絶《かくぜつ》してしまっているから。私的《してき》に見れば、不倫らしいことは何もしない密会。公的に見れば、それこそ警察本部長クラスの女と、係長クラスの男の、何故かオフィスすら利用しない密会——そう、要するに不自然極まる。

だからこそ。

私は、経験的な確信がどうであれ、必ず尾行者を警戒した。

地下店舗に入り、顔を動かさずに各席を確認する。

クリアだ。

そもそも防衛上、極めて有利な店舗である。だから私は、ここを愛用するのだが。

席はすべて見渡しが利く。四人掛けの小さなテーブル席が三に、カウンタ席が五。

勤め人が仕事を終えた退勤時間帯。駅の地下街は、脚早《あしばや》に家路を急ぐ人ばかり。

予想どおり、あの人は、いちばん奥のテーブルに、こちらをむいて座っていた。

そして客は、あの人と、最も手前のテーブルに座った若い女だけ。女もひとり。

私は、バタバタしたそぶりで水を用意し始めたマスターをチラと見遣りながら、いちばん奥のテーブルに就いた。ちなみにそのマスターというのは、既にこの老舗《しにせ》『マークス』を昭和五〇年代から営んでいる駅地下街の顔だが、実は社労党の熱烈なシンパである。無論それが露見しては、社労党としても諸々《もろもろ》、不利益があるので、店舗にはポスター一枚、機関紙一部置かせてはいない。この朴訥《ぼくとつ》な老人は、地下商店街では世捨て人か、せいぜい頑固な俗流保守系でとおっているはずだ。それでいい。バリバリのシンパとなれば、この喫茶店の、拠点としての利用価値は激減する。それこそ、蜜《みつ》にたかる蟻《あり》のように、尾行者の群れを誘引してしまうだろう。そして現在の所、マスターの実態が漏れている気配はない。それどころか、私の実態も、マスターには漏れていない——ただ、社労党県委員長すらしのぐ、最上級の党員としか。その防衛に、最大級の配慮を要する要人としか。そして社労党に絶対の忠誠を誓っている者にとっては、それだけで必要十分である。すなわち名も職も知れぬ私は、マスターにとって絶対者であり最《さい》賓客《ひんきやく》。そのマスターに、私は流し目ひとつで今夜の安全性を問い糾《ただ》した——

クリア。

私はアイスティーを飲んでいる若い女を過ぎ越して、いちばん奥のテーブルに座った。近づいてきたマスターの顔も見ずに、ダージリンを注文する。マスターの防衛心を信頼するなら、若い女に不審な挙動はない。マスターのサインを信頼するなら、顔も見たことのない一見客《いちげんきやく》だ。しかもそういうことについては、眼前の男の方が遥《はる》かに玄人《くろうと》である。何食わぬ顔をしてブレンドを飲んでいる男。だがこの人は、それこそ、この二〇年間の半分以上の歳月を、そうした濡れ仕事に費やしてきたバケモノ。私の児戯《じぎ》のような尾行切りなど、もしこの人がつぶさに観察していたなら、あまりの素人っぷりに失笑すらしただろう。思いっ切り吹き出したかも知れない。この警察官は、私が温かい食事をとった数以上に、他人様の靴や尻を確認し——いや正確には、他人様のプライバシーを嗅ぎつけてきた卑劣漢《ひれつかん》なのだ。そう、プロの政治的ストーカー。更迭《こうてつ》され、左遷《させん》されたとはいえ、まだその猟犬のプレッシャーは、微塵《みじん》も衰えてはいなかった。いや、まるで何かの決意を秘めた様に、その瞳は黝《くろ》い炎で燃えている。

結構。

いまさら気圧《けお》される様な関係ではない。

また私の駒として活躍してもらうのだ。牙を抜かれた駄犬《だけん》では、さかしまに興醒《きょうざ》めだ。

「御無沙汰《ごぶさた》だったわね、哲也クン」

「あれから九年弱になるか、アプリコット。もう会うことも無かろうと思っていたが」

「腐《くさ》れ縁《えん》、という奴よ」

「それにしても、歳《とし》をとったな」

「また御挨拶《ごあいさつ》ね。哲也クンもちょっと、白髪がふえたかしら？」

「御陰様《おかげさま》で職業人生、要らん気苦労ばかりでな――学生時代の愚行ってのは、特に警察官にとっては、生涯の呪詛《じゅそ》だ」

「……今、警察学校の教官だそうじゃない。そういえばこの九年のこと、直接訊く機会もなかったけれど、九年前までの私のことが響いているとか？」

「そうかも知れんし、違うかも知れん。ただ懲戒免職になっていない事からすれば、九年前までのビジネスが、摘発されるまでには至っていない。そういうことだ」

「確かにね。哲也クンがそんなヘマするとは思えないしね。そして私も哲也クンの手解《てほど》きで、キレイな尾行点検ができるほどには育ててもらったしね」

「……だからもし、俺の小遣い稼ぎがバレたとしたなら、それは密告者を想定せざるをえないんだけどな」

「当時の、私たちの目撃者？」

「バカバカしい。俺が警備を出されたのは三年前だ。さらに交番へ出されようとしているのが今。そして御案内のとおりアプリコット、俺たちの最後の接触は約九年前……密告者がいたとするならば、九年前のネタってのは面妖《おか》し過ぎる。もっとフレッシュなうちに刺そうとするさ」

「……何が言いたいの」

「社労党《そちら》サンからのタレコミじゃないかってね」

「冗談言わないで。たとえ接触を断っていたとしても、あなたは警察内の大切な御客様《おきゃくさま》よ。嫌な言い方をすれば、まだまだ著しい利用価値があるわ……そう今夜みたいにね。それに、あなたを怒らせて私たちにどんなメリットがあるというの。あなたが摘発されるなり査問《さもん》されるなりすれば、確実に私まで手繰《たぐ》られるわ。それが私と社労党にとってどれだけのダメージか、警備警察叩《たた》き上げの哲也クンなら先刻承知でしょう？」

「一般論としては、そうだな。

アプリコット。

山蔵県警察内社労党スパイの総元締《コントローラー》め。

それが摘発されるだけでも痛いが——

しかもそのスパイマスターが、知事も副知事も動かせる……いや、知事も副知事も誑《たら》しこんで操《あやつ》っている、知事部局の最上級公務員のひとりとは。警察が派手に汚染されているだけでなく、県庁そのものが社労党の思いのまま。あらゆる職務上の秘密がダダ漏れ——

こんな実態が暴露されれば。

おっしゃるとおり、そちらさんにとって大ダメージだ。何故ならアプリコット、お前と社労党は、確実に守秘義務違反のそそのかし罪で検挙されるからな。その上、知事部局内の社労党細胞は、致命的なダメージを受けて壊滅するからな」

「ちょっとまって頂戴」

私は安全を確信してはいたが、思わずマスターを、そしてテーブル客の若い女を見遣った。もちろん直視する様なことはしない。そしてもちろん、どちらの態度も平静で陳腐《ちんぷ》だった。それにしても。

「大胆な発言が続いているけれど……あの若い女は。まさか、ひょっとして」

「俺の防衛員だ。心配は要らん。マスターに不安が無いなら、ここは徹底して無菌だ。引き続き秘聴《ひ》・秘匿《とく》撮影対策はさせているんだろう?」

「それはもちろんそうよ。電波を飛ばしていればすぐに分かる。そのサインは出る……それにしても若い娘《こ》ね。組織を裏切っているあなたが、まさか防衛員なんて確保できるとは思えないし、まして今はただの学校教官……あっ。

あいかわらず非道《ひど》い男。教え子まで騙《だま》して、自分の目的のために使っているのね。様子をうかがうに、あなたに心酔《しんすい》しているか、服従しているみたい。また躯《からだ》で言うこと、聴かせているのかしら。それこそ得意科目ですものね、教官殿？」

「俺はまだまだ自分が可愛い。お前ほどの上級公務員じゃないが、俸給《ほうきゅう》と手当と年金と退職金に未練がある。

そこへきてアプリコット、約九年ぶりのこのビジネスだ。

警察学校の警部補と、副知事・知事を顎《あご》であしらっている最上級県職員の逢瀬。無論、それなりの保険は掛けさせてもらうし、当然、必要な防衛は手配させてもらう。俺とお前、どちらの線からバレても身の破滅だからな。

少なくとも俺とアプリコット、お前の利害は一致している、はずだ」

「そこまで理解しているのなら、私が依然、誠実な同盟者であることも解るわよね？」

「一般論としてはな」

「絡《から》むわね……具体論としては？」

「じき訊く。そろそろビジネスを始めよう。夜の雑踏《ざっとう》がある内に出たい」

「……お願いしたもの、持ってきてくれた？」

「どこまで満足してもらえるかは知らんが」

清里哲也は、何の変哲《へんてつ》も無い通勤鞄《かばん》から、何の変哲も無い無地の角封筒を採り出した。もちろん、山蔵県警察のロゴなど入ってはいない。そしてもちろん、この通勤鞄も見掛けどおりのモノではない。ありえないことだが、たとえ清里が店舗入りする前、職務質問を受けたとしても、この茶色の角封筒だけは、絶対に所持品検査で発見されないに違いない。

「確認してくれ」

「ありがとう」

それらは、交番連続放火の捜査書類と行政書類のうち、部外者がアクセスできないものだった。私が手紙で清里哲也に依頼し、集めてもらったものだ。

交番連続放火の具体的被害状況。

交番連続放火発生時の勤務員の体制。

交番連続放火発生時の警察の動きの時系列。

交番連続放火の被疑者の目撃証言と推定像。

交番連続放火のチャート図と能泉《のうせん》警察署捜査体制表――

すべてコピー。しかも必要最小限に締《しぼ》ってある。枚数的にも穏当。それでいて、私が欲するもののほとんどは、一読して理解できる様になっている。私は哲也の、こうした細やかなセンスが好きだった。

「そういえば、久しぶりなので忘れていた――まだ、情報関心の在処《ありか》を説明してもらってなかったな。俺の流儀は憶《おぼ》えているだろう？」

「ただのATMにはならない。融資担当者として審査する――だったわね」

「そうしないと、顧客に最適な商品を呈示しようがないからだ。それで？　お前の情報関心は？　何が狙いだ？」

「……総務省からきた神室《かむろ》副知事が、実績のため、財政改革を強力に推し進めている。この県庁内の動き、警備警察のあなたなら当然、知ってるわね？」

「ああ、神室副知事な。事実上、現知事から後継指名を受けている太いタマだ。中央省庁からきた官僚の癖に、度《ど》し難《がた》く傲岸《ごうがん》で独善的な野心家。もう学校教官だから知りたくもないが、アプリコット、あんたと会うからにはもう一度、徹底して調べさせてもらったよ」

「そうでしょうね。ならばその神室副知事が、財政改革のメダマとして、警察官給与カットを目論《もくろ》んでいるという動きも、徹底して理解できたはずよね？」

「ああ。むろん、俺が説得して翻意《ほんい》してもらえるなら、是非とも考え直してほしい所だが」

「世捨て人ぶっているあなたでさえ、そうやって本能的に抵抗をする。だとすれば、警察の主流派なり多数派なりが、本能的にも政治的にもメンツ的にも徹底抗戦する――この陳腐《ちんぷ》なストーリーも、当然理解できるわね？」

「まずお前・副知事・知事の給与カットいや返上から始めろよって、怒鳴りたくもなるわな」

「けどあなたが神室副知事だとして、はいそうですかと諦《あきら》めるかしら？」

「まさかだ。そんな生やさしいタマじゃない」

「そこで神室副知事としては、警察を黙らせる内緒内緒のネタがほしいという訳」

「それが交番連続放火か」

「まさしく。もちろん現役警察官のあなたが嫌というほど御存知のとおり、これは刑事事件であり、犯罪捜査。こうなってしまうと、警察に錦《にしき》の御旗《みはた》が上がるわ——現在鋭意捜査中につき、詳細は差し控えさせて頂きます。捜査上の秘密は、申し上げられません」

「そりゃそうだ」

「しかも現知事と副知事は、警察に攻め入る決意はしたけれど、具体的なタマが何も無いわけよ。もちろん最上等のタマは、警察本部長のクビが獲《と》れる警察不祥事。リークせずに生殺《なまごろ》しってパターンがいい。次善のタマとして、そこまではゆかなくとも、県庁に頭が上がらなくなるような警察の失態」

「そこで、神室副知事が狙い定めたのが交番連続放火であり——」

「——具体的には、その捜査がまるで進捗《しんちょく》していない事実」

「ところが、オモテのラインではまさかそんな情報収集などできない」

「警察はそこまで緩《ヌル》くはない。だから私が直接、昔のオトモダチを頼っているという訳」

私は、役人仕事で鍛《きた》えた公文書速読技能で、清里哲也のおみやげを解析し終えた。角封筒へ入れ直し、そのまま私のバッグへ入れる。

（けれど、このコピーの仕方と、この書類の折り方……女の匂いがするわね。これもまた、あの入口の娘が用意したものなのかしら。学校教官では、確かに盗みにくいブツだし……）

私は、代わりに自分のバッグから、Cランクの謝金が入った茶封筒を採り出した。四種類用意してあったもののひとつだ。それを、哲也のブレンドの隣へすべらせた。その茶封筒は、ごく自然に通勤鞄へ入ってゆく。だが哲也は予想どおり、すぐそれに気付き、すぐそれを指摘した。この男は、ビジネスに吝嗇《りんしょく》な男だ。

「俺のおみやげ、大してお眼鏡には適《かな》わなかったようだな」

「まさか。これら自身には、とても価値があるわ。いずれも『捜査上の秘密』だもの」

「ところが、他のオトモダチと競《くら》べれば、所詮《しょせん》Cランクにまで落ちるということか？」

「あなたも警備警察官でしょう。私がそれを語れるとでも思って？」

「繰り返しになるが、俺の流儀は憶えているな？」

「……パートナーのリスクに見合ったリスク負担を」

「そういうことだ。俺は守秘義務違反、地公法違反を犯している。それが俺のリスク」

「それなら私もそうだけれど？　そそのかし罪があるのだから」

「アプリコット、これも俺の譲れないルールだが、情報はギブアンドテイクだ。それは学生時代から、嫌というほど理解していたはずだ。そして俺が、リスクに見合ったギブアンドテイクが保証されるかぎり、絶対にお前を裏切りはしない、ということも」

「……解ったわ哲也。『リスクに見合った分』だけならね。学生時代からの腐れ縁、私の性格も知っているでしょう？」

「もちろんだ。俺は恐喝者でも破廉恥漢《はれんちかん》でもない。信義誠実を旨とする情報古物商だ」

「で、改めて、何が知りたいの？」

「固有名詞までは要らんが。

アプリコット。お前は俺以外に、警察組織にオトモダチを飼っているな？」

「どの程度の交際かは別論として、親切にしてくれるオトモダチはいるわ」

「無論、そのオトモダチにも交番連続放火の話は当てている――神室副知事の肝煎《きもい》りミッションとあらば、当然だが」

「知事と副知事に実績を示す――そのためには、当然必要なことでしょうね」

「当該オトモダチ。能泉警察署の人間だ」

「どうかしらね」

「そしてアプリコット、お前に交番連続放火の機微《きび》な情報を――そうAランクの秘密を売りつけている」

「ならいいんだけど」

「指紋、該当者が三人に締《しぼ》れたぞ」

「……指紋って？」

「フフ、さあな」

……学生時代の恋人というのは、どうしようもないものだ。視線ひとつ、瞬《まばた》きひとつ、指の動線ひとつ。すべてが雄弁に自白してしまう。私は自分の声調が、そして瞳の動きが、清里哲也によって確実に読解されたのを感じた。それもまた、かつての恋人としての確信だった。どのみちカマを掛けられはしたろうが、こんなことなら、最初からAランクの謝金を渡しておけばよかった。

（哲也は当然、私がおみやげを読むスピード、表情、そして謝金の額から、察知できただろう。

私がどこまで知っていて、どこまで知らないかを……だから、交番連続放火について、私が他に有力な情報線を確保している事も、確信できたはずだ）

そうだ。

そもそも、この猜疑心《さいぎしん》強い清里哲也を、私との接線に乗せることができた理由。

それも、その『有力な情報提供者』からのアドバイスがあったからだ。

謝金後払いで、定期的に電話連絡を入れてくれるあの架電者《かでんしゃ》……

　交番連続放火の話をすれば、清里警部補は必ずあなたに会いに来ますよ

　何せ自分の教え子に、そう警察官に嫌疑が掛かっているんですからね

　そしてその教え子と清里は……おっと、これ以上は下卑《げび》た話になりますが

（その言葉どおり、哲也は出てきた……九年ぶりの依頼だというのに。律儀《りちぎ》にもそれなりのおみやげを用意して。自分自身で喋《しゃべ》っていた様に、地公法違反のリスクを負ってまで）

それはすなわち、あの架電者の情報が、ますます信頼性を帯びてきたということだ。

哲也が今、店舗入口近くのテーブルで小さくなっている娘と関係している。それはそれでいい。不倫だろうが部内恋愛だろうが、それは差し当たり、私の仕事と関係がない。

重要なのは。

交番連続放火の犯人が、まさに警察官であるというその命題だ。

もちろん、架電者の情報だけに依拠するわけにはゆかない。

だが。

清里哲也がリスクを負い、私と接触し、組織を売ってまで、私にカマを掛けているその理由。

そして、私にカマを掛けているその内容。

(哲也は知りたがっている……私のその情報線とは誰かを。いやそれ以上に、私がそこへ到達しているのかどうかを。犯人が警察官であるとの情報を、入手しているのかどうかを)

清里哲也にはまだ余裕があった。一本も煙草を吸ってはいない。

もちろん、哲也は絡鋼《すじがね》入りの警備警察官。接触のときに、遺留物《いりゅうぶつ》を残すヘマなどしない。

だが裏から言えば、それは私が全然、哲也にプレッシャーを与えていない証拠でもあった。

(もし。

もしここで、交番連続放火の犯人が警察官であるという確信が獲《え》られたなら――

知事と副知事の決意と、私への評価も違ってくる。

警察にとって致命的なスキャンダルだ。神室財政改革プラン実現のための、最大級の盾《たて》となり矛《ほこ》となるスキャンダル。それを手に入れ、警察を黙らせる事に成功したら。私への論功行《ろんこうこう》賞《しょう》は論じるまでもない。

そして神室知事、神室新政権誕生。

つまりこの情報ひとつで、そのすべてが既定路線となる……)

私は賭けることにした。

もし哲也の眼が、あの娘に曇っているのであれば、こちらにもチャンスはある。

「いいわ、私とあなたの腐れ縁。神経戦を続けていても仕方が無い」

「当該オトモダチ。能泉署の、誰だ」

「能泉署かどうかは本当に分からない。ただ能泉署の内部情報、特に交番連続放火の捜査に詳しい人だって事は、確実ね」

「このおみやげ以上のモノを扱っているのか？」

「それはそうよ哲也。だってあなたは、イザというときどうとでも言い逃れでき、どうとでも減刑してもらえるブツしか渡してくれてないでしょう？」

「そこはリスクに見合ったビジネス、ギブアンドテイクだ。九年ぶりの取引で、アプリコット、お前ほどのタマを信頼し切るのは無理だよ。しかしだ」

「しかし？」

「俺も更迭された上、左遷が近い身でな。先立つものは、在って在り過ぎることがない」

「また継続的なお取引を、お願いできるということ？」

「九年前、そう、合意離婚はしたが、互いに怨《うら》みは無いと認識しているのでね」

「なら言うけど、この交番連続放火に関するネタ――あるいはそう、樽水《たるみず》警察本部長の失脚につながるネタなら、値はまさに急騰《きゅうとう》、いえ青天井《あおてんじょう》よ。学校教官さんがどこまで手配できるのか、それは部外者には分からないけれど、このビジネスでは結果がすべて。

そして」

「そして」

「現下の情勢、最大の注目株は……そう、その親切なオトモダチもなかなか口が重いんだけど……とある女性警察官よ。八百屋《やおや》お七《しち》、とでも言おうかしらね」

「ほう」

そのとき、私は見逃さなかった。

どこまでも冷徹で平静な清里哲也の右手が、微《かす》かにワイシャツの胸ポケットへ延びようとしたことを。もちろんそれは煙草パケには行き着かず、ライターにすら触れないまま、左の二の腕に素知らぬ風で落着したが。

清里哲也は今、煙草を吸おうとした。

恋人だった私が、それを見逃すことはない。

清里哲也は今、確実にソナーに反応した。

恋人だった私が、若干の嫉妬《しっと》も憶えなかったといえば、それはやはり嘘になるが……

私は色恋沙汰《いろこいざた》よりも、役人としての、そして社労党員としての政治的栄達《えいたつ》を求めた女だ。

だから私は、暗い満足感を感じていた。

(間違いない……交番連続放火の犯人は、女性警察官なのだ。あの情報は確実なもの)

「その親切なオトモダチ。まだ口が重いというのは？」

「あなた好みの直截《ちょくせつ》な物言いをすれば、謝金がまだまだ足りないとの御意向よ」

「ガセじゃないのか？　俺が知っている犯人像とは、派手に隔絶《かくぜつ》しているが」

「へえ、じゃあ、あなたが知っている犯人像っていうのは？」

「……それは渡した書類に記載があるとおりだ。女子高生の目撃証言があるだろう」

「ところが。

そのオトモダチがいうにはね。監察ラインがまったく違う方針で追っているとか」

「なるほど。

監察の動きまで分かるってことは、総警務《そうけいむ》にも強い警察官、しかも管理職級だな」

「そこは御想像にお任せするけど。でも監察の捜査スピードはすごいみたいよ」

「何故断言できる？　完全な秘匿捜査のはずだ。署員レベルで知ることはできない」

「署員レベルといえるかどうか。いずれにせよ、急いでいる風だから」

「ソイツがか？」

「価額交渉を始めてきたから。それはそうよね、せっかくの情報も、放火犯が逮捕されちゃったら、タダ以下になってしまうもの。監察のスピード云々《うんぬん》ってのは、そういうことよ」

「俺はガセだと思う」

「億の推測よりブツひとつ――これもあなたの商売流儀だったわね？」

「解ったよアプリコット。俺がソイツより先に正確な情報を呈示できれば、Aランク以上の買取保証。それでいいな？」

「俄《にわか》に乗り気の様だけれど、もちろん了承よ。そしてもちろん、確実な物証とともにね」

「その真実が、たとえ、神室副知事のお気に召さないものでもだな？」

「気に食わないということ？　犯人がその女性警察官ではない、ということ？」

「例えばそうだ」

「それはそれで価値がある。我々知事部局も、警察にケンカを売る以上、デッチ上げに踊らされる訳にはゆかないから。一撃必殺で息の根を止める。それが絶対の目的。それどころかガセ、飛んだ冤罪《えんざい》でした――なんてことになれば、神室知事新政権どころか、プロジェクトに関与した職員はすべて離島流しよ。いえ退職勧奨《かんしょう》でしょうね」

「よく解った。今度は俺から連絡する。そうは待たせない」

「期待しているわ」

私は昔の流儀どおり、伝票を置いて先に席を立った。もちろん、新しい客はひとりもいない。マスターに瞳《め》をやった。喫茶店のドア周辺も、クリアだ。

依然として小さく縮んでいる、清里哲也の女を見遣りながら、地下街へ出る――

いいいいいいいいいい、交番連続放火の犯人である、若い娘を。

(何故かは解らないが、哲也の眼は曇っている。能泉警察署の私のスパイ、という話にばかり執拗《こだわ》っている。だからあれだけ、解りやすい態度を示してしまったのだろう。特に女性警察官云々の話になると、途端《とたん》にムキになって……それほど、あの娘が大事なのか)

私は決意した。

今度、あの架電者から連絡があったら、確実に名前まで聴き出し、勤務先を洗い出そう。

能泉警察署管内・警察署裏手路地

時間は、掛かった。

菜々子はまだ、躊躇《ちゆうちよ》しているのかも知れない。

少なくとも、後悔はしているだろう。

けれど、やるしかない。

――土砂《どしやぶ》降りの雨。午前四時四〇分。

天気予報どおりだ。といっても、足掛け三日の大雨。今日の夜までは、止まないらしい。それならば、ここ一、二時間で止むことはないと確信できる。

だから、やるしかない。

僕は、能泉署員用の駐車場近く――JR高架下のコンクリの陰にいた。

正確に言えば、そこに駐車してある、クソ清里のステーションワゴンに乗っていた。

視界には、能泉署員用の駐車場。そしてそこへの動線となる、暗い裏路地。

能泉PSは、署員用の駐車場を、署の外に確保しているのだ。まさか、ただでさえ狭い警察署に、私用車両をわんさか置くわけにもゆかない。だから、PSからそう遠くない所に、民間の遊んでいる土地を借り上げている。警察では、別段、めずらしい事じゃない。

――車は今も、それなりに駐車されている。

それなりに、というのは、日勤制の人もいれば三交替制の人もいるし、しばらく置きっ放しにする者もあれば、割り当てられた分を全然使わない者もいるからだ。つまり、使用実態はかなり適当。交替制だと毎日は使わないから、必ず空きはある。遊んでいる土地だから、かなり余裕もある。そしてPSまでは、裏路地を使えば、徒歩七分を切るほどの立地。もっとも、晴れた日の七分だから、今夜は遊びを見る必要がある。だがまさか徒歩十五分とまではゆかない、絶対に。

師走《しわす》の夜。

しかも猛雨《もうう》。

視界の悪さは有利にもなり、不利にもなる。ターゲットを確実にとらえられるか不安だが、こちらが気付かれる確率も著しく下がる。そしてそこは、勝てるバクチだ。

雨が猛烈に煙《けぶ》っているほどだから、車の動く音なんか聴きとれない。午前四時過ぎ、日の出前。太陽は出ていないし、雨だから出るはずもない。真っ暗闇の滝みたいなもんだ。

だからこうして、駐車場近くの車内にひそんでいても、全く問題がない。

そもそも目撃者がいる時間帯じゃないし、どれだけ酔狂《すいきょう》な奴でも、今朝のジョギングなり犬の散歩は中止だ。風邪ひいて死んでしまう。署の駐車場は、JRの高架下近くにあるほどだから、周囲の民家は少ない。現に、灯《あか》りの着いている家はひとつも無い。そもそも街灯すらほとんどない、都市部の僻地《へきち》だ。ちらほらと建っている、アパートの常夜灯《じょうやとう》の方がよほど明るい。むろん賃貸アパートの住人ほど、人様のことに無関心な人種はない。そして万々が一、目撃者がいたとして――どう考えてもその確率はゼロに近いけれど――なにせ警察署の駐車場である。近隣住民なら当然、そのことを知っている。午前四時過ぎだろうと午後一一時だろうと、車の出入りがあって何も不思議じゃないし、それに慣れてしまっている。さらに駄目押し。この駐車場付近でこの時間、駐車車両に職質を掛ける熱心な警察官がいないことは、お仲間の僕が絶対の保証をすることができる——

これらを要するに。

場所からしても、天候からしても、時間からしても。

僕がこうして、清里の車に忍びこみ、息を殺してそのタイミングを待っているのは、かぎりなく安全な行為だった。しかも僕は今、当務《とうむ》で、市役所前交番の仕事をしていることになっている。

——そう。

段取りしたとおり、菜々子は午前四時過ぎ、市役所前交番に警電《ケイデン》を入れてきた。

警電は、能泉警察署からだ。能泉警察署の、女警用仮眠室備え付けの固定警電。午前三時から一緒に仮眠する後輩刑事は、どうにか誤魔化《ごまか》せたか、熟睡しているようだ。この警電の内容を聴かれては、さすがに都合が悪い。

その固定警電は、僕の、市役所前ＰＢのヒラ警電を鳴らした。今夜も若手の僕は早寝組。僕の仮眠時間は、午前三時で終わっている。あとは先輩の巡査部長と、八時半まで勤務だ。そして、組んでいる上官に先に受話器をとらせるのは、マナー違反である。僕は平静さと、いささかの面倒くささを装って、受話器を採った。何だよこんな時間に、との愚痴《ぐち》までつぶやいて。

『も、もしもし』

『もしもし市役所前ＰＢ扱い黒瀬です』

『啓太？』

『はいそうです。黒瀬巡査が受けています』

『啓太なのね？　大丈夫なのね？　警電、大丈夫なのね？』

『はい特に現在、扱《アツカ》い等ありませんが』

『……清里教官から連絡があったわ。四時二〇分には、車でＰＳに着くって』

『はあなるほど。そうしますと、あそこの駐車場のですね？』

『駐車場に御自分の車を入れて、ＰＳに来るって。だから私と会うのは、四時半近くだと思う。この雨だし、エントランスから入るわけにもゆかないから』

『黒瀬巡査了解です。その様な事故態様《たいよう》でしたら、これからＰＢより出向《シュッコウ》します』

――清里は来た。

清里を能泉署に呼び出したのは、菜々子。

もちろん、半ば無理矢理呼び出させたのは、僕。

理由は何とでもなる。けれど、『これなら絶対利くだろう』と思ったのは、交番連続放火だ。

　捜査の手が、私に及んでいるらしいです……このままでは清里教官も……

すぐ来て頂けませんか。恐くて不安で、何を喋ってしまうか分からないんです
もちろん、半ば無理矢理、そうした台詞《せりふ》を言わせたのも僕だ。

(そうすれば、清里は絶対に動く。清里にとって菜々子は……籠《かご》の鳥だけど、爆弾でもあるか

らだ。清里の遣《や》り口《くち》なら、菜々子の精神状態を繰《あやつ》るため、必ず直接、ＰＳに来る)

当然だが、白昼堂々《はくちゅうどうどう》、学校教官がノコノコ、無関係の警察署に来るのはおかしい。マトモな用事があれば別論だけど、要は自分の繰り人形のメンテだ。だから昼は避ける。しかも、菜々子が夜に電話を入れれば、明日は平日で勤務日だから、その夜の内に動く。そう読むのが自然。

(そして清里は、菜々子を道具に使って、どうやら佐潟《さかた》刑事次長の追い堕《お》としを謀《たくら》んでいる……能泉警察署への出入りは、極力、目撃されたくないはずだ)

佐潟の話になると支離滅裂《しりめつれつ》になる菜々子のことだ。そして、聴き出す僕の方にも大した技《ぎ》倆《りょう》がない。そもそも菜々子自身、よく解らないまま道具として使われている。だから、清里の陰謀は、アウトラインのアウトラインしか解らない。それでも、菜々子が嗚咽《おえつ》しながら自白したその概略の概略は、僕を憤激させ激怒させ激昂《げっこう》させるのに充分だった。正直に言うと、嫉妬というか、身悶《みもだ》えるというか……菜々子がどこまでも穢《けが》されていることに、臓腑《はらわた》の煮えくり返る思いがした。

(清里は、菜々子がどれだけ佐潟に苦しめられたかを知りながら……またその佐潟と寝ろと!! 菜々子を無理矢理佐潟とセックスさせて、その機会に、佐潟のスマホなり手帳なり鞄なりの調査を……とにかく清里の命じる怪しげな調査をさせて……)

あれだけ署内に知れ渡ったのに、また菜々子をしゃあしゃあと抱く佐潟次長も佐潟次長だけれど、そして、そして……そんな命令に唯々諾々《いいだくだく》と遵《したが》ってしまう菜々子も菜々子だけれど、いちばんの悪党は、そんな下劣で悪辣《あくらつ》な陰謀をたくらむ清里だ!!

何が目的なのかは知らないけれど、菜々子が知りえた範囲では、どうやら警備公安での立身出世と関係があるらしい。そのために、佐潟次長を追い堕として、生《い》け贄《にえ》にする必要があるとか……いいや、どうせ悪名たかい警備公安の考えること。そのなかでも『被害者の会』まで結成されるほど悪虐《あくぎゃく》な清里哲也の考えることだ。まさか人道的な、正当な業務じゃありえない。そりゃそうだ。かつての教え子をハニートラップの道具に使うだなんて。奴の目的がどうあれ、知ったこっちゃない、それだけで人倫に外れた外道《げどう》だ)

しかも菜々子を、菜々子を!!

――そして、清里は来た。

呼び出しを受けて、午前四時に。この猛烈な雨のなか。しかも警察署で仮眠しているはずの、女性警察官と密会するために。もちろん翌日の朝八時半からは、学校教官としての勤務がある。これだけの事実が重なれば、菜々子を使った清里の陰謀が、人倫に適《かな》うものだなんて考える方が無理だ。

(やっていることが、いちいち胡散臭《うさんくさ》すぎる。行動そのものが、菜々子の自白を裏付けているじゃないか)

――僕は何度も何度も反芻《はんすう》した苦い思いを飲みこんだ。そして、PSとの警電を終えた後のやりとりを想起した。

『ん?　どうした黒瀬、今のは何の警電だ?』

『はい部長。

あの仙川町《せんがわちょう》の交差点入ったローソンですけど、あの近くで車と車の物損《ぶっそん》事故があったそうです。両当事者はいずれも現場待機』

『へえそうか。無線は何も言ってないが』

『PSからの直接入電でした。この猛雨で、あちこちアンダーパス規制掛けないとなんで、当直も近場のPBも、誰も動けないとか。バス街道では人身事故もちらほらあるそうです』

『そうか、マンロケ使いやがったな。嫌な時代になったもんだなあ。俺たちが暇こいてるってこと、PSじゃあ一目瞭然ってわけだ。それでわざわざ直電《チョクデン》で御指名と。けど、この土砂降りだぜ？』

『いいですよ部長。部長はハコの守り、お願いします。僕ひとりで行ってきますから』

『おっそうか。大丈夫か？』

『単純な物損で、コツンと接触したくらいだそうですから。大丈夫ですよ』

『いやあ、すまんなあ』

『三〇分で帰りますんで』

『ハコのミニパト使えよ、危ないぞ』

『チャリで大丈夫です。財政改革とかで、警務課がガソリンチケットに煩《うるさ》いですから』

当然、この巡査部長が腰を上げたがらないのは計算どおりだ。そして、この猛雨。ハコの守りとかいっても、まさか午前四時にお客さんが来るはずもない。PSからの、地域課長の巡視も終わっている。制帽を目深《まぶか》にかぶって、心地よく転た寝《うたね》してくれるだろう。だからわざわざ

『単純』『コツン』『三〇分』と強調した。僕がいつ出ていつ帰ってきたかなんて、この人には全然興味がない。いざというときには、自分が寝ていたことを誤魔化すため、僕の証言にいちいち話を合わせてくれる。これはガチ。

僕は、装備品のレインコートと制帽カバーを急いで着装し、ＰＢから自転車を漕《こ》ぎ出した。自転車の素晴らしい所は、Ｎシステムにもオービスにも引っ掛からない所だ。この意味でも、カーロケすらあるミニパトは論外。もちろんこの悪天候、防犯カメラの性能は著しく低くなるし、そもそも防犯カメラに警察官が映っていたから何だって話ではある。ただ後々、位置情報を調べられてはマズいから、僕は自分の公用携帯を、交番の二階にそれとなく『置き忘れて』おいた。何で携行しなかったんだと問われたら、雨具をバタバタ着けてましたんで、忘れてしまったんです――で終わる話だ。

叱られるとか怒られるとか、もう事態はそんなこと、どうでもいいレベルである。

さらに、交番警察官の自転車の素晴らしい所は、荷台のボックスにそれなりのキャパがあることだ。もちろん僕は物損事故を処理するつもりはないし、そもそもそんな物損事故は存在しないので、ぶっちゃけスペースをフルに使える。交番にも常備されている――交番警察官が現場臨場することは、当然予想されること――鑑識用の頭髪カバーに腕カバー、靴カバー、あと交番のデスクから盗んで洗濯を終えた白手袋《シロテ》複数組。交番のタオル。仮眠室の予備シーツ。自分で買っておいた量販店の雨具、ポリ袋。いや、その他諸々《もろもろ》を搭載して、まだ余裕があった。

（市役所前ＰＢから能泉ＰＳまで。当務ごと駆けている庭だ。一〇分、いや一二分）

僕は裏道を自然な速度で疾《はし》りながら、ＰＳのエントランスから見られない様に、いよいよ自転車を署敷地内に乗り付けた。自転車置き場の、一階の灯《ひ》がとどかない暗闇にそれを置く。おなじタイプの自転車はまさに駐輪されているから、多少外れた所に一台置いても、誰ひとり気には留めない。

そして、この猛雨。

（四時二八分……菜々子の警電が確かなら、清里はもうＰＳ入りしている。

バスは無い。地下鉄も無い。ＪＲも無い。清里は当然、待機宿舎から車で来ることになる。

その車は、ＰＳの駐車場へ入れるわけにはゆかない。どこへ入れるか？　まさか路駐はしない。

あの清里がそんな真似、するはずがない。

そして近くに、絶好の駐車場がある……必ずどこかは空いている、奇特《きとく》な駐車場が）

自転車を置いた僕は、自分の躯《からだ》だけは絶対目撃されないようにしながら、そして、仮眠室近くで清里と対峙《たいじ》している菜々子と会いたい気持ちを殺しながら、急いでＰＳを離れた。そのままＪＲ高架近くの署員用駐車場へ赴《むか》う。急ぎ脚《あし》で所要、六分だった。

（あった）

清里のステーションワゴンは、すぐに発見できた。言葉ではいえないが、ずっと雨に襲われていた駐車車両と、つい一〇分一五分前にやってきたばかりの車とは、どこか息吹《いぶ》きすら違うもの。濡れ具合なり、温度なりも雄弁に教えてくれる。いや、そんなものが一切なくとも、僕は当該車両のナンバーを知っていた。もちろん菜々子が教えてくれたのだ。

（間違いない）

僕はナンバープレートを二度確かめると、キーのボタンを押して車を解錠した。キーもまた、菜々子が事前に入手したもの。クソ清里の奴隷として、躯《からだ》を躾《しつ》けられている菜々子のことだ。清里の待機宿舎で嬲《なぶ》られたとき、一台しかない車のスペアキーをそっと盗むなんて、そう難しいことじゃない。むしろ難しかったのは、菜々子にそうするよう説得する方だった。

そして、あらかじめ刺してあった剛毅《ごうき》なバールを、駐車場の木の杭《くい》のそばから抜く。

ここは役所が適当に借り上げている、民間の遊休地だ。繞《かこ》む塀もなければ植えこみも無い。どこから拾ってきたか、オンボロの木の杭を支柱に、ズタボロに朽ちた針金が、横に渡してあるだけだ。そんな、うら寂しく傾いた杭に紛《まぎ》らせ、バールを一本刺しておく。刺しておいた時点で既に猛雨。駐車場の砂利《じゃり》と泥はグチャグチャ。誰の興味も引かないし、万が一引いたとして、わざわざ確認したり、引っこ抜こうとする物好きはいない。

僕はいよいよ、清里のステーションワゴンに乗りこんだ。

すぐさま、虎の子のバールをポリ袋二枚で完全に密閉し、水だの錆《さび》だの泥だのが落ちないようにする。その水仕事を終えると、慎重に雨具だけを脱ぎ、これも急いでポリ袋に入れた。立て続けに現場鑑識用の諸装備を身に付け、いつも鑑識刑事に怒鳴られている様に、自分の資料を落とさないよう細心の注意を払う。さすがに制帽は目立つので、キャップ式の活動帽にしたが、あとは基本、防護を固めた上での制服姿だ。着換えは諸々の資料を落とす。腰回りの装備品が外れるリスクも大きい。そしてそもそも、警察官の制服は闇に溶けるのだ。僕の周囲はほぼ無灯火。滝のような猛雨。通行人がよほどの暇と興味をもって見凝《みつ》めなければ、制服警察官であることどころか、男女の区別すらつかないだろう。

身嗜《みだしな》みに自信を持つと、いよいよ運転席に座り、試みにエンジンを掛けてみた。

むろん車は動いた。

そのまま車を駐車場入口から高架下、コンクリの陰になって見えない位置まで移動させる。

事前に下調べしてあったとおり、視界は悪くない。駐車場に入ろうとする者……そのために路地裏を歩いてくる者は、確実に視界に入る。ここで、雨合羽《あまがっぱ》は取り回しが悪いし、雫《しずく》も切りにくい。菜々子との密会に、職務執行の必要なんてないから、雨合羽はマヌケている。だから、敵が雨合羽スタイルという可能性は小さいが、雨合羽は雨合羽で目立ってくれる。それもよし。そうでなくて、傘を差してこちらに進んでくるなら、まさかこの猛雨、折りたたみ傘の線はない。それなりの傘なら、アパートの常夜灯の薄明かりであっても、絶対に見逃すことはない。

それもよし――

（そうだ。今夜、やるしかない）

僕がこうして、清里の車に忍びこみ、息を殺してそのタイミングを待っているのは、つまりそういうことだ。

四時四〇分。

四時四三分。

四時四五分。

実際には、僕は、それこそ秒単位で腕時計を確認していたに違いない。もちろん、眼の前の裏路地からは意識を離せない。仮に誰かが目撃していたなら、僕はきっと、気が狂った水飲み鳥みたいに見えたはずだ。

蛍光塗色の時計の針。

常夜灯に浮かぶ猛雨の路地。

時計の短針は異様にはやく動く気がした。もちろん僕の首と眼ほどではなかったろう。

菜々子との密会は、四時半には始まっている段取りだ。菜々子には、五分騒いだらすぐ大人しくするよう、演技指導してある。

（……清里、遅い!!）

あの清里がそれをどう解釈するかは知らない。

けれど、これは密会だ。

しかも学校教官が、四〇歳過ぎのバツイチ独身が、元の教え子と、四時半なんて時間に——そう女警《じょけい》用仮眠室で寝ているべき時間帯に、人目を忍んで接触しているのだ。そして、このセクハラ懲戒《ちょうかい》全盛の時代。昔以上に、女警用更衣室だの女警用仮眠室だのは、男の警察官にとって、通勤時間帯の満員電車級のトラップ。もちろん仮眠時間帯なのだから、菜々子は無防備なジャージ姿ときた（菜々子が男だったら、Vネックとステテコ《パッチ》だけになるから、さらに理想的なのだが……）。

清里が、そんな菜々子との密会を実行する。

それは、誰がどう考えても、仮眠室の襖《ふすま》を突破したか突破させたかという意味で、タブー破りだ。状況証拠は、監察が取捨選択《しゅしゃせんたく》に悩むほどある。

だから、清里が菜々子の演技をどう判断するとしても。

(まず密会は、一五分、いや一〇分を超えるはずがないのに……遅い!!)

四時四七分。

四時五〇分。

四時五三分。

その刹那《せつな》。

駐車場につうじる裏路地の絵面が、変わった。

裏路地は拷問《ごうもん》のような滝。雨は垂直に重く、横殴りじゃない。

土砂降りの水の幕は、道路を烟《けぶ》らせ、滝壺にし、整備の悪い裏道を濁流《だくりゅう》にしている。

その土砂降りの縦の雨鎗《あまやり》が、ただ一様だった滝の絵面《えづら》が、突然一箇所だけ崩れたのだ。

傘だ。

やはり、大ぶりの傘を使ってきた。

その傘が猛雨の瀑布《ばくふ》を、突如出現した岩角《いわかど》のように、掻き分けている。

二〇分ほども、ひたすら変わらない絵面を見凝《みつ》めていたから、すぐに分かったのだ。

よく見ると。

道路の滝壺の絵面も、変わってきた。

水飛沫《みずしぶき》、いや水煙を噴き上げているといってもいい路地は、その部分だけ、傘と靴とに踏み乱されて、常夜灯に浮かぶテリを変えている。ほんの微《かす》かだが、充分な微かだ。

——エンジンを掛ける。

職業柄なのか、性格なのか、最新型の日本車。すなわちハイブリッド車。起動は恐ろしく静《せい》粛《しゅく》だ。乗っている僕が、モーター音に気付けないほど。音楽でも掛けていれば、いや同乗者と喋っていれば、無音のまま発車したと思うだろう。もちろんこのことも、菜々子から訊き出していた、計画の要素である。そして大雨、外は轟音《ごうおん》。絶対に車が起動したとは気付けない。絶対に。

もちろんライトは点けない。

唯一の心配は、やはり、僕の側の絵面も変わることだ。傘が猛雨を掻き分けるのなら、自動車はもっと目立つだろう。路面の瀑布も跳ね飛ばすだろう。

(けれど、勝算はある)

清里は雨に気を奪われている。脚元《あしもと》の水流に気を奪われている。この車があるはずの駐車場に気を奪われている。しかも清里の視線は、傘に妨害されている。大ぶりの傘だ。

そして、駄目押し。

(速度を出す必要はない……速度を出してはいけない。そう時速二〇㎞、三〇㎞までだ)

その刹那《せつな》。

警察学校時代の清里の顔が。

そして菜々子の顔が浮かんだ。意味は解らなかった。アクセルを踏む脚が、微妙に痙攣《けいれん》した。躊躇《ちゆうちよ》じゃなかった。まして恐怖でもない。敢《あ》えて言えば。敢えて言うならば。

(菜々子と清里は)

菜々子と清里は、本当はどうなんだろう?

菜々子は清里を恐れている。それは絶対だ。

けどそれは、清里への愛と全然、矛盾はしない。恐れるから愛する。愛するから恐れる。失うことを。破滅することを。ふたりが引き裂かれる様な、恐ろしい事を。

菜々子が清里を恐れているのは、ただ清里の、放火までやる行動が恐いだけなのか?

もし清里が、薄汚い陰謀からも、無謀にも思える犯罪からも、脚を洗ってくれるなら。

菜々子が清里を恐れる理由……菜々子が清里を諦める理由は、無くなる、のだろうか。

だとしたら。

(もし僕が、同期として、かつての恋人として、菜々子のしあわせを願うなら)

こんな形じゃなく、真正面から、清里と対決すべきなんじゃないのか?

そうしたら。

その結果が、どうあれ。

菜々子と清里が、本当はどうで、本当はどうなるべきか、分かったかも知れない。

僕は、菜々子を救いたいと願った。

清里の奴隷から、解放してやりたいと願った。

けれど、今この瞬間になって。
僕は真実を何も確かめていないことを知った。
菜々子のことも、清里のことも、佐潟のこともだ。
それはつまり、僕だけの世界で、僕だけのしあわせを願っていた、のかも知れない。
それはつまり、僕もまた菜々子を、僕の籠の鳥にしたがっている、のかも知れない。
——これは、菜々子のしあわせになる事なのか？
（やっぱり、僕だけのしあわせ、なのか……）
菜々子が求めているのは、父親だ。
そして僕は、菜々子の父親には、なれない。菜々子にすら実務で負けている僕じゃ。
菜々子が少なくとも求めていたのは、佐潟であり、清里だ。
それは菜々子の躯《からだ》が、何より雄弁に自白していることだった。
（警察学校時代、清里はいっていた。
警察官として最も重要な能力は、すなわち、ヒトとして最も重要な能力だと。
それは『対話能力』だと。あらゆる意味での対話能力だと……
そうだ。
やっと解った。
だから菜々子は清里を求め、僕は清里に嫉妬したんだ。
清里にはそれができる。僕にはその力が無い。だからなんだ。やっと解った。

僕は誰とも、対話なんてしたくなかったんだ。そして事実、誰とも対話できていない）

だから――

犯罪者になるんだ。

ステーションワゴンは清里に衝突した。時速三〇㎞。

跳ね飛ばしはしない。塗膜片《とまくへん》、ガラス片、車両部品も落としはしない。落としたとして濁流の彼方《かなた》だ。ブレーキ痕も、スリップ痕もあるはずがない。車の血痕はすぐ洗われる。目撃者はいない。衝突音も消される。残るはバンパーなどの損傷だが、当然、計算の内だ。

このステーションワゴンの車高は、ほどよく低い。

期待どおり、清里のコートと靴を巻きこんでくれた。シュレッダーが紙を飲むように。そのまま清里を破砕し、切断し、圧縮してゆく。低速走行でなければこうはゆかない。

悲鳴はなかった。

あったとして、僕の鼓膜《こまく》には響かなかった。

ただその躯の折れ砕かれる断末魔《だんまつま》は、確実に車に響いた。

執拗《しつよう》に車を前後させる。最初はローラーの様に。やがてホウキのつもりで。

(躯が離れてくれるかが、最後のバクチだ)

――午前五時一〇分。

僕は目指すマンホールに、主立った肉塊《にくかい》を叩き墜《お》とすと、それを最終的に閉ざした。

バールと清里の傘を確実に回収し、またポリ袋に入れる。

現場の水流が依然、轟々《ごうごう》としているのに満足して、そのままゆっくり、裏路地から車を出した。

能泉警察署裏手・郵便ポスト前

後輩の女性警察官は、よく眠っている。

念の為、緑茶のペットボトルに、砕いた睡眠導入剤を入れておいた。効いているみたい。

私が清里教官と会いに出たことも、これから署を離れようとしていることも、気付かないと思う。仮眠時間は、午前七時まで。枕元の小さな目覚まし時計は、午前四時五〇分過ぎを指している。清里教官が出ていったのが、四時四五分。仮眠室の再確認と着換えに五分。啓太との待ち合わせ時刻は、五時一〇分。

啓太の事情が事情だから、前後することは避けられない。待ち合わせの郵便ポストまでは、裏道を使っても五分以上掛かる。だから、そろそろPSを出た方がいい。

けれどもし、仮眠している全警察官を起こすような突発事案があったら……私が職場離脱をしている事など、すぐバレてしまう。そして当然、それは、真実の解明につながってしまう。確実に啓太まで追及される形で。

だけど。

外は猛雨。夜まで止まない。

これだけの雨なら、犯罪は減る。心理学的にも、経験則的にも。台風の日の交番など、職質検挙も侵入盗もあったものじゃない。あるとすれば、交通事件事故だ。それも大規模でなければ、まさか警察署の仮眠組を叩き起こす必要なんてない。出城《でじろ》である交番は二十四時間営業だし、PSにいる交通事件捜査班も三交替制勤務だから。

（そして私が、刑事部屋の掃除に起き出すことは、PSではよく知られている話。午前七時の、仮眠終了のかなり前に動いていても、誰もおかしくは思わない）

だから。

午前六時一五分までなら。そこまでなら大丈夫。そこまでなら、職場離脱しても大丈夫。仮眠組は、午前七時から勤務だから、はやい人なら六時半には身支度を始める。それまでには、署に帰っていた方がいい。というより、むしろ署にいいいいたことを、目撃してもらわなければいけない。

（六時一五分から、制服で、当直班に姿を見せていれば、大丈夫）

私はスエットと、仮眠のときのジャージを重ね着した上で、さらにボトムスつきのウインドブレイカーを着込んでいた。どうにか自然に見える様に、女子トイレで身形《みなり》を整えもした。万一、誰かに見つかっても、『ゴミ捨てとかの雑用に出るのかな』と思ってくれる様に。『書庫とか倉庫とかの掃除だ』と言い逃れできる様に。

——そして、警察署を出た。

もちろん、エントランスの当直班から見られないよう注意して。

傘に当たる雨音、道に響く靴音が気になる。もちろん気にし過ぎだ。この大雨だと、隣の人と会話もできないくらいだから。

啓太が指定したのは、警察署からちょっと離れた、薬屋の前の郵便ポスト――

ポストも薬屋も、使ったことはない。けれど、昼間のうちに確認した。啓太は動くなと厳しく言ったけれど、どうにも不安だったから。そして周囲をちょっと調べて、少しだけ安心した。

目立つのは、閉店してしまった小さな居酒屋に、古風な煙草屋兼パン屋だけ。薬屋そのものも、個人の処方箋《しょほうせん》薬局だから、大規模な駐車場があるわけでも、病院が近いわけでも、防犯カメラが睨《にら》んでるわけでもない。もちろんポストに何の細工もない。近くに開かれたマンションたちには、無数の窓があるから恐いけれど、どう見ても分譲マンションだから、道路に面した大きな窓は少ない。そもそも道路から眺《なが》められるのを嫌っているはずだ。

(啓太は、よく調べてくれている。考えてくれている)

――そして、午前五時一四分。

予定より四分遅れて、啓太の運転するあのステーションワゴンはやってきた。私が現着《ゲンチャク》したのは五時四分だから、私は十分間、この車を待ち続けていたことになる。それは、どうしようもなく恐ろしい十分間だった。啓太のことを考えると、泣き出したくなる。いや、もう泣いていたのかも知れない。雨で分からない。すべてを決めた、この雨。

(私は、啓太を裏切った女なのに。佐潟《さかた》次長のこと、清里教官のこと。啓太がどう思っているか、私は知っている。啓太がどう考えてくれる人か、私は知っている)

私は、薄汚い女だ。

清里教官のこと。交番放火のこと。

それを啓太に喋ってしまったとき、啓太がどんな決意をするか。

その、決意。

(ぜんぶ知っていて、ぜんぶ解っていて、私はただ期待していた……啓太が言葉にしてくれることを。だから、啓太が手を差し延べてくれるまで、ただ黙っていた)

啓太にとっても、私は籠の鳥。どうしても手に入れておきたいし、どうしても可愛がってやりたい。だから啓太は、あれほどに、あんな形で私を抱き、こんな決意までしてくれた。自分の籠の鳥を、奪い返すために。

……今でも解らない。

これしかなかったのか。

清里教官。啓太。私。他に道はなかったのか。

今こうしてしまうことが、本当に唯一の手段だったのか……

そして。

私がもう、清里教官のことを愛していないのかどうか。

……今でも解らない。

けれどぜんぶ、終わりつつある。

残された答えは、ひとつになった。私がひとつにした。

そう。

(たったひとつの、確実な答え……私は薄汚い女だ)

――啓太の車はあえて悠然《ゆうぜん》と、郵便ポスト前に止まった。すぐにドアが開く。

「急いで。後ろに白手袋《シロテ》とか鑑識カバーとか、一切合切《いっさいがっさい》あるから」

「う、うん」

「はやく」

啓太の車を見凝《みつ》めたかった。とてもできなかった。だってこの車が、清里教官を……そして啓太がこうも落ち着いている。そう、啓太は、すべきことを終えたのだ。そして啓太は、そのことに、不思議なほど満足感と自信をいだいている。その瞳に浮かぶ安堵《あんど》、そして期待。私はその安堵だけを無理矢理わかちあう様に、後部座席で蠢《うごめ》きながら言った。

「ごめん……ありがとう」

「何の事だい」

そう。啓太はあえて、私には黙っていた。何をするか。どうやるか。具体的な行為についは、何も。啓太が私に命じたのは、清里教官の車のスペアキーを奪うこと、教官を警察署に呼び出すこと、成功したら固定警電《ケイデン》で連絡すること、午前五時一〇分にこのポストの前に来ること、そしてその車を教官の待機宿舎まで返しておくこと――それだけだった。もちろんすべて秘密で、だけれど。

(私に累《るい》を及ぼさない為に。少しでも罪を軽くする為に……

本当に知らないことは、供述も共謀《きょうぼう》もできはしないから)

ただ。

形式とか外観とか、物語がどうだったとしても。

私には当然、啓太が何をするつもりなのか解っていた。その上で、言いなりになった。私たちの経緯を踏まえたとき、こんな指示をされて、清里教官が無事だと考える方がどうかしている。そして啓太は、元の恋人だ。警察学校で、半歳《はんとし》近くを過ごした同期でもある。その考え方、その動き方は、私が他の誰よりもトレースできる。そして、ふたりとも検挙されるつもりがないのなら、犯行手段は極めてかぎられる……

「大丈夫だ、菜々子」

「うん」

「清里教官とは、決着をつけた。もう菜々子を苦しめたりはしない。もう菜々子は自由だ」

「……うん」

「菜々子が心配することも、何も無いんだ」

私は泣きながら頷《うなず》いた。誰のための涙だったかは考えたくない。言いたくない。

「だから気を強く持ってくれ。そして頼んだこと、確実にやってくれ。できるかい？」

「……うん、できる」

「清里の宿舎の駐車場。清里のスペースに、頭から突っこんで」

「大丈夫、できる」

「そうしたらすぐ、ＰＳに帰るんだ。事故にだけは、絶対に注意して」

「解った」

「——やっぱり僕が車、返しておこうか？」

「駄目。啓太は、急いでＰＢに帰らないと」

啓太は物損《ぶっそん》事故の処理。私は仮眠時間。私は頑晴《がんば》れば二時間以上使えるけど、啓太は駄目だ。いくら大雨とはいえ、物損事故で二時間はありえない。三〇分でも危険なほど。だから啓太は、こういう役割分担にしたのだ。お互いが使える時間と、お互いの行為に必要な時間。車の確実な移動は、私がしなければ。これ以上啓太を、極限の緊張状態に置いてはいけない。

「啓太、私大丈夫。きちんとする。絶対にする。だから車を下りて。急いで」

「……この当務が終わったら、すぐに合流しよう。菜々子の宿舎に行くから」

「先に帰って、待ってる。ずっと待ってるから」

啓太は大きく、力強く頷いてくれた。そのまま、小さく圧縮したポリ袋と、金属棒の入った大きなポリ袋をかかえ、すっかり交番警察官スタイルにもどった姿で、ステーションワゴンを下りようとする。

私は。

思いっ切り啓太の腕を引き、その唇に唇を重ねた。啓太の舌が大きく入ってきた。

能泉署第二待機宿舎・二〇一号室

取り憑《つ》かれたようなセックス。

僕は三度めの射精をしたとき、その温かさにビックリした。

暖房を入れ忘れていたのだ。汗がたちまち冷えて、ふたりの吐息が白くなる。

唇に思いっ切り舌を入れたとき、菜々子を抱けたことが、やっと実感できた。

(菜々子は帰ってきた)

シーツそのものが、汗と精液と愛液で、驟雨《しゅうう》にうたれた様だった。

(もうアイツのものじゃない)

——午後三時二〇分。

ふたりとも徹夜のままだ。僕は昨日の当務《とうむ》、早寝組だったけど、まさか寝られる訳がない。菜々子はそもそも仮眠時間を潰《つぶ》している。そしてふたりとも、まだ眠っていない。それはそうだ。清里を殺してから、やっと十二時間が過ぎようとしているだけなんだから。

そして能泉《のうせん》署は、平静だった——

僕はあのあと、無事、市役所前PBに帰ることができた。巡査部長はやはり、制帽を額に引っ掛けて、独自勤務の仮眠。特段の無線指令がなかった事は、清里の車に乗っていたとき以外、自分の無線でも確認していたし、巡査部長の様子から、警電《ケイデン》での指令も無かった事がよく分かった。わざと交番の開き戸をガラガラ開ける。巡査部長は期待どおり飛び起きて、濡《ぬ》れ鼠《ねずみ》だった僕の姿と、時計とを確認してくれた——午前五時三五分。

『お、おう黒瀬、御苦労だったな』

『すごい雨でした、ずぶ濡れです』

『あれ？　確か車同士の物損だろ？　かなり掛かったなあ』

『すみません、四〇分近くも外してしまいました。この雨で、両当事者の言い分、すごく違ってたもんですから』

『四〇分……』

『PBを出たのが、四時五〇分頃でしたからね。二〇分程度で帰所できると思ったんですが』

『そうか、四時五〇分頃か、まあ、そんなもんだったな、うん』

『遅寝組を起こす様な扱《アツカ》いはありましたか？』

『いや全然。さすがにこの大雨、街も無線も静かなもんだ』

『茶、淹《い》れましょう』

『すまんなあ』

もちろん、アリバイづくりとしてはチャチなものだ。物損事故なんて、そもそも無かったという事も、ちょっと調べればすぐバレてしまうだろう。

けれど。

肝腎《かんじん》なのは、唯一の証人である、相勤《アイキン》の巡査部長の記憶を混乱させることだ。僕が交番を出たのが四時五〇分頃。そして四〇分程度で帰ってきた。使用したのは交番の自転車――

もし清里殺しが即時、バレてしまったとしても。

僕の不在時間帯と、現場との距離と、交通手段と、発生時刻。まさかこの巡査部長が、僕と轢《ひ》き逃げを結び付けることはありえない、絶対に。そして清里殺しの発見が遅くなればなるほど、四時五〇分だの、四〇分だのといった記憶すら、巡査部長から消え失せてゆくだろう。どのみち、誰も来ない交番で夢見心地だったのだ。三日後の次の当務では、僕が未明、ＰＢを離れていたという事すら、よく憶えていないに違いない。そう、問題になったなら、こっそり『夢でも見たんでしょう』と囁《ささや》けばいい——そして僕の公用携帯は、交番の二階に置いたまま。まさか一階と二階は識別できないから、仮に位置情報を手繰《たぐ》られたとしても、僕がハコにいた、ということを語ってくれるだけ。

（ただ、それから、交番勤務が終わるまでは……いやＰＳを上がるまでは、地獄だった）

僕はこれまで、どれだけ真面目に勤務をしているときでも、あれほど懸命に無線機と受令機《じゅれいき》、そして警電を警戒したことはなかった。誰かが一一〇番通報を入れれば、胸の受令機が、電子音とともに入電内容を発報してくる。能泉署員が異常を認知すれば、肩の無線機がすぐさま肉声を飛ばしてくる。清里の轢き逃げはＰＭ被害に係る重大事案だから、第一報はすぐさま、どちらかのラインに乗るはずだ。

あと、警電。

重大事案で警電指令というのは異例だが、これが鳴ったときも油断ならない。『あまりの異常事態なので、無線に乗せずこっそりと』という指令も考えられるし、もっと現実的なのは、菜々子がＰＳで、異変を察知されてしまったケース。あの様子から、大丈夫だと信じたかったけれど、菜々子が衝動的に、そう錯乱《さくらん》して、今夜のことを喋ってしまったなら……そのときはむしろ不祥事《ふしょうじ》であり、警察官による重大犯罪なのだから、無線には乗せず、まずは警電で事実関係の確認があるだろう。少なくとも、僕の身柄を秘密裏にそして確実に押さえるため、警電で何らかのリアクションがあるに違いない。

しかし。

(あまりにも平和な夜明けだった……引き続きの大雨だったけれど、物損事故ひとつ、侵入盗ひとつ発生しなかった。何の無線指令も、警電もなかった)

僕は次第に、気を強くしていった――

あんな時間帯からも、あんな猛雨からも、一般人の目撃者というのは考えられない。

想像をたくましくすれば、清里の行動を確認している者だけが、目撃者となりうる。

けれど清里は、バケモノのような警備警察官。それがPSの教え子と、謎の密会をする。徹底して尾行を警戒しないはずがないし、清里のスキルなら、もし尾行されていても絶対に切れるはずだ。さかしまに、切れなければ菜々子との密会そのものをしない。密会を実行したという事実そのものが、尾行者がいなかったことを証明しているのだ。そう、清里はそんなマヌケた警備警察官じゃない。

そりゃ、警察宿舎を午前四時あたりに出る姿だけなら、僕にだって押さえられるだろう。

けれど、それ以降は……

あの悪天候を利用すれば、清里が、尾行者を切るのは難しくないはずだ。しかも、恐らく、その尾行者というのは清里の陰湿な謀略に関連した尾行者であって、まさか菜々子にも僕にも、大した関心をいだいてはいないはず。そしてその清里が、能泉PSに赴《おもむ》く予定だと知っていたのは、アレンジした菜々子と、アレンジさせた僕と、承諾した清里だけ——どんな尾行者でも、まさか清里が、能泉署の菜々子に密会にゆくとは思わないだろう。

要するに、いるのかいないのかは分からないが、スパイごっこの当事者である清里の尾行者は、清里の最終目的地が能泉署だと知ることはできない。そして重ねて、スパイごっこの当事者である清里は当然、警察宿舎を車で出てから、確実に尾行者を切った——

つまり、能泉署の駐車場に車を入れた時点で、清里を尾行できている者はいない。

一般人の目撃者どころか、玄人の目撃者も、清里が確実に切ってくれているのだ。

(あの轢き逃げを知っているのは、僕だけ。それを確信しているのは、菜々子だけ)

だとすれば。

バレるきっかけとなるのは、『清里の無断欠勤』だ。それはそうだ。清里はまさか、今朝八時半からの教官勤務を休もうとはしていなかったはず。だから欠勤の連絡など、入れているはずがない。そしてもう入れられるはずがない。警察学校の庶務課に偽電《ギデン》を入れることも考えたけれど、藪蛇《やぶへび》になりそうで止めた。一般電話の架電記録は、確実に残ってしまうから。そして轢き逃げ、殺人として認知されたとき、それらは徹底して洗い出されるから。下手な小細工をするデメリットの方が、遥《はる》かに大きい。

(一日の無断欠勤で、どこまで組織が動くか)

それは、交番の巡査なんかをやっている、末端《まったん》の僕には分からない。いきなり捜索が開始されるかも知れないし、しばらくは様子を見ようという事になるのかも知れない。けれど、いずれにせよ、組織に認知されるのは『清里警部補の行方不明事案』、ただそれだけだ。

まさか能泉署駐車場近くで轢き殺されたとか、未だにマンホールの底で眠っているとか――いやそもそも、無断欠勤以前の何時《いつ》からどうやって行方不明になったのかすら、一日二日では解明されないはずだ。そうこうしている内に、現場資料はどんどん洗い流されてゆく。清里の車は調べられるかも知れないが、バンパーが損傷しているだけだ。本人の異変が想定されているとき、当の本人の車が、しかも平静平穏に駐車されている車が、若干バンパーを傷めている。それと行方不明とを結び付ける物語は、そうそう考え出せるもんじゃない。だからわざわざ、清里本人のステーションワゴンを使ったのだ。

そして行方不明者の調査は、犯罪捜査じゃないから、まさか清里の車の鑑識作業なり実況見分なりが始まるはずもない。仮に始まったとして、僕と菜々子の資料が採取される確率は恐ろしく低いはず。また仮に採取されたとして、僕らは前歴者でも何でもない。組織は、僕らのDNA型鑑定のための対照試料を持っていない。だから、採取された試料から僕らを突き上げることもできはしない。

(あとは、車の底にくっついているはずの肉片……これは何時《いつ》、気付かれるか。洗車に行ってもいいんだけど、近場なら脚《アシ》がつくし、遠出をすればNに掛かる。これも、すぐに小細工をするのは危険だ)

そもそも、清里の車と僕らを結び付けるモノは、何も無いのだ。

なら今、こちらから作り出してやることはないし、それこそ組織の動きを観察してからでも全然、遅くはない……

（そして、今朝の能泉警察署は、平静だった。恐ろしいほど平和だった）

僕は次の係との引き継ぎを終え、午前九時過ぎにはＰＳに帰署した。地域警察官用の自転車を、今度は隠すことなく置く。四、五時間前にはここにいたんだというのが、むしろ嘘話《うそばなし》のようだった。

当直班は何事もなかった様に解散していたし、拳銃を収めるときにチラと見た副署長も、比較的上機嫌で新聞と書類をチェックしていた。上官である地域課長からも、御苦労様の言葉以外、指示ひとつ無い。ちょうど地域課の室で、菜々子がゴミ出しとお茶汲みをしていたから、どうしても言葉を掛けて様子を確かめたかったけれど、恐ろしい努力で自制した。そう、朝の警察署、特に朝の地域課あたりには、ウジャウジャと警察官がいる。問題の当務明けに、僕と菜々子が接触するのもマズいし、それを目撃され記憶されるのはもっとマズい。僕は警察手帳を返したり、私物スマホを回収したりすると、急いで地域課を離脱した。そのまま男性警察官用の更衣室へ上がり、一気に装備品を落として制服を脱ぎ、通勤用の私服に着換える。更衣室の交番警察官たちも、いつもどおり今夜の飲みか、ぱちんこの話に興じているだけ。轢き逃げ死体がマンホールから発見されていれば、とてもこうはゆかない。総員、この非番も次の公《こう》休《きゅう》も返上。直ちにこの大雨のなか、現場保存と周辺検索に動員されているはずである——

僕は私服でＰＳを出ると、ＪＲ能泉駅前に出た。そして、また恐ろしい努力をして平静を装い、駅ビルの書店で文庫本を物色するふりをし、喫煙所で煙草を吸った。じっくりと四本、灰にした。そのまま、駅地下街のカフェでパニーニを食べながらスマホで遊び、ぷらぷらとした歩調で駅前の映画館に入った。チケットを買い、座席を確保し、暗くなってからトイレに出る。いったん館内に帰って、一時間後、またトイレに出た。今度は急いで映画館から出る。眼の前の乗り場からタクシーに乗り、やや大きめの地下鉄駅へ。そこは、動線のややこしさで定評がある。エレベータとエスカレータ、身障者用トイレ、そして地下四階と地下五階の階段を駆使しながら徹底的に尾行を警戒し、ひと駅進んではふた駅帰り、いよいよタクシーを二台乗り継いで、菜々子の第二待機宿舎近くの、市立図書館まで乗り付けた。なるほど、僕は清里じゃない。ただの交番勤務員だ。警備警察のプロじゃない。けれど、ここまでやれば、少なくとも尾行されているかされていないか位は、察知できるはずだ。

（そもそも今現在、僕を尾行する理由は、誰にもありはしない……ビビりすぎか）

徹夜と殺人の重さで、ナーバスになり過ぎている。

ただ、警戒してし過ぎるということも無い。

菜々子と僕を、今朝、結び付けられる訳にはゆかないから。

そして万一、こうした警戒がすべてバレバレだったとしても、言い逃れはできる。待機宿舎の女性階へ、男性警察官は入れないのだから。内規違反なのだから。菜々子に迷惑を掛けたくなくて、徹底的に自分の動線を隠そうとしました。『不適正行為』がバレるのは、嫌だったからです——そう、言い訳としてはそれでいい。

こうして、僕は菜々子の二〇一号室へ入った。

菜々子は真っ赤な瞳《め》をして起きていた。

そしてワンルームのドアが確実に閉まったとき、ガクガクと震えながら僕に縋《すが》りついた。

やはり震えていたかも知れない、僕は……

抱き締め返した菜々子をベッドに放り投げて。

言葉ひとつ発さず、ただ躯《からだ》を衝突《ぶつ》けたのだった。思いっ切り抱いた。何度も何度も繰り返して。僕はこの瞬間を、本当に本当に渇望していた。菜々子は、帰ってきたんだ。

——午後三時二〇分。

「……啓太」

「ん？」

菜々子はブランケットで、華奢《きゃしゃ》な躯を隠した。また嘆息《ためいき》が、白く煙《けぶ》った。僕はエアコンのスイッチを押す。ベランダからの雨音は、まだまだ強い。

「電話、鳴らないね」

「鳴るわけがないよ。まだ清里の……いや、認知すらされていないはずだ」

清里の躯が発見されるはずがない。そう言ってしまう所だった。なるほど、菜々子は今朝、バールを目撃している。そして警察が清里の死体を発見していないことも、知っている。僕が清里の躯をどうしたか、見切っているだろう。けれどそれは、菜々子に確認しなくてもいいことだし、すべきことでもない。実行犯の僕だけが、知っていればいいことだ。

「事案認知は、まだまだ先だ。今日の非番。明日の公休。僕も菜々子も、まさか呼び出されはしない。ここに捜査員が来ることもありえない。明後日はまた交番勤務だから、今日明日で、しっかり疲れをとっておくんだ。ビクビクしているのが、いちばんよくないから」

「……うん、解った。

お腹、空《す》いてるでしょ？　私、シャワー浴びたらお買い物、してくるから。オムライス？」

「買い物なんていいよ」

「インスタントラーメンしか無いから。飲物も無いし……それに、体力つけないと」

「一緒に行こうか？」

「大丈夫。それに、啓太の姿、見られたら」

「……分かった。気を付けて」

「ありがとう。ちょっとゴメンね」

菜々子は薄手のブランケットで躯を隠したまま、リビングを離れ、アコーデオンカーテンを引いた。その先で、ユニットバスの扉が開く音。やがて、シャワーが狭いバスタブを弾く音も、聴こえ始める。

僕は煙草がほしくなり、ベッドの傍に脱ぎ捨てたワイシャツを捜《さが》した。

その刹那《せつな》。

その隣のジャケットが、ガタゴトと震え始める。フローリングのゆかがゴツゴツ鳴る。ジャケットのスマホに着信があったのだ。菜々子のために着信音は切った。だからバイブがブルブル震えている。そしてその鳴動リズムは——音声着信だ。メールじゃない。

（まさか）

僕は四肢が急激に震えるのを感じながら、猛烈な勢いでスマホを採った。

利き始めた暖房が、いっそう躯の冷や汗を煽《あお》り立てる。

（いや、能泉署じゃ、ない）

着信画面が示す電話番号は、能泉ＰＳの代表番号でもなければ、上官の地域課長・地域係長の個人番号でもなかった。そもそも『非通知』である。

（非通知……？）

けれど、僕は後ろめたい犯罪者だった。犯行当日の架電《かでん》を無視できるほど、神経が太くない。ガクガクする人差し指でスマホ画面のボタンをスライドさせ、受話状態にする。

「も、もしもし」

『黒瀬巡査、しばらくだな』

「だ、誰だ」

『おや心外だな。お前に殺された清里だよ、フフフ――』

「なっ」

バカな。清里だって!?

しかし、この皮肉な口調は。声はあまりに小さく、雑音があまりに大きい。眼の前で対話している様な訳にはゆかない。けれど警察学校時代、あれほど聴き慣れた口調に抑揚。この皮肉な響き。そして、いきなり呈示してきたその事実……

『総合成績がCのお前にしては、よく練った脚本だった。だが任務は失敗だ』

「そ、そんな……」

『俺は生きている。そしてお前は、ただの殺人者だ』

「ありえない。お前は誰だ。何を知ってる。何故こんなイタズラを!!」

『動画交換アプリだ』

「何だって?」

『パスワードは、お前の拳銃番号に小文字でkiyosato』

「ど、動画だと……」

『ダウンロードして、よく鑑賞しろ。追って指示する』

「指示」

『解らんか? お前は罠に落ちた。諏訪とお前は、俺の手駒だ——ウッフフフ、フフフ』

「な、菜々子だけじゃなく、僕まで……まさか清里、お前は最初から!!」

率然《そつぜん》と架電は切れた。

僕は無我夢中でスマホを初期画面にもどし、動画交換アプリを開く。ダウンロードする十数秒すら惜しかった。せわしなく人差し指を動かしながら、急いでファイルを再生する。

「ば、バカな!! そんなこと!!」

……動画の主人公は、僕だった。

撮影していたのは、ステーションワゴン内のカメラ。少なくとも二、暗視装置つき。

僕が清里の車に乗りこむ様子も。

そこで着換えだの準備だのをする様子も。

運転席でひたすら路地を睨《にら》み続ける様子も。

必死の形相《ぎょうそう》で車を動かし始める様子も。

そして……

獲物《えもの》を轢き、車の下へ飲みこんでゆく様子も。

執拗《しつよう》に車を前後させ、獲物をすり壊《つぶ》してゆく様子も。

助手席側から僕をとらえるカメラと、後部座席側からフロントグラスをとらえるカメラ。

いや、まだあったのかも知れない。そして、もう確かめる術《すべ》もない。

いずれにせよ、それは見事な秘匿《ひとく》撮影であり、編集だった。

……この動画一本で、終わりだ。

誰がどう観ても、いや実際そうだが、僕がヒトを轢き殺した映像。犯人が誰か。どうやったか。故意があったか。殺意はあったか。この動画一本で、そう、被害者が誰か以外は、すべて立証できる。そして、デッチ上げである確率はゼロだ。デッチ上げる必要がない。何故ならこれはすべて事実、現実に起こったことなのだから。だから解析されれば、視点の切り換え以外、どんな電子的加工もなされていないと、すぐ分かってしまうだろう。いや、そうでなければ意味が無いのだ。電子的な加工のない、確実な証拠になるからこそ、清里はこの動画を確保したのだから……

その刹那《せつな》。

「きゃあ!!」

「どうした菜々子!?」

僕はスマホを離せないまま、リビングとその先を距《へだ》てるアコーデオンカーテンを開けた。そこでは。キッチンとユニットバスに挟まれた細い廊下では。どうにかバスタオルだけを纏《まと》った菜々子が膝《ひざ》から崩れ墜ち、躯を繭《まゆ》のように縮めながらブルブル震えている。フローリングに流れる温かいものは、どう考えてもシャワーの湯じゃなかった。それは、菜々子が恐怖のあまり流した……

そして菜々子は、必死で自分のスマホを搔《か》き抱いている。両手で胸に押さえ付けている。まるでそれを離したら、すべてが終わってしまうみたいに。

スマホ。

まさか。

ひょっとして菜々子も。

「菜々子、そのスマホ」

「駄目、絶対に駄目っ」

「いいから貸すんだ!!」

幼児みたいに、無力で絶望的な抵抗をする菜々子。僕は彼女のスマホを奪った。どうやら着換えと一緒に、洗濯機の上に置いてあった様だ。せめてリビングに置いてくれていたなら。絶対に菜々子には、スマホを使わせなかったのに。

……やはり、ダウンロードされた動画が一本。

僕はそれを、一緒の動画だとばかり考えていた。菜々子をも追い詰めるために。

けれど、違った。

清里哲也。警備公安のバケモノ。奴は、そんな生やさしいモノじゃなかった……

清里のカメラは、まさにここ、この二〇一号室にも仕掛けられていたのだ。

いや、仕掛けられている、今この瞬間も。

それも、ステーションワゴンみたいに、ひとつふたつ程度じゃない。

僕はその動画を、食い入るように見凝《みつ》めてしまった。こんな動画を人生で観たことのある人は、まずいないだろう。

「やめて……観ないで……」

「清里の野郎!!」

それはまさに、僕と菜々子が、激烈にお互いを貪《むさぼ》りあっている姿。

そう。

ほんのさっきまで、あの菜々子のベッドで、僕らが粘液に塗《まみ》れていたあの姿だ。

それも、淡々と盗撮されたものじゃない。悪意をもって、淫猥《いんわい》に、煽情的《せんじょうてき》に——そして、グロテスクなほど微に入り細に入り、視点と角度に創意を凝《こ》らし、拡大・望遠を駆使しながら、猥褻《わいせつ》としか言いようのないポルノに仕上げている。僕がいなかったなら、菜々子は、羞恥《しゅうち》のあまり自殺してしまったかも知れない。いや、男の僕でさえ、こんな自分の姿が人に観られたなら……それを想像するだけで、背絡《せすじ》を、毒虫みたいな絶望が伝った。

そして、その絶望を、充分満喫《まんきつ》したようなタイミングで。

菜々子のスマホがまた震えた。

着信画面を見る。今度はメールだ。虚脱してしまった菜々子はもう、身動《みじろ》ぎすらできず嗚咽《おえつ》している。僕は菜々子のメーラーを開いた。新着メールが一通。すぐに開封する。発信者はあきらかな捨てアドレス。標題はない。けれど、その本文——

　諏訪菜々子、お前は死ぬまで俺の奴隷だ
　そして今朝からは、黒瀬啓太も俺の犬だ
　このポルノがネットに流出すれば、どちらも警察官ではいられない
　いや、もう雇ってくれる先も、平穏な私生活もありはしない
　そして黒瀬の動画と、添付した写真
　監察に流出すれば、どちらも犯罪者だ
　警察官の留置場暮らし、刑務所暮らしがどんなものか、学校で教えたな？
　まずは、俺を裏切った制裁だ
　明日の公休、いつもの時間に『マークス』へ来い
　黒瀬が一緒に来たら、すぐに動画を流出させると警告しておく　K

僕はこの脅迫メールに添付されていた画像を開いた。

秘匿《ひとく》撮影されたと思われる写真が、五枚。

どれも、菜々子がＰＢに放火しているその現場だった。もちろん清里のやることだ――

たった五枚では利かないだろう。

第5章

山蔵県警察本部・某所

「御苦労様、霧積《きりづみ》警部」

「課長こそお疲れ様です、どうぞこちらへ」

「さて情勢はもう詰めろ、いや必至《ひっし》だ。要点だけ教えてくれ」

「了解です。

まず第一点ですが、アプリコットと清里の接線、押さえました」

「例の地下街『マークス』だね？　店舗内はハイリスクだったはずだが」

「どうにか望遠撮影できました。資料の手渡し。謝金の手渡し。いずれも採証《さいしょう》終了です」

「重畳《ちょうじょう》……しかしブツは？」

「アプリコットの公務員官舎と執務室。極秘裏に確認しました。官舎の隠し金庫に収められています」

「ああ、あの派手な印象派の裏にある奴」

「まさしく」

「清里が流出させた部内資料に間違いないね？」

「交番放火事件関連の捜査書類・行政書類です。誤りありません。『マークス』の望遠確認状況からして、両者の指紋採取も確実に可能——と踏んでおります」

「ファンタスティックだ。清里とアプリコットの地公法《ちこうほう》違反は、それでガチ——

　しかしアプリコット、わざわざあんなことを仕出かしてくれるとは。あまりに展開が理想的過ぎて、ちょっと恐いほどだ」

「はい課長、私も俄《にわか》に信じ難《がた》いのですが、それが報告の第二点になります」

「すなわちアプリコットをマル被とする、道交法違反——いや殺人被疑《ひぎ》事件」

「アプリコットは既に清里を切るつもりでした。それは『マークス』における異様な接線からも明白」

「確かに……シンプルな情報売買だけであれば、あれだけの会話量にはならないし、接触時間もながすぎる。

　秘聴《ひちょう》マイクが設置できなかったのは、悔やまれる所だが。まああの店舗では仕方ない」

「謝金についての交渉が行われていたのは、確実です。それも、執拗《しつよう》な」

「すると我々の分析どおり、清里側が、賃上げ交渉で粘っていたと」

「最終的には、アプリコットの側が妥協した——ように見せ掛けたのでしょう。そして殺意を固めた」

「当該夜の、アプリコットの動きは？」

「残念ながら、直接現認《ゲンニン》はありません。あれだけの猛雨ですし、距離制限を維持する必要もありましたので。二輪部隊はマル対をロスト」

「それもそうだ。フィールドが乱れる。あれ以上接近させる訳にはゆかない。それに悪天候だ。そして僕らは公務員。事故だけは困る。ロストしたあと再展開させなかったのは、合理的撤退だ。まさか四輪で四輪は追えないしね。

そしてどのみち」

「GPS発信機があります。結果、マル対のステーションワゴンの動きだけは、完璧に押さえられました。Nを避けて主要街道を外していますので、それだけで期待値、大だったのですが」

「経路は？」

「アプリコットの公務員官舎から、能泉署裏手の駐車場、そして轢過《れきか》現場。これが往路」

「復路は」

「轢過現場から、能泉署裏手の郵便ポスト前、そしてアプリコットの公務員官舎です」

「轢過現場へのワクチンの展開は、無理だったか。現認《ゲンニン》できていたらと悔やまれるが」

「申し訳ありません。部隊の再編成と再配置に時間を要しました」

「いったん撤退して、待ち受けに切り換えていたのだから仕方ない。現場消毒にも時間は掛かるしね。けれどそもそも、清里を専従で追わえていた機動部隊《シュヴァイス》もあっただろう？　清里の方もロスト？」

「そちらもロストです。いえ、正確に申し上げれば清里に切られました。面目次第《めんぼくしだい》もございません。ただ、当夜の清里の防衛レベルは、異常なほどでしたので」

「無理押しはリスキーだった、か……まあ、天候と敵の能力を踏まえれば、それもそれで問題は無い。清里の車にも、GPS発信機は着けていたんだからね。その動きは？」

「やはりNを避け、主要街道を外し、自分の待機宿舎から能泉PS裏手の駐車場入り。当然のことながら、復路はありませんので──」

「──そりゃそうだ、もう死んでる」

「該《ガイ》車両はまだ該《ガイ》駐車場にあります。管理状況がいい加減ですから、まさに放置状態」

「あんな猛雨の、あんな時間だ。清里がそこへ入った理由は？」

「位置関係からして、能泉PS狙いとしか考えられません」

「すると当然、能泉PSの捜査書類狙いか」

「蓋然性《がいぜんせい》の問題ではありますが」

「ならば次の疑問は、アプリコットの関与だ。そのドロちゃん行為は、アプリコットが命じたのか？　それとも清里のスタンドプレイか？　どちらだったとせよ、アプリコットは、清里のその具体的動きを、了知していたことになるんだが。そうでなければ轢《ひ》き殺せもしない。そして、我々の機動部隊《シュヴァイス》の求愛を袖《そで》にしたほどの清里だ。まさかアプリコットごときに、行動確認を許すとは思えない。アプリコットは太いタマだが、技倆《ぎりょう》的には、何の訓練も受けていない素人だからね。ならば当夜の動き。アプリコットはどう絡《から》んでいた？」

「現在、鋭意分析し、詰めさせております。

現時点における臆断《おくだん》としては、『アプリコットが、多額の謝金で、清里に急ぎの仕事を依頼した』という線が強く想定されますが」

「なるほどね。清里の動機はカネ、謝金だ。高額謝金。それを呈示されれば、急ぎの締切設定でも、アプリコットの望む商品を仕入れてくる。猛雨であろうと、丑三《うしみ》つ時《どき》であろうと」

「その心理はアプリコットにも読める。そしてアプリコットが、取引商品を、能泉PS内のブツと指定すれば」

「清里を能泉署に誘導することも、あながち不可能ではない、か。

どうもキレイ過ぎるのが気になるが、事実として誘引されているのだから、議論の実益はあまりない。ただバーコヴィッツ分析だけは、裏付けとして、確実にしておいてくれ。清里はパブロフ型じゃない。スキナー型だからね。アプリコットがベルを鳴らしたとて、素直に涎《よだれ》を流すタマじゃないはずだ」

「了解致しました、課長」

「さて、清里がそこへ出現した理由は暫時《ざんじ》、そうだとして。

アプリコットの動きにもどるが、復路のこれ。郵便ポスト前って奴なんだけどさ……そこでの動静も、部隊《グルッペ》では、現認できていないんだね？」

「残念ながら。最終的にマル対を再捕捉《さいほそく》したのは、該《ガイ》ステーションワゴンが官舎に帰ったときの待ち受けでした」

「しばらく当該ポスト前とやらに停車していたんだろう？」

「はい課長。しかもポストということで、関係先の郵便物調査を行いました。確信水準の蓋然《がいぜん》性《せい》で、アレを投函《とうかん》していたものと思われます」

「アレか。警察学校の庶務課にとどいた――」

「――退職願です。ちなみに、当該ポストと清里の待機宿舎直近のポスト。集配郵便局が一緒になります。これも、アプリコットの計算の内でしょう」

「完全自筆のものを、どう用意したかだが」

「パソコンとスキャナがあれば、本人の文字で必要な文字列を組み上げることは児戯《じぎ》です。あとはそれを肉筆で筆写すれば。無論、科捜研《かそうけん》が筆圧鑑定等をすれば、一発でバレる子供の遊びです。しかしながら、本人の死体でも上がらなければ、警察学校が真面目に捜査を頼むとは考えづらい。警察学校も面倒は嫌うし、人事管理上の問題を騒ぎ立てたくはないですから」

「取り敢えず複数日は様子を見定めるはずだ――それが読みか」

「アプリコットは管理職公務員。そのあたりの役所の機微《きび》も、読んでいるでしょう」

「すると郵便ポストの謎は、まあ解けたと――」

再捕捉したアプリコットだが、間違いなく本人だね？」

「断言はしません。しかし消極証拠もありません。

地下街と違って、大雨越しの望遠になります。写真の精度は正直、よくありません。ただし、撮影に成功したマル対の身長、着衣、髪型。あと採取できた靴痕《ゲソコン》からして、当該夜、あの動きをしたステーションワゴンを運転していたのはアプリコット。これは動かないかと」

「そうだろうな。

当該運転者。理論的には、靴も車の鍵も盗み出した第三者だ……という線も無くはないが」

「殺害の動機を有する者がおりませんので、理論的な存在にとどまるかと」

「確かに。清里は世捨て人。警察学校の教え子に手を出してはいる様だが、まさか殺す殺されるという話にはならない。独身者で、縁故者もほとんどいない。金銭の貸借関係もキレイなもの——というか存在しない。そしてここ三年間、警備警察から離れている……」

まさに当夜、殺害の動機がある者がいるとすれば、それは」

「謝金交渉に絡《から》む脅迫で逆上した、アプリコット以外には想定できません、実際上」

「了解。

該《ガイ》ステーションワゴンの採証の方だが」

「ルーフ付きの駐車場に入れてくれましたので、猛雨の割りに、苦労はありませんでした。車両各部の写真撮影と、車内の微物《びぶつ》。むろん車底の肉片等の付着状況は、写真と動画で証拠保全してあります。その車内の微物からは、例のバールの鉄錆《てつさび》と駐車場の泥。あと清里の頭髪。これは相当本数が確保できました。

鉄錆等からは、アプリコットと殺害現場の結び付きが立証できます。また頭髪ですが、清里が当夜、当該ステーションワゴンに乗ったか、あるいは当夜以外の不特定日に乗ったか……いずれにしましても、清里とマル対を結び付ける重要な物証《ぶっしょう》には違いありません。

これらは御下命どおり、直ちに事件係の方へ回付させて頂きました」

「ありがとう。最終的に刑事事件にするとせよ、まさかワクチン部隊《グルッペ》の警察官の名を、捜査書類に残すわけにはゆかないからね。アサヒは闇をつかさどるモノ。ましてワクチンはその最たるモノだ。

採証活動、領置《りょうち》、実況見分。あるいは端緒《たんちょ》情報の入手から――そうだね、匿名《とくめい》のタレコミということになるかな――捜索差押え、科捜研への委託、あれば証人出廷に至るまで。すべて日時と実施警察官をロンダリングした上で、オモテの事件係が行い、あるいは行ったことになるだろう。というか、それが我々の事実なんだけどね」

「御理解をたまわり、恐れ入ります」

「いや、確実にそうしないと、僕が四阿《あずまや》企画官に殺されてしまうんでね、あっは」

「そうしますと課長。

既に現時点、『アプリコットと清里の結びつき』『アプリコットと犯行現場の結びつき』は明白。捜査書類化するかは別論、写真・動画により、アプリコットを料理するには充分な素材が出揃《でそろ》っております」

「まさしく。警察内スパイを摘発するワクチンの、近年稀《まれ》にみる大戦果というわけだ」

「その、料理方法ですが……」

「当然、霧積警部としては、二パターンを想定している」

「御指摘のとおり。地公法《ちこうほう》違反として摘発しオモテの戦果とするか、あるいは」

「アプリコットを雁字搦《がんじがら》めにして支配下に置き、ウラの二重スパイとして社労党《しゃろうとう》対策に投入するか」

「僭越《せんえつ》ながら、意見具申《いけんぐしん》いたします。課長、我々としては」

「いや解っている。

奴ほどの、警察内スパイの総元締《コントローラー》めだ。社労党も、まさかこんな太いタマが摘発されるなど、想像すらしていないだろう。それを摘発して、たかが刑事事件にしてしまってはねえ。成程《なるほど》、短期的に警察内ウイルスは駆逐《くちく》できるが、また五年、十年単位で、新たなウイルス網が展開されるだけだ。まして、部隊《グルッペ》の能力の一端《いったん》を、社労党はもとより世間様に、開示してしまう事にもなる。

他方で」

「わざわざ刑事事件にしなくとも。

そう、すべてを秘密裏に処理しても、アプリコットから獲《え》られる情報量は全く変わらない。そればかりか、二重スパイとなった奴からは、社労党に攪乱《かくらん》情報を垂れ流させることもできる。このとき、社労党は、警察内ウイルス網がバレたことも、アプリコットが実は警察の手に墜ちたことも、知る由《よし》がない。ならば警察は今後五年、十年単位で、現在のウイルス網を偵知《ていち》することも、監視することもあるいは籠絡《ろうらく》することも――」

「――さらにはそこから当方の触手を延ばすことも、できる」

「ただし、そのときは、アプリコットに刑事罰を喰らわせることができませんが」

「あっはっは、その気も無い癖に、悪い人だ霧積警部。奴の刑事責任などはどうでもいい。そして悪いが、清里警部補の末期《まつご》にあってもどうでもいい。

奴を隷属《れいぞく》させ、誰が主人かを叩《たた》きこみ、社労党の実態をタケノコ剝《は》ぎしてゆく――その国家百年の計の前には、地公法違反の罪も、警部補の命も塵芥《じんかい》に等しいものだ。そうだろう？」

「さすがは課長。アサヒの学級委員《シュプレツヒャー》たるにふさわしい御見識を有しておられる。そうしますと次のステップですが、アプリコットの地位からして、課長直轄、課長御自身の工作《アルバイト》となさいますか？　アプリコットを堕とすのは私でもかまいませんが、私がいきなり県庁を訪問するというのも、脚本としては強引な気がします」

「霧積警部の実力は買っているが、やはりワクチンの警部をオモテに出すのは賢明じゃない。ワクチンは飽くまで闇、飽くまで機動部隊《シュヴァイス》だからね。マル接そのものは、やってほしくない。そして実は、どうしてもこの工作《アルバイト》をやるといって聴かない人がいてねえ」

「課長に無理強いをするということは……まさか、その御方《おかた》というのは」

「御明察。我らが警察本部長、樽水《たるみず》警視監ドノだ。やはりアサヒの学級委員《シュプレツヒャー》としての、昔の血が騒ぐんだろう。奴の地位からして三〇年、いや五〇年に一度、摘発できるかどうかの太いタマ。警備警察にとっては、ゾルゲ事件みたいなもんだ。そして御案内のとおり、樽水本部長は公的にも私的にも、それはそれは、知事部局に敵《てき》愾心《がいしん》を燃やしておられるからねえ。いやはや」

「聴いたことがありませんが、警察本部長直轄工作ですか」

「いやさらに聴いたことのない、警察本部長自身の工作だ」

「……このこと、学校長《シュールライター》には？」

「もちろん即報《ソクホウ》し、御判断を頂戴した」

「四阿企画官は何と？」

「樽水本部長に、花を持たせてやれと。

証拠関係はガチ。アプリコットはもはや籠《かご》の中の鳥だ。誰が最終的に堕としたとしても、今後の展開に影響はない。それで樽水本部長が御満悦《ごまんえつ》になるのならば、反対する理由はない。

そう、奴を堕とした樽水本部長は、知事部局の財政改革案を叩き壊《つぶ》し、よって警察庁に御栄転となり、晴れて官房長《かんぼうちょう》となられる。

すべては御満悦のままに。

それに水を差さなければ。

樽水官房長としても、樽水次長としても、樽水長官としても、きっとアサヒに、そして僕らに、有形無形の御配慮をしてくださるだろう。そういうことだ」

「四阿企画官も安泰、課長も安泰、山蔵県の警備《ビ》も安泰——

それでは、すべて樽水本部長に一任ですか」

「まさか」公一課長は隠微《いんび》に笑った。「本部長の行確《コウカク》、秘聴、秘匿《ひとく》撮影は確実に。

昔とった杵柄《きねづか》とはいえ、二十数年ぶりの現場復帰だ。樽水本部長が大コケしないともかぎらない。その際、僕が管区警察学校の庶務課に、そして警部が離島署の駐在所に流されないよう、採証活動はきちんとしておかないと、ねえ？

学校長《シュールライター》は、それは恐ろしい方だから、さ。

そう。

イザという時のため、本部長に独断専行あらば、きちんと証拠化しておけとのことだ」

「万事かしこまりました、学級委員《シュプレツヒャー》」

山蔵県庁知事部局・副知事室

秘書室の方《ほう》がバタバタしている。

特に公用を入れていない、この午後四時に何事だろうか。

「困ります、困ります!!」

「いやいや、ほんの五分程度の茶飲み話だ」

「ですがいきなり……副知事に失礼ですよ!! 事前に何のアポも無く……」

開け放してあるドアからズカズカ入って来たのは、樽水《たるみず》警察本部長だった。これこそ、まさしく何事だろう。私の顔など、離任まで見たくもないはずなのだが。

「どうしました?」

「あっ、申し訳ありません神室《かむろ》副知事」秘書官がぺこりと頭を下げる。「御決裁が貯まっておられるので、御面会は無理だと、アポをとってからお出《い》で下さいと、重ねてお願いしたのですが……無理矢理……」

「どうも神室副知事。ちょっと知事部局に所用がありましたもので、御機嫌伺《ごきげんうかが》いなど」

「機嫌伺い、ですか」

「まあ御挨拶《ごあいさつ》ついでに、そうですな。山蔵県庁と山蔵県警察の改革について四、五分――副知事と腹蔵《ふくぞう》ない意見交換など、させていただければと」

「そうですか。しかしいきなりですね。それなりのオミヤゲがあるとでも？」

「御明察です。

いよいよ私も決意しましてね。事実上のトップ会談で、円満な合意ができればと思った次第」

「円満な合意……率直に言いますが、それは私が理解でき、納得できるものだと解してよいのですか？」

「そうでなければ単身、忍びでお邪魔しはしませんよ。警察職員にバレでもしたら、それこそ私の首が飛ぶ――そんな内密の腹案を、膝《ひざ》詰めてお話ししたい。無理ですかな？」

「結構」

私は秘書官を退がらせた。私が解除するまで人払いを命じる。もちろん茶菓も不要と命じた。

副知事室のドアが閉ざされる。私は応接卓を挟んで、樽水警察本部長と対峙《たいじ》した。

「で？」

「警察官給与カット、その他の山蔵県警察に係る財政改革案ですが……すべて白紙にしていただきたい」

「なんですって？」

「そして凍結されている警察署その他の警察施設の整備ですが、凍結解除の上、すべて計画を前倒しして頂きたい」

「……気でも狂ったのですか？」

「まさか。私はこの上なく冷静ですよ」

「私にその様な宣戦布告をして、山蔵県警察が無事にすむとでも？」

「思い上がるなよ、アプリコット」

「なっ」

樽水警察本部長は、舞台めいた所作《しよさ》で、無地の角封筒を私に手渡した。『山蔵県警察』のロゴが入った、大ぶりの茶封筒。樽水の顎《あご》がクイと上がり、受けとれ、読めと命じる。そう、私に命令してくる。

茶封筒の、なかには……

「この写真!!」

「解説するまでもないが、駅地下街の喫茶『マークス』だ。

写っているのは神室杏子《かむろきようこ》、お前と、警察学校教官の清里哲也警部補」

「……これにどういう意味があると？」

「ならばアプリコット。お前と清里警部補。どのような関係がある？」

「そのアプリコットというのはそもそも何……」

「どういう関係がある⁉」

「大学時代の恋人ですが。いけませんか⁉」

「それにしては、執拗《しつよう》な点検《テンケン》活動だったな。店舗入りに五十五分も費やして」

「意味が解りません」

「そして、こちらの写真。

お前は清里から、A４書類を複数枚、受領しているな。そしてその直後、清里に細身の封筒を手渡している。まさかラブレターの授受《じゅじゅ》とは言うまい？」

「ラブレターでなかったら何なの？」

「諦《あきら》めろアプリコット。副知事公舎の、印象派の絵画裏。あの隠し金庫は既に確認済みだ」

「――――――‼」

「交番連続放火に係る捜査書類に行政書類。むろん警察本部と能泉警察署にしか存在しない、秘指定《ヒシテイ》されたものだ。ちなみに指紋採取も終えている。神室杏子副知事と清里哲也警部補のものが確保できた。いまさら語るまでもないがな？」

「副知事公舎に、勝手に侵入して……まさか令状もなく……そんな違法捜査が‼」

「もし御希望とあらば、これから適法捜査にしてもいい。令状請《レイセイ》求準備は終えているからな。むろん、お前の息の掛かった裁判官は既に解明している。それさえ避ければ、幾らでも物証が出揃《でそろ》っている地方公務員法違反被疑事件だ。どんなマヌケた裁判官でも、一発で逮捕状も捜索差押許可状も出す。この御立派な副知事室も、徹底的にガサらせてもらう。マスコミに浸透させているオトモダチも、まさか止められはしない大スキャンダルだ——

もっとも。

お前が我々に摘発された時点で、お前は破滅。

公職を追われるだけならまだいい。だがそれよりも、もっと物理的に恐ろしい事があるんじゃないのかアプリコット？」

「……やりたいというのなら、やればいい。私が警察官からレクを受けて何が悪い。それに実費を支払って何が悪い。それはそもそも、秘密主義に凝《こ》り固まった警察が、知事部局に何ら情報を開示してこないから、やむなく」

「御伽噺《おとぎばなし》もほどほどにしておけ。すべて、解明ずみだ」

「すべて、とは」

「アプリコットこと、神室杏子副知事。社労党《しゃろうとう》の、非公然中央委員。

大学時代から社労党の同盟員として活発な活動を行い、国I試験に合格して自治省入りしてからは、赴任先の奈良県、愛媛県、大阪府そして山蔵県で、警察内スパイを指揮してきた総元締め《コントローラー》。清里警部補などは、その支配する一翼に過ぎん。もちろんこの三〇年間、お前が犯してきた地公法違反もこの一例だけではない。

この薄汚いスパイマスターが。

だが終わりだアプリコット。警察を舐めるのもこれまでだ」

「……その三〇年間のことなど、立証できるはずがない」

「我々は隠し金庫を確認していると言ったはずだが？　そしてアプリコット、御希望とあらば、これからそれを差し押さえる。公判廷に出せる証拠としてな。

　スパイの頭数があれだけ在れば、お前を幾らでも再逮捕できる。何度も何度も繰り返して、だ。さすれば、公判廷に出せる証拠は更に積み重なるだろう。社労党が数多《あまた》の警察官を買収し、秘密裏にスパイ網を組み上げ、買収した警察官をそそのかし、職務上の秘密を漏洩《ろうえい》させているその証拠がだ。

　それが何を意味するか？

　いや。

　それが何を意味してゆくか？

　そのときお前がどうなるのか？

　人生をそれこそ極秘裏に、社労党に捧《ささ》げてきたお前ならば当然、理解できるはずだな」

（……私の負けだ。しかし、何という事だ）

　社労党が警察に展開している諜報網。それこそは、社労党がどのような犠牲を払っても隠蔽《いんぺい》しておきたいトップ・シークレット。そのようなものが、未来永劫記録に残る公判廷で開示されれば。そして有罪確定となれば——すなわち最終的な真実として司法権に認定されれば。今後五〇年、いや一〇〇年は、社労党のスパイとなる警察官などいなくなる。既存の諜報網を防衛できなかった時点で、社労党の非公然諜報活動は壊滅的打撃を受ける。

（そして無論、それだけではない）

そもそも私は、自治官僚として赴任してきた各府県において、そう、警察内諜報網を指揮してきた総元締《コントローラー》め。社労党中央から私に委ねられた府県については、あらゆる諜報活動とあらゆるスパイを知り尽くしている。そして私が公然、警察に摘発されたなら――敵は悪名轟《とどろ》く警備公安警察。私のハードディスクからは、どんな抵抗をしようと、人権など犬に喰わせる態様で、すべてのデータが抽出され、解析されてしまうだろう。少なくとも社労党中央はそう考える。社労党中央は、私の検挙の第一報を聴いた時点で、センシティヴ極まるハードディスクが敵の手に墜ち、かつ、その全容解明は時間の問題である――こう判断するだろう、絶対に。

ならば社労党中央は、どうするか？

……三〇年以上にわたり、オモテもウラも熟知してきた組織だ。解は自明だ。

（私は公判廷へ出ることなく、警察署の留置場あたりで、そう自縊《じい》することになるだろう）

まさか救出はありえない。逃亡劇も。

何故ならば、カンタンなこと。私は絶対に、警察に再奪還《さいだつかん》されてはならないのだから。存在が解明されてしまった私は、生きて在るかぎり、データごと破壊しなければならないハードディスク。私の望むと望まざるとにかかわらず、私は死ななければならないのだ。これは社労党の、既定路線……もしすべてがバレたなら、だが。

（地公法違反が摘発された時点で、私の官僚としての身分と権力は失われる。だが、それだけならまだいい。それは飽くまで、オモテの制裁だ。辱《はずかし》めは受けようが、命に別条は無い。

しかし私は、社労党の非公然党員……しかも中央委員。

それからも失脚する。

そして非公然中央委員の失脚とは、すなわち）

死だ。

もちろん社会的な意味でなく、極めて物理的な……

だから、私は決断した。

「解りました、樽水警察本部長」

「すべて認めるな、アプリコット？」

「認めます」

「ならば手始めに、くだらん警察財政改革案を、お前の手で葬ってもらいたい。お前のパペットである知事と、地元組の蕪栗《かぶくり》副知事——

天下り副知事のお前さえ黙れば、それらはどうとでもなるからな」

「そうね。あなたたちは蕪栗筆頭副知事を、よく手懐《てなず》けているものね」

「ん？　まだ返事が無いが？」

「……神室プランについては、発案者の私が無期凍結を申し出ます。さすれば、御期待どおりに雲散霧消《うんさんむしょう》するでしょう」

「結構。敗軍の将はいさぎよく、な。

そしてここで、お前に選択肢がふたつ、用意されていることも解るだろう？」

「もちろん」

「どちらを望む。刑事被告人になった上、殺されることか。それとも」

「清里警部補型の、同盟関係を申し出たいわ」

「ほう、というと？」

「私は警察のスパイとなる。社労党に対する、二重スパイね」

「ふむ」

「当然その隠微《いんび》な関係については、最大限の保秘《ほひ》と防衛とをお願いしたい」

「もとよりだ」

「最大限の安全性が確保されることを前提に、私は現在、私の知っている情報を売却する」

「ほう売却」

「それはそうでしょう。戦慄《せんりつ》するほどのリスクがあるのだから。それこそ命懸けよ。適正な謝金を頂戴しても、さほど悪辣《あくらつ》でも僭越《せんえつ》でもない。そして暴露なり露見なりのリスクをも踏まえれば、海外逃亡が実現できる程度には、保険を積み立てておかなければならない」

「ビジネスにしたい、ということか」

「当然でしょう？」

「『私の知っている情報』というのは？」

「これまでの私の諜報活動において、私が知りえた情報——という意味よ」

「成程《なるほど》。するとそれを全て、我々に謳《うた》ってくれるという事でよいか？」

「……情報は整理する必要があるし、現在もまだ正確か、精査する必要がある。まして呈示される謝金と釣り合ったものか、純然たるビジネスの観点から、私が検討する必要がある」

「すると我々に自白をするという態様ではなく――」

「――飽くまでも同盟者とのビジネスとして、対等の関係に立った上で、継続的におつきあいをしてゆきたい」

「端的《たんてき》には、情報の取捨選択《しゆしやせんたく》をするということか？」

「清里警部補型の同盟関係、と言ったでしょう？」

「例えば我々は、お前が知っている諜報網を超えて、社労党中央そのものの内部情報にも、極めて重大な関心があるんだがね。そう。お前が新しく知りうる情報についても、だ。そうした任務付与《リクエスト》をも拒否すると？」

「一律に拒否するとは言っていない。任務を受けるかどうかは、個別の契約として判断させてもらいたい。そういうことよ」

「ならばお前をいま検挙して、社労党の殺し屋サンに会える機会を設けようか？」

「そしてそのくだらない意地で、私という垂涎《すいぜん》のハードディスクを失うの？」

「要するに、自由意思を認めろと」

「あなたたちの奴隷にはならないわ。

それにこの同盟関係が無事、成立すれば。

私は依然、山蔵県知事となれる身。いよいよ警察は、それを妨害しないでしょうからね。

その私の尊厳と自由意思を保障してくれるのなら、まさか山蔵県警察に害を為すことはしない……

　ゼロサム・ゲームに執拗《こだわ》らないというのなら。互いにウィン－ウィンの蜜月《みつげつ》を継続させることができるわよ」

「だが断る」

「なんですって？」

　樽水は新たな角封筒を出した。また私に手渡してくる。自分で出して、自分で確かめろと。そして講和条約のテーブルである以上、私がそれを確認しない訳にはゆかなかった。だが、これ以上、樽水が切ってくるカードとは……

「て、哲也!!　こ、この死体は――清里哲也!!」

「そうだよアプリコット。お前があの猛雨の夜轢《ひ》き殺した、元恋人の清里警部補だ」

「なっ――私が――そん」

「バールというヒントがあったから、このグチャグチャな轢死体《れきしたい》をマンホールから発見するのは、そう困難ではなかった」

「ま、マンホール、ですって!?」

「他にも写真があるだろうアプリコット、そう、お前のステーションワゴンだ。あの夜、清里警部補殺しに使ったお前の私用車両だよ。

　副知事公舎からの動きは、位置情報を解析してトレースしてある。そして、ああ、そちらの写真は、車底にへばりついている清里警部補の肉片と血痕だ。これらも全て採証活動ずみ。

お前と清里警部補の関係は、既に『マークス』での接線と、そして先刻の自白からあきらかだ。しかしこの私用車両からも、清里警部補の頭髪その他のＤＮＡ型鑑定資料が数多《あまた》、採取されたことを付け加えておこう」

「わ、私が哲也を……清里を轢き殺したですって!? そんなバカなことが!?」

「諦めろアプリコット。我々はかねてより、お前を二十四時間行確《コウカク》していた。だから、位置情報によらずとも、お前の車があの夜、当該時間帯に知事公舎から発車してまた帰ってきた事は、確実に現認《ゲンニン》している」

「こんなバカげた冤罪《えんざい》!!」

「ほう冤罪。それならそれでよいが、どうしても否認するというのなら、そうだな——この五分後に、警察本部交通指導課にタレコミが入るだろうな」

「……どういうこと」

「もちろん目撃者からのタレコミだよ。車種と運転者を詳細に特定した奴だ」

「そんな者がいるはずもない。警察官によるニセ電話ね」

「さあどうだろう。しかし捜査の端緒《たんちょ》を獲《え》た警察としては、さっそく当該車両と運転者の任意捜査を開始せねばならんだろう——何故か証拠はどんどん集まってくるから、二十四時間を置かず強制捜査となるだろうがね。そうすればアプリコット、お前が何をどう弁解しようと、何をどう騒ごうと、あのステーションワゴンが雄弁に自白してくれるさ」

「清里を殺してまで、私を雁字搦《がんじがら》めに。そうまでして私をハメようと。何て組織なの」

「……ふむ、その演技力には心底、感動すら憶《おぼ》えるが。そしてある意味で――清里警部補を保護しきれなかったという意味で、我々もまた、清里警部補を殺してしまった責めを負わねばならんだろうが。

いずれにせよ。

事は既に政治犯である地公法違反でも何でもない。破廉恥犯《はれんちはん》だ。現役の総務官僚、現役の県副知事が殺意をもって轢き逃げをし、その死体を隠蔽《いんぺい》したんだからな。シンプルには殺人だ。次期知事選に勝利するどころか、即日懲戒免職《ちょうかいめんしょく》、留置場入り、マスコミは大炎上――

どうだ、アプリコット？

これはゼロサム・ゲーム。

お前は我々の奴隷にならざるをえない。対等の同盟関係などありえない。

我々の慈悲は解ったろう？

神室副知事。よく聴け。財政改革なんぞ捨て去っても、お前には立派な実績を上げさせてやる。筆頭副知事と県議たちを動かして、知事選も盤石《ばんじゃく》なものとしてやる。そしてお若い神室知事には四期十六年、いや五期二十年を務め上げさせてやる。警察にはその力がある。もちろん社労党が我々の蜜月について知ることはない。お前が墓場まで携《かか》えてゆくかぎりはな。公職者としても安泰、社労党非公然中央委員としても安泰。これが現在のお前にとって、最もローリスク・ハイリターンだ。仮にも総務官僚であるアプリコット、お前なら直ちに理解できたろう？」

「そして私は残りの人生を、自由意思のない二重スパイ、警察の奴隷として過ごすのね」

「もちろん奴隷契約を締結するかどうかは、お前の自由意思と尊厳のみに基づくがね」

「……解ったわ」

「結構」

「最後に教えて頂戴」

「私で答えられることならば」

「清里哲也は、確実に死んでいるのね？」

「……解りきっている事だろうが、諾《だく》だ」

「その轢き逃げなり殺人なりの捜査は、行われないのね？」

「死体は誰かに発見されるだろう。だがその捜査の最高責任者は、この私だ。しかも被害者は、私の部下職員……捜査が心配なら、こう誓約しておこう。お前が信義誠実であるかぎり、契約に違背《いはい》しないかぎり、殺人だろうと何だろうと、お前の刑事責任が追及される事態は生じえない、とな」

「もちろん、私の地公法違反についても」

「当然のことだ。社労党にこちらからバラしてどうする」

「警察本部長が、犯罪を揉《も》み消すとはね」

「より大いなる公益の為《ため》には、小の虫にも、小の犯罪にも死んでもらう必要がある。それだけのことだよ。

それではアプリコット。

私からの第一の任務だ。まず山蔵県警察内社労党スパイのチャート図を出してもらおう」

「……いきなり第二があるの？」

「もちろんだ、社労党非公然中央委員。

そしてそれは、私が今、最も必要としている情報でもある。すなわち――」

山蔵県警察本部二〇階・警察本部長室

樽水《たるみず》警視監は、甚《はなは》だ満足していた。

アサヒのいう『オペレーション・アプリコット』を成功に導いたのは、自分だ。

アプリコットは完堕《カンオ》ちしている。

まずは、山蔵県警察の除染《じょせん》が開始された。それはそうだ。スパイマスターが奴隷となったのだ。数多《あまた》の歳月をかけ、警察部内に隠然と構築された社労党スパイ網は、今や警備警察によって、完全に監視されている。いや統制されている。

ある者は人事措置を加えられ、安全な所属に隔離《かくり》された。

ある者は意図的に泳がされ、他のウイルスを検知する餌《えさ》となった。

ある者は客観的証拠を呈示され、再調教された二重スパイとなった。

ある者は転向も駆除も不可能であるとして、不慮《ふりよ》の事故を用意されている――

もちろんこれだけで、警察史上、稀《まれ》にみる大戦果。

国民がそれを知ることは永遠にないが、そんなことは、警察部内の実績評価と何ら関係がない。

だから純然たる警察業務としても、警察庁長官賞、それも複数本は疑いない大実績だ。

(そして、それだけではない。これは純然たる警察業務の域を、遥《はる》かに超えてくれる)

第一に、全国警察に波及しそうになった、都道府県警察財政改革の動きを叩き壊《つぶ》した。

第二に、今後二〇年以上、知事部局にモノを言わせない県警察を確立した。

第三に、アプリコットがもたらすウイルス情報は、警視庁をふくむ全国警察で活用されている。

(都道府県警察の経営者・指揮官として、盤石《ばんじゃく》の実績を残すとともに、全国警察に恩を売ることとなった……客観的に考えて、このような警察本部長の左遷《させん》・更迭《こうてつ》などありえない。できるわけがない)

信賞必罰《しんしょうひつばつ》は警察のならい。

少なくともその御旗《みはた》を閉じたとき、警察の士気は地に墜ちる。警察庁長官の権威もだ。

そして今。

もし山蔵県警察本部長が、四国管区警察局長などに流されでもすれば……

(それこそ全国の警察本部長が、現長官に対して異議を唱え、反旗を翻《ひるがえ》すだろうよ。どれだけ実績を上げようと無意味なら、警察は長官の私物そのものではないか、人事権を私物化して恐怖政治を続けるつもりか——とな。

そう、すべてはこれでよい）

満足した樽水警視監は、既に来年の夏、自分が警察庁官房長《かんぼうちょう》となることを確実視していた。自分自身でその人事を発令していた。そしてそれは客観的に、独善でもなければ傲慢《ごうまん》でもなかった。そもそも、現長官との確執《かくしつ》がなければ、『オペレーション・アプリコット』などに執心《しゅうしん》しなくとも、それが既定路線だったのだから。

だから今。

樽水警視監がもう『樽水官房長』として、自らが刷新《さっしん》すべき新たな警察庁の、新たな人事構想すら練っている事も、あながち滑稽《こっけい》とはいえない。

——その刹那《せつな》。

本部長卓上の、巨大な警電《ケイデン》が鳴った。ナンバーディスプレイを見る。樽水は一瞬、躯《からだ》を硬くした。そして敢《あ》えて煙草に火を着け、おもむろに受話器を採る。

「山蔵県本部長、樽水でございます」

『私だ』

「これは長官」

『数分、よいか』

「もちろんでございます」

『アサヒの企画官から聴いている。アプリコットについては、御苦労だった』

「恐れ入ります」

『樽水君みずから、堕としたそうだな？』

「総務官僚たる副知事という観点から、警察本部長が出るべきと判断致しました」

『オペレーション・アプリコットは、全都道府県警察に、絶大なメリットをもたらしている。もちろん警察庁にもだ。そして信賞必罰は警察のならい』

「過分なる御配慮、恐縮であります」

『では退職願を、出してもらいたい』

栄転の内々示《ないないじ》すら予期していた樽水警視監は、警察庁長官の言葉をロストした。日本語の処理能力にバグが疾《はし》ったのだ。絶句は一〇秒強、続いた。架け手の警察庁長官は、ひょっとしたら、それを味わっていたのかも知れない。

「た、退職願……長官、私には御言葉の意味が」

『信賞必罰は警察のならい。既に伝えたつもりだが』

「な、ならばそれは懲罰《ちょうばつ》……何故です長官。何故私が懲罰を受けなければならないのです」

そのとき。

受話器の先から、樽水警視監本人の声が聴こえた。

樽水は二秒で、それが自分自身の声だと知り。

そして八秒で、それが録音された自分自身の声だと知った。

死体は誰かに発見されるだろう。だがその捜査の最高責任者は、この私だ。しかも被害者は、私の部下職員……捜査が心配なら、こう誓約しておこう。お前が信義誠実であるかぎり、契約に違背《いはい》しないかぎり、殺人だろうと何だろうと、お前の刑事責任が追及される事態は生じえないとなより大いなる公益の為《ため》には、小の虫にも、小の犯罪にも死んでもらう必要がある。それだけのことだよ

「――――――!!」

『警察庁首席監察官まで務めた君のことだ。懲戒処分の指針など、既に暗唱しているだろう。証拠物件の重大な偽変造。証拠物件の重大な毀棄《きき》。これらはいずれも犯罪行為にして規律違反行為だ。そしてこれらを行った警察官は、そうだ、免職又は停職にせねばならん。警察庁長官ですら、このルールに叛《さか》らうことはできない。これは私の、絶対の義務だ』

「で、ですが長官それは!! 奴を堕とすための!! 『オペレーション・アプリコット』において不可避の!!」

『言葉の遣い方が正確ではない。行為は不可避だった。少なくともそう解する余地はあった。それは認められうる。だが樽水君。それをアプリコットの眼前で言葉にすること。それは不可避でもなければ賢明でもなかった』

「しかし奴は完堕ちしています!!　私の言葉を盾《たて》に自爆することは絶対に無い。まさか私を告発することも。我々との契約を暴露することも。仮にそれが失言であったとしても!!」

『この世に絶対は無いよ。そして、この様な録音が私の手にある以上、誰によっても録音される態様《たいよう》で喋《しゃべ》ったと、そう断定せざるをえない。ならばリスクの芽は、直ちに摘《つ》むべきだ』

「そ、それではまさか、アプリコットの捜査を……清里警部補殺しの捜査をなさるおつもりですか!?　ならばアプリコットを検挙しなければならない破目《はめ》に……さすれば『オペレーション・アプリコット』など」

『警察組織を円満退職する君が、後顧《こうこ》を憂《うれ》うことはないよ。残務は私に任せたまえ。ただ。

君は私の期待どおりに動いてくれた。それも事実。

よって罪一等《つみいっとう》減じて依願退職を認める。退職金その他は保障する』

「もし辞表など、認《したた》めないと申し上げれば？」

『首席監察官に命じて、国家公安委員会にかけさせるまでだ。もちろん懲戒免職案をな』

「……長官」

『国公委《こっこうい》が始まる。手短に願う』

「やはり、あのことを怨《うら》んでおられるのですね。私の、国立国会図書館警察庁支部解体案を」

『アサヒは日本有数の諜報機関だが、世に知られすぎた。そして所詮《しょせん》は、官僚組織だ。秘密警察でも何でもない。仮に私が急逝《きゅうせい》して、君が警察庁長官に就任することがあるとしたら――無いがね――そのときは解るだろう。官僚組織の頂点には、意外なほど情報が入ってこないという事を。官僚組織の職制上のラインでは、価値ある情報ほど堰《せ》き止められるという事を。あるいは、こういうこともありうるな。

極めて野心的な、そう私の後継者を狙う後輩警視監がだ。むろん私に秘匿《ひとく》したまま、アプリコットに私的な命令を下し、社労党が解明している私の弱点なり脆弱性《ぜいじゃくせい》なりスキャンダルなりを情報収集している――そういうこともまあ、ありえない物語ではない』

「……あの録音も、その物語も、まさに図書館の戦果という事ですね」

『それもまた、君の星の数が五ツになっていたら、おのずと解ったはずの事だよ』

「警察庁長官の私兵《しへい》。長官独裁・長官恐怖政治の尖兵《せんぺい》。あのような秘密警察が、どれだけ警察本部長らを……いえ警察庁内部部局をも戦慄《せんりつ》させ、萎縮《いしゅく》させそして歪《ゆが》めているか。その飼い主ならば、充分過ぎるほど御承知でしょう。そして公然と叛《さか》らえば、あらゆる破廉恥《はれんち》な罠《わな》に墜とされ、私のような生《い》け贄《にえ》の羊とされる。長官、あなたはあの地獄の番犬どもを道具に、三〇万警察組織を、末端のひとりまで支配しているおつもりでしょう。ですが最後に、警告しておきます。図書館の牙は、鋭くなり過ぎた。当初予定されていた、アサヒとの相互抑制・相互牽《けん》制《せい》・相互拮抗《きっこう》など既に夢物語。直《じき》にその牙を確実にアサヒへ、そして飼い主である長官へ剝《む》いてくる。今ならまだ手遅れではない。アサヒはまだ、マンパワーで図書館を圧倒している。今こそアサヒと図書館の一本化……そう警察系諜報機関の一本化か、少なくとも図書館の大規模リストラクチャリングを行うべきです。さもなくば長官、あなたの数代後《のち》の長官は、地獄の番犬の飼い主ではなく、地獄の猛犬の愛玩動物《あいがんどうぶつ》に成り下がっているでしょうよ。それはつまり、三〇万警察組織が、法も手続も無視する秘密警察によって管理運営されるということ。それでは旧ソ連、旧東欧諸国そのものではありませんか。長官。日本警察は、警察官による自律的なコントロールが許されている組織。だからこそ日本警察は、自らを厳しく律してきた。警察の自律性と中立性は、我が国警察の御霊《ミタマ》です。今あの図書館に脅かされているのはその御霊。私は、警察が、そして我が国が、あんな秘密警察に恣《ほしいまま》とされるのを絶対に」

『退職願は自筆で願う。こちらで用意するのも面倒なのでね。勤続三十二年、御苦労だった』

能泉市桧原町《ひはらちょう》・能泉署第一待機宿舎

あの恐ろしいメールを読んだ、その時から。

僕と菜々子は、清里の奴隷だった。

必要以上に菜々子と会うことが禁止されたから、そして清里は確実にそれを監視しているだろうから、菜々子に何が命じられているのか、詳しくは分からない。菜々子が既に、何をさせられてしまったのかも。

けれど。

僕が命じられたことから推測することはできる。その非道《ひど》さ、酷《むご》さ、恐ろしさも。

僕が清里のメールで、命じられたこと……

能泉《のうせん》PSの刑事一課から、交番放火関係の書類を盗まされた。

刑事次長の佐潟《さかた》警視の自宅へ侵入《ノビ》に入らされ、指示された鞄と鍵を盗まされた。

隣接署の駐在所にガソリンで放火することさえ強いられた。

何が入っているのか分からない黒いポリ袋を、署の焼却炉で燃やすことになった。

菜々子の先輩、捜査一課の斉藤女警《じょけい》を、背後から殴って昏倒《こんとう》させなければならなかった。

宛名も宛先もない脅迫状を、様々な文面で、何通も書かなければならなかった――

いや、とても挙げきれない。数的にもだが、もう精神的におかしくなる。

朝だろうと夜だろうと、勤務中だろうと非番だろうと、公用携帯だろうと私物スマホだろうと、おぞましい命令は止むことがない。

菜々子もきっと、こんなことを。

違う。

菜々子は女だ。

そして清里は、平然と菜々子を佐潟にあてがう鬼畜。

どう考えても、男の僕より耐え難い、言葉にするのもおぞましい事を命令されているはずだ。

そして僕と同様に、もう清里の支配から逃れる方法はない……

そして。

僕の『清里殺し』から数当務《すうとうむ》が過ぎたとき。

とうとう奴は、僕が絶対に拒否しなければならないメールを送信してきた。

諏訪菜々子の勤務中、後方からこれを襲撃して、意識を失うまで鉄パイプ等で殴打《おうだ》した上、その拳銃を強奪すること。具体的状況によっては殺害してもよいが、意識が残るほど手を抜くようなら、諏訪菜々子に、死亡する以上の制裁を加える
（バカな‼　斉藤女警だけじゃなく、今度は菜々子を襲わせようというのか、それも僕に‼）

しかも、具体的状況によっては、殺害してもよいと……

目的は、清里の自由になる拳銃の、強奪。

そうすると。

もはや清里にとって菜々子は、拳銃一丁より価値のない人形なのだ。

いや。

最近の菜々子の、署、交番での憔悴《しょうすい》ぶり。一目瞭然だ。菜々子は既に限界。清里にもてあそばれ、清里の命令にもてあそばれ、清里の脅迫にもてあそばれて、通常基本勤務《ツウジョウキホンキンム》なんて、とてもままならない精神状態。上官の地域課長から、何度も呼び出されている。きっと、精神科とかの受診を勧められているに違いない。もう本人から聴くまでもないほど、菜々子の追い詰められ方は激しく、そして悲愴《ひそう》だった。

（そういう僕も、端《はた》から見れば、とんでもない顔色をしてるんだろうが……）

いずれにせよ。

菜々子が壊れるのは時間の問題。それを防ぐには、清里を排除するしかない。

もちろん不可能だ。

絶好の機会に、最善のシナリオを練って、もうやったこと。それがすべて読まれ、逆手《さかて》にと

られ、こうして進退窮《きわ》まっている。もう一度、いや何度繰り返したって、幼稚園児のイタズラ程度にしか反撃できはしない。そしてその反撃は、確実に察知され、確実に制裁へと結びつく……そう『監察への密告』か、それより致命的な『あの動画の流出』か。

清里を排除することは、不可能。

だから菜々子はどのみち、壊れる。

清里はそれを見越して、菜々子を処理するつもりなのだ。

今はまだ、半殺し程度で許すと言っている。

けれど、イザとなれば殺せとも……

清里はもう、決意しているんだ。

だとしたら。

次か。その次か。またその次か。確定してはいないけど、絶対に遠くはない将来。

確定的に殺せと、命令してくる。

僕の手で菜々子を殺せと、そう命令してくる。拳銃強奪メールからそれは明らかだ。

そして僕に、その命令を拒む手段はない。いやその気力すら、既に奪われてしまった。

(僕には分かる……僕は菜々子を殺すだろう。
そのとき僕は、もう生きる力すら失っているだろう……菜々子は死に、僕も死ぬ)

ならば。

だとしたら。

僕らに残された、自由な道は、たった一本だ。

――今朝からの当務。交番勤務。

また清里からメールが入ったとき、僕は決断した。そのメールには、こうあった。

午後四時、警らの際に、市役所の第二駐車場に来い
荷があるので、ミニパトを使用すること
(ならば清里は、午後四時、確実に現場にいる……前後一〇分は、清里をそこに固定できる)

僕はPB勤務を続けながら、機会をうかがった。警電《ケイデン》での連絡すら、リスクが大きい。じりじりしながら耐えていた午後三時弱、やっと無線が流れた。駅前交番管内で、荒れた職質があったと――絶好のチャンスだ。僕は『駅前の応援に行ってきます』と言い残し、上官の返事も聴かずハコの外へ飛び出した。さいわい、誰も気にしてはいなかった。そして誰もが当然、自転車臨場だとばかり思っていた。だから誰も、僕がミニパトで出向《シュツコウ》した様子を見てもいなかった。ミニパトが動いたことも、気付かなかったに違いない。

警察車両は、位置情報が解析される。警察車両でなくても、当然Nに引っ掛かる。だがもうそんなこと、僕にとってはどうでもよかった。清里を現場に固定できるのは、午後三時五〇分から午後四時一〇分までの間。それだって緩々《ユルユル》の目算だ。だから、僕には機動力がいる。そして、僕は菜々子を連れてゆかなければならない。自転車で交番警察官がふたり並行するのは、目立ちすぎる。だから、僕には輸送力がいる。そして最後に、僕は菜々子の憂いを断たなければならない。そのためには、菜々子が確実に安心してくれる方法を、とらなければ

ならない。だから、僕には自動車がいる。

ミニパトで、荒れた職質現場付近に乗り付けて。

警察官がわらわら集まっているその中に、菜々子の姿を見つけた。

事案は、シャブの亀の子《カメコ》だ。任意同行を拒否したマル対が、自動車に籠城《ろうじょう》する奴。マル暴だろう。時折飛びかう怒号に罵声《ばせい》。警察官たちのボルテージも上がる。手詰まり感の強まる現場で、令状請求するかどうかの焦りが募《つの》る。要するに、交番警察官にとって極めて微妙で面倒で、すなわちイライラのたかまる状態だ。既に戦力と思われていない菜々子は、そのホットな現場を外周から見守るばかり——

その腕を無理矢理つかみ。

ほとんど拉致《らち》する様に、口まで塞《ふさ》いで、僕は彼女をミニパトに連行した。

猛烈な勢いで助手席に押しこむ。そのまま、猛烈な勢いで現場離脱した。

啓太、と菜々子。

大丈夫だ、と僕。

そのあと二言三言、言葉をかわした。何も憶《おぼ》えてはいない。意味があったか、無かったか。

それも解らない。けれど、たとえ支離《しり》滅裂《めつれつ》だったとしても、僕の瞳と顔で、菜々子にはすべてが理解できたはずだ……

……すべてを終わらせる時が来たと。

だから彼女は言った。それだけはよく憶えている。僕も一緒の言葉を口にしたからだ。

ごめん
ありがとう
――僕は自分の独身寮にミニパトを乗りつけ、倉庫からポリタンクを盗んだ。独身寮、待機宿舎にPCとかミニパトが駐車するのはよくある事だ。休憩であれ、固定電話の使用であれ、執務スペースの借り受けであれ。だから僕は何の警戒もしなかった。そして誰も見咎《みとが》めるどころか、通り掛かりもしなかった。午後三時過ぎの独身寮なんてそんなものだ。だから続けて、菜々子のあの二〇一号室がある、第二待機宿舎へも乗りつけた。菜々子がどうにか隠し持っていた、『第一待機宿舎二〇二号室』の鍵を回収するために。菜々子はもちろん拒否しなかった。制服姿のまま、自分で自分のワンルームへゆき、その必要な鍵を採ってきた。

……もう少しだけ、時間があれば。

あの懐かしい匂いがする二〇一号室で、菜々子を思いっ切り抱きたいけれど。

もう午後三時四〇分だ。とてもそんな余裕はない。

菜々子も、一緒のことを感じてくれていた様だ。

涙と、そして激しい渇《かわ》きに濡れた瞳で、互いを見凝《みつ》める。

助手席に蔽《おお》い被《かぶ》さり、震える唇を重ねた。

意外なほど、彼女の舌は力強かった。それは結果として、僕の決意を固めた。

――そしてミニパトは着く。

能泉警察署第一待機宿舎に。

僕らが目指すのは、その三〇二号室。

郵便受けで確認するまでもない……清里哲也の家《ヤサ》だ。

午後三時四八分。当然この時間、清里はいない。いるはずがない。そうしたのは奴だ。

僕は用意したポリタンクに、ミニパトのガソリンを移し換える。メーターは当然、確認済み。

必要な分、求める分だけ確保できる。

そのままアパート式の待機宿舎へ入ってゆく。警察宿舎といった所で、まさか代紋《だいもん》・赤灯《あかとう》の類《たぐい》がある訳でも、警備員がいる訳でもない。新聞配達が戸別に、朝刊を叩きこめるまさにアパートだ。三階まで上るのに、何の障害もありはしない。いるのは普通の主婦に、非番・公休の警察官だけ。そして昼下がり。誰にも目撃されない時間帯だ。

——三階、三〇二号室。

僕は菜々子から鍵を奪い、すぐさま家《ヤサ》へ侵入した。畳の六畳間が三つに、キッチンとバス。独身寮以上、マンション型未満の、中堅警察官用の宿舎だ。僕と菜々子が結ばれて、子供がよちよち歩きをする頃、ちょうどよい広さと作りをしている。そして子供が思春期になれば、持ち家を検討するか、階級を上げてよりよい官舎を狙うのだろう。こうなってしまっては、ほとんど愚痴《ぐち》の夢物語だけれど。

(デスクトップが一台。ノートが二台。デスクはさすがに抽斗《ひきだし》がおおい。まさか役所の官舎に、隠し金庫までは無いと思うけれど……キッチンもふくめ、あらゆる収納箇所は油断ならない。いやトイレ、風呂もだ)

菜々子は、玄関から動けない。ただ呆然《ぼうぜん》と、虚脱したように立ち尽くしている。

それでいい。

菜々子は苦しめたくない。ガソリンとその匂いで、菜々子を汚したくもない。

僕は家《ヤサ》に、ガソリンを撒《ま》き始めた。充分な量だが、無駄遣いはできない。そして急ぐ。清里が万一ここを急襲する前に、すべてを終わらせなければいけない。いま必要なのは効率性、そしてもちろん確実性だ。すぐさま立ち籠《こ》めてゆく、強い刺激臭。それに咽《む》せながら、僕と菜々子の秘密が隠されている虞《おそれ》のある全ての箇所へ、念入りにガソリンを注いでゆく。初期消火がどれだけ成功しても、少なくともこの家《ヤサ》にある物品とデータだけは、解析も流出もできないほど破壊できるように。

(清里が確保していた脅迫ネタは、この家《ヤサ》以外にだって、保管されているかも知れないけれど、事ここに至って、その心配はもう無意味だ。第一に、それを捜《さが》して隠滅することなど、巡査ふたりにはできやしない。第二に、バックアップがあるとして、辱《はずかし》めならともかく、脅迫に使うことは、すぐにできなくなる。第三に、バックアップがあろうと無かろうと、ここを派手に、焼き尽くしてみせることが大事なのだ。

そう、菜々子を安心させるために。

その最期の憂いと、心残りを断つために。

そして、準備が終わり――

――僕は菜々子を、玄関から六畳間に呼び入れた。預けておいたマッチを受けとる。菜々子を後ろから抱き締めたまま、その胸元でマッチを擦《す》った。デスクトップへ思いっ切り投擲《とうてき》する。種火は健気《けなげ》に空を斬り、パソコンに墜ちてくれた。

たちまち巨大な炎が燃え上がる。

その猛火のオレンジは、すぐさまパソコンを舐め尽くし、そのままラックへ書架へ、襖《ふすま》へ畳へと延焼してゆく。いや、それは延焼なんてもんじゃない。そんななまやさしいもんじゃない。まるで空気がそのまま火となってゆく様だ。そしてその赤い舌がわずかでも触れると、すべてが気の狂ったみたいに、轟音《ごうおん》を立てて発火してゆく。炎の塊《かたまり》は炎の壁となり、炎の壁は炎の檻《おり》となって、獲物《えもの》である僕と菜々子を赤々と照らし出した。

籠の鳥——

「啓太」

「菜々子」

「燃えてゆくね」

「うん」

「私と啓太も……何もかも」

「何もかもだ。だからもう、大丈夫だ」

僕は彼女を左腕で強く抱いたまま、右腰の拳銃を採り出した。

実戦で使うのは、もちろん初めてだ。

黒煙と刺激臭。そして猛烈な炎。

僕は泣いていた。

菜々子の右顳《こめかみ》に銃口を当てる。そしてわずかに離した。彼女の肌を、灼《や》きたくはない。

「僕が無力だった……ごめん」

「ううん」

菜々子の左人差し指が、彼女の肩越しに、僕の左瞳《ひだりめ》を、その涙を強く撫《な》でる。

僕は最期に、菜々子のきれいな黒髪へ顔を埋めた。この匂いはすぐ、失われる。

「啓太は私を救ってくれた……だから、これでいいの。

けど、最期に」

「最期に」

「……あなたと寝たかった」

「菜々子!!」

もう言葉は邪魔だ。

いま撃たなければ、菜々子は火に飲まれる。焼死の苦しみは、想像を絶するものだ。

僕は左腕でもう一度、菜々子を堅く抱き締め。

警察学校で教わったとおり、ゆっくりと、確実に引き金を締《しぼ》った。


銃声。

そして銃口は、僕の口のなかに入る。

銃弾が、僕の脳を砕くその刹那《せつな》。

遠くで消防車の半鐘《はんしょう》が、恐ろしいほど清澄《せいちょう》に響いた。それは弔鐘《ちょうしょう》だった。

能泉署第一待機宿舎・駐車場

「佐潟《さかた》次長!!」

「おお、斉藤女警《じょけい》、御無沙汰《ごぶさた》だったなあ。捜一《ソウイチ》も来るんか？」

「はい、それから監察も来るとのことです」

「そうだろうなあ……警察官の拳銃自殺、しかも、警察官舎放火だからなあ……」

「ようやく鎮火ですね」

「初期消火が成功したからな。三〇二号室は全焼だが、他はどうにか食い止めた。どのみち知事部局には猛烈な嫌味をいわれるだろうがな。さて、修繕《しゅうぜん》予算が下りるかどうか」

「すぐに管理官が臨場されます。その前に、私から幾つか、確認してもよろしいですか？」

「そりゃもう。警察本部《ほんてん》の御方《おかた》だからな。なんなりとお調べあれ、エース斉藤巡査長」

「堪忍《かんにん》して下さい次長。私、元能泉署員だってことで、いろいろ任務付与がおおくて」

「いや冗談だ。よく解ってる。お前は諏訪菜々子も黒瀬啓太も、よく知っているからな。それに管理官へは、お前からよく報告しておいてくれ。俺はすぐ署長《オヤジ》の所へ出頭せにゃならん。PSはPSでお祭り騒ぎだ。まさに後の祭りだがな、ハッ」

「死体見分は？」

「始まってる」

「どのみち解剖ですね」

「ただ拳銃自殺だからなあ……死んだ後に燃えたのは、まあ確実だろうよ。だから生活反応を視《み》ても意味がない。

拳銃音は住民に聴かれているし、すなわち現場で発射されたのは間違いないし、拳銃吊《つ》り紐《ひも》は無事、すなわち強奪の形跡もない。なら撃ったのは本人で決まりだ。すなわち」

「偽装殺人の線は、かぎりなく薄い」

「そもそも建造物侵入やらかしてるの、黒瀬啓太自身だしな」

「銃声は二発、聴かれている様ですが？」

「焼け残った拳銃から、発射も二発だ。一発は黒瀬の脳味噌《のうみそ》を吹き飛ばした。もう一発は漆喰《しっくい》壁《かべ》に埋まってた。予断ではあるが、そっちはまあ、躊躇《タメラ》いだろう」

「着火物はどうでしょう？」

「それも躍起《やっき》になって掘り起こしてる所だ。ライターなら部品が残るんだがなあ……」

「あちらのミニパトから、遺書が発見されたとか？」

「ああ。能泉署長あてと、地域課長あて。斉藤女警が確認すれば一発だろうが、俺もちょっとした書類で見憶《みおぼ》えがある。あれは黒瀬啓太の自筆だ。一〇〇％疑い無い」

「……犯行を自認しているのですね？」

「もちろん」

「動機原因とか」

「交番連続放火だ」

「それも自認したのですか」

「ああ、すべての犯行についてな。ようやくのマル被検挙はいいが被疑者死亡。しかも本官《ホンカン》の犯行ときた!!……ウウッ、猛烈に胃痛がするぜ、ケッ」

「そうすると、例の、能泉PS刑事一課の捜査書類が盗まれたり、それこそ佐潟次長の御自宅が侵入盗《ノビ》の被害にあったアレは」

「それも自認している。捜査の進展を恐れて、遮二無二《しゃにむに》やらかしたとな」

「その交番連続放火ですが、それは精神疾患的なアレですか？　それとも黒瀬巡査なりの合理的な理由が？」

「ウーム、遺書からするに、どっちもだな。いわゆる了解不可能な、意味不明な箇所もあれば、どうにか心情が理解できる箇所もある」

「理解できる箇所、とおっしゃいますと」

「アレだよ、諏訪菜々子だよ、俺と訳の解らん噂《うわさ》になった……」

「あの風説《ふうせつ》も、今にして思えば不可解でしたね。

副署長にも監察にも、菜々子ちゃん……いえ諏訪巡査と次長の不倫だの、諏訪巡査へのセクハラだの、あることないこと密告があって」

「無いこと無いこと、だけどな、念の為」

「まあ佐潟次長は骨の髄《ずい》から熟女好みですしね。刑事部屋では有名ですから、誰もが一笑に付していましたけど」

「副署長《オフクロ》としては人事管理上、調査せんわけにもいかん。もちろん当事者双方、身に憶《おぼ》えのないことだ。嫌疑はすぐに晴れたが、その手の噂《うわさ》は、アッという暇《ま》に署を駆けめぐるからなあ。だったらやっときゃよかったたっちゅうの。まったく往生《おうじょう》したぜ」

「そうすると、黒瀬巡査の交番放火と、諏訪巡査が関係してくるというのは、もしかして」

「クソ有難い遺書によれば、嫉妬《しっと》だそうだ」

「嫉妬……黒瀬巡査が、佐潟次長に、ですか」

「まさしくそのとおり。野郎としては、これまた遺書によれば、当該噂は真実だと確信していたようだ。すなわち、野郎の脳内小説としては、こうなる――『佐潟は諏訪菜々子を自分から寝獲《ねと》り、散々もてあそんだ挙げ句、不倫がバレた途端《とたん》保身にはしり、刑事一課からも追放して、諏訪菜々子の将来を断った』とな。だから絶対に、俺だけは許せなかったそうなんだわ。って堪忍してくださいよ……

　マアそう考えると、この派手な拳銃放火自殺にした所で、着《つ》け火《び》担当・強行《キョウコウ》担当の俺への『最期の当てつけ』かも知れんがな。だがそこまでは、遺書に書かれてはいない」

「すると交番連続放火というのは、佐潟刑事次長への復讐《ふくしゅう》というか嫌がらせ」

「そうなるな。そして、その義挙によって諏訪菜々子の瞳《め》を惹《ひ》きつけたかったらしい」

「ひょっとして、私が路上でいきなり襲撃されたのも」

「ああ、それは自白してあった。黒瀬の犯行だ。お前は捜一《ソウイチ》の方《かた》だから、まさか能泉ＰＳの捜査情報狙いじゃない。純然たる怨恨《えんこん》だ。逆恨《さかうら》みどころか、イリュージョンだけどな。これも野郎の脳内小説によれば、だ――先輩女警のお前は俺と組んで、諏訪菜々子の悪評をいいふらし、諏訪菜々子を誹謗中傷《ひぼうちゅうしょう》し、諏訪菜々子をあの手この手でイジメぬいて、刑事一課からの追放に貢献したらしい。まあ、交番のおまわりさんの考えそうな事だ。捜一《ソウイチ》へ抜擢《ばってき》されたエース女警に、そんな暇《ひま》と余力があるもんかと。妄想というのは、恐ろしいなあ」

「諏訪巡査と黒瀬巡査の関係は、実際のところ、どうだったのでしょう？」

「……おいおい、そりゃ斉藤女警の方がよっぽど詳しいんじゃないのかい？」

「いろいろ相談は受けていましたが……諏訪巡査はああいう大人しい性格ですから、ハッキリしたことは……ただ、異性関係で何かを恐れていた。それは感受《かんじゅ》できました」

「決まった男はいたようだったか？」

「それは無いと判断しました。

佐潟次長も御存知のとおり、諏訪巡査が刑事を下りたのは、自分の実務能力不足を痛感したからです。それをキチンと直訴《じきそ》した彼女を、私は立派だと思いました。彼女の、警察の仕事に懸ける情熱もです。

そして彼女は、よろこんでいました。これも御存知かと思いますが、警備専務員への登用が、内々定していたものですから。いい事件ネタ、交番勤務をつうじて拾ってきたのが認められたらしいんです」

「ああ、あの話な。俺もチラッと聴いてるよ。いや、警備課にいいサンズイでもやられちまったら、俺ぁ首括《くびく》りだと思ってドキドキしてたんだが、もうそれどころの騒ぎじゃねえやな。悩まなくてもいいほど仕事ができちまった。全部が全部、後ろ向きの敗戦処理だがな……人様の仕事にいらん興味、持ってる場合じゃなかったなあ……」

「お察しします。

いずれにしましても、そのネタが評価されたとかで、諏訪巡査、本当に嬉しそうでした……とにかく今は、刑事一課で失敗してしまった事も踏まえて、どうにか仕事で挽回《ばんかい》したい、認められたいと。

だから、警察官としての情熱はものすごくありましたが――」

「――色恋沙汰《いろこいざた》については、語らなかったと」

「ほのめかしもしませんでした。おなじ署の先輩後輩ですから、ふつうは恋バナのひとつふたつ、するもんですけど。それが全然。まして決まった男だなんて」

「……ふうむ。そこで、黒瀬の側の言い分だがな。

遺書の書き方がハッキリしてないんだが、諏訪菜々子との関係とか、諏訪菜々子の気持ちとか、具体的なエピソードがまるで無いんだわこれが。あとは科捜研《かそうけん》に分析してもらわんと解らんが、俺の刑事の勘《かん》では」

「ストーカー、ですか……」

「ほら、諏訪菜々子な、朝の刑事部屋の掃除、続けてたろ？　そこで黒瀬啓太と一緒にいた姿が、そこそこ目撃されている。ところが、目撃者の話を聴くかぎり」

「菜々子ちゃん、いえ諏訪巡査が、かなり冷たくあしらっていた様ですね」

「知っていたか」

「正直なところ、邪魔されて困っているし迷惑だと、相談されたことはあります」

「……あとは今、諏訪菜々子の待機宿舎へ送り出したメンツから、第一報が入ってな」

「第二宿舎の、二〇一号室ですね？」

「そうだ。こうなると当然、そっちも調べにゃならんからな……

取り敢えず、熱烈なラブレターが出てきたよ」

「黒瀬巡査のですか？」

「ああ、二〇〇通以上だ」

「それはまた」

「しかも、尋常《じんじょう》の文面じゃないらしい。ほとんど脅迫状だそうだ。ウチの女警が読んだんだが、ビビッと電波を感じたって言ってた。それも、すごい出力のな。もし自分がもらっていたのなら、あまりの電波法違反ぶりに三日三晩、魘《うな》されそうだとも言っていた」

「捨てたり燃やしたりしなかったんでしょうか？」

「いや、捨てたり燃やしたりした分を合わせれば、六〇〇通までゆくんじゃないか？」

「なるほど」

「そこはまだ詰める必要があるが、いずれにせよ黒瀬が諏訪の心をつかんでいたって証拠はカケラも無い。状況証拠は正反対だ。状況証拠を信じるなら――自分に靡《なび》かない諏訪菜々子を当《とう》務《む》ごと睨《にら》みつけながら、妄想を膨《ふく》らませながら、交番連続放火だなんて、どんどん奇天烈《きてれつ》な方向へ突進しちまったんだろうな。

あと、遺書から、もうひとり嫉妬と怨《うら》みの対象になった奴が分かっている」

「警察学校の、清里哲也教官ですね？　諏訪巡査の警備専務《センム》入りをアシストしたという」

「ああ、刑事バカの俺にはよく解らんが、清里警部補がそれは配慮したらしいな。俺はおなじPS勤務だったから、アイツのことはそこそこ知っている。アイツがそこまで親切な奴だとは、ついぞ思わなかったんだが……まだ自分を追放した警備のこと、怨んでいる様子すらあったしな。

そこは奇妙だったが、どうせ俺には関係の無いことだ。しかも、諏訪菜々子がまた生き生きと署内勤務できるなら、育ててやれなかった俺としては、それだけで御《おん》の字《じ》だよ。だからまあ、諏訪のことが上手くいったら、アイツの骨も拾ってやりたかった……

違う意味で、お骨《こつ》を拾うことになりそうだがな」

「それでは、やはり。

退職願を郵送したまま行方不明となっている、清里教官は」

「遺書によれば、黒瀬が轢き殺して、死体を隠しやがったらしい」

「黒瀬巡査の車は既に？」

「当たっている。微物もやらせている。だが現在の所、奴の車じゃなさそうだ」

「遺書には何と？」

「盗難車両というか、近所で盗んだ車を使ったと書いてある。だが詳細は全く無い。どこに死体を隠したのかも分からん。ひょっとしたら清里もここ、三〇二号室で一緒に燃えたかと思ったんだが、さすがに死体の有る無しはすぐ分かる。ここじゃない」

「拳銃・放火自殺に、警察官殺しですか……」

「いよいよ捜一《ソウイチ》にも前線に出てもらわにゃならん。能泉PSの刑事一課だけじゃもう、どうにもならんからな。拳銃の不適正使用は、たとえ自殺だって、監察がやいのやいのと煩《うるさ》い不祥事《ふしょうじ》……まして身内殺しの轢き逃げときた。

　管理官のケツ、しっかり叩いておいてくれ。とにかく急ぐし人足《ニンソク》がたらん」

「それはもちろんです、了解しました。確実に上申《じょうしん》いたします。

　しかし黒瀬巡査は、何故、清里教官の自宅を自殺場所にしたんでしょう？　そして何故、放火までしたんでしょうか？

　言い方は悪いですが、地域警察官ほど自殺しやすい公務員はいません。二十四時間、拳銃を装備していますから。極論、交番のトイレでも警察署の更衣室でもよかったはずです。そして拳銃自殺なら指一本で終わり。まさかガソリンはいらない。人様の鍵もミニパトも。それをわざわざ、こんな婉曲《えんきょく》で手数のいる事をするなんて」

「これまた詳細は検証結果しだいだが、燃焼と焼毀《しょうき》の状況を視ると、パソコン、カメラ、レコーダその他の電子機器が確実にやられている。執拗《しつよう》にガソリンを撒いた様子がある。そこから憶測すれば、何らかのデータを殺《や》りたかったんだろうな」

「データ、ですか」

「清里は、まあ警備だけに陰湿ではあるがマメな奴でな。交番連続放火でも、わざわざ臨場してくれて、雑踏整理とか雑用とか、いろいろ買って出てくれたんだよ。俺も現場で顔、合わせたことがあるからな」

「ああ、雑踏整理ですか、成程《なるほど》」

「陳腐《ちんぷ》な統計学の真似事《まねごと》だが、放火犯は愉快犯《ゆかいはん》ゆえ、現場に舞い戻り見物する――というのがある。そして清里は群衆を規制していたことがある。そうすると」

「そこに黒瀬巡査を確認した、かも知れない」

「確認する以前に、それとなく撮影を開始していたかも知れんな。警備ならやるだろう。そのときはデジタルデータが残る。撮影でなく目視《もくし》現認《げんにん》だったとしても、かつての教え子だ。すぐ識別できる。しかも、手伝いを志願しもしなければ、挨拶もない。これまた警備なら、すぐに身内を疑うだろうし、俺たちには教えないまま、独自に解明しようとするだろう」

「もちろん『学校教官として心配だった』、というのが自然な感情だと思いますが」

「いずれにせよ、清里は黒瀬をマークする。なら最初期にデータがなくても、いずれは入手できる。犯人は所詮《しょせん》、巡査三年生のヒヨッコだからな。清里の敵じゃない」

「黒瀬巡査はそれに気付いたか、あるいは清里教官にコンタクトされたか――」

「――それが交番連続放火のデータ、って線だ。これを殺《や》りたかったから、ここで死んだ」

「他にも線が？」

「考えられなくはない。

　例えば、清里は諏訪菜々子に眼を掛けていた。警備専務入りを、熱心にアシストするほどにな。その怨恨と嫉妬が、この室なりブツなりにむかった。これも自然だ」

「そういえば、警察学校時代も、特に諏訪巡査を可愛がっていたという話があります。可愛がっていたというか、むしろ諏訪巡査の方が、よく懐《なつ》いていた様ですが。後輩からも聴いていますし、諏訪巡査本人からもその旨、よく発言がありました」

「ならそもそもガッコ時代から、嫉妬の対象になっていたのかも知れんさ。まして警備入りするってんで、諏訪はPSの警備課をウロチョロしてたからな。あれは目立ってた。交番の黒瀬としては、『何でだ!?』って話になる……なら諏訪菜々子を折檻《せっかん》し、詰問《きつもん》したかもな」

「まさか、何も喋りはしないと思いますが。黒瀬巡査が危険水準にある事は、それこそラブレター等から解るはずですし」

「喋らなければ喋らないで、黒瀬はますます燃え上がる。ちょっとでも喋ったなら、それこそ俺の不倫話みたいな大妄想を練り上げるさ。いや盗聴すらしかねんぞ。変質的なレベルでな。

　それにストーカーってなあ、人様のこころを理解する能力はゼロだが、それを察知する能力なら抜群だぜ？　他人に共感はしないしできないが、カウンタの針はすぐにシンクロしてビンビン振れる。なるほど、ガイガーカウンタは、ちょっとした放射線にもビンビン振れるが、かといって機械が人様をいたわったり愛《いつく》しんだりしちゃ、くれないだろ？

『なんとなく』『どっちつかず』『あいまいなまま』……そういう余裕が無くなったとき、ヒトはただの検知器になり、ストーカーになり、要するに犯罪者になるってこった」

「めずらしくセンチメンタルですね、佐潟次長」

「刑事の教え子を育てそこね、身内のイタズラを早期検挙してやれず、同僚の残り二〇年を吹き飛ばしちまった。交番放火がすぐに終われば、こんなことにはならなかったんだ。

——いや、違うな。

若手の女性刑事をきちんと育成する。俺がその器《うつわ》だったなら、警察官が三人、救えた」

「……警察は一家、家族ですからね」

「ああそうだ。そしてそれは、たとえキレイゴトにしても、日直が黒板から消しちゃいけねえキレイゴトさ——せめて偽善者たれ、だ」

「あとすみません、恐らく私が担当することになるのですが、諏訪菜々子巡査は」

「ああ、今、山蔵大学附属病院だ。ショック状態がひどくてなあ」

「まさか」

「いやいや、まさかだ。命に別条はない……

話聴いた途端《とたん》、駅前PBでブッ倒れてなあ。当務だったから、ハコから搬送《はんそう》された」

「それはそうでしょうね。当務じゃなかったら、誘拐されて無理心中《むりしんじゅう》だったかも知れない」

「さすがに交番勤務している女警を、無理矢理、拉致《らち》はできん。本人もそれは抵抗するだろうしな。当務日だったこと、それだけは救いだ。第二の身内殺しを止められた。よって黒瀬啓太はひとりで燃え尽き、諏訪菜々子は紙一重《かみひとえ》でストーカーの魔手《ましゅ》から逃れた……。

ただ」

「菜々子ちゃんは、警察官としては、もう」

「組織を去らざるをえん、だろうな。せめて他府県警察に、偉い人のコネがあるといいが」

終章

「樽水《たるみず》警視監の辞職が、発令されたわ」

「その行動確認は、如何《いかが》致しましょう？」

「それは大丈夫、ウメモト班に命じてある――

よってＱＳ‐７号は状況終了、任務解除とします。御苦労でしたキクカワ警部」

「恐れ入ります、ツキノ副館長」

「ツルタ図書館長からも伝達があったわ。五ツ星の御機嫌も、極めてうるわしいとか」

「警察庁長官の御期待にこたえられたこと、嬉しく思います、図書館のために」

「樽水を警察から排除する。その点において完全に、五ツ星と図書館の利害は一致していた。

これで五ツ星は、好ましからざる後継者を摘《つ》めたことになり、我々は、好ましからざる組織再編案を葬れたことになる。図書館の独立性は確保され、五ツ星の、そして国家の諜報員《ちょうほういん》たる
我々の名誉と尊厳は、維持されることとなった――そう、しばらくはね」

「仮想敵《かそうてき》の筆頭、アサヒの動静は、どうなのでしょう？」

「警戒すべき兆《チョウ》はない。摘まれたのは樽水のみ。アサヒは杏《アンズ》を獲《え》た。リヒャルト・ゾルゲに匹
敵するスパイマスターを、しかも極秘裏に。五ツ星はそれを四阿《あずまや》クンの、そしてアサヒの実績
として認め、大いに報奨《ほうしょう》した。もとより我々に特命を下していたことも、我々が杏《アンズ》摘発の絵を

描いてやったことも、ぜんぶ内緒内緒でね」

「そしてアサヒは、杏という大戦果に瞳《め》が眩《くら》み」

「社労党《しゃろうとう》に対する一大反攻作戦に邁進《まいしん》している。不倶戴天《ふぐたいてん》の双子・図書館の実態解明も、アサヒの悲願・警察系諜報機関の一本化も、どうでもいいという訳――そう、しばらくは」

「杏を確保させたことで、アサヒのメンツも立つと」

「ちょっと違うわね――開幕前から思いっ切りメンツを踏み躙《にじ》られていたので、とうとう終幕まで、誰かが顔の上で踊っている事に気付けなかったのよ。アサヒはあなたが唾棄《だき》すべき図書館員である事も、それはそれは派手な熱演をしていた事も、全然理解してはいなかったし、全然理解してはいないのだから。そして、これからも」

六週間にわたる主演女優、本当に御苦労様、諏訪菜々子《コロンビーヌ》」

「山蔵県の警察学校でお誘いいただいて以来、三年。まさか三年で、これほどの特命を委《ゆだ》ねられるとは思ってもいませんでした。御信頼に感謝いたします、ツキノ副館長」

「あなたはその三年で、それだけの信頼を勝ち獲《え》てきた。実績でモノを言ってきた。例えばあなたが成功させた、大阪府警察アサヒの実態解明――あなたを青短係長《アオタン》に押し上げたあのオペレーションのこと、私は片時も忘れた事がありませんよ。

それに。

図書館員たちがあなたのこと、どう呼んでいるか知っているでしょう？」

「上官以外による評価には、興味がありません」

「キクカワイツキ。『十年後のレイディ・ヘカテ』」

「それが現レイディ・ヘカテの御評価でしたら、真実、嬉しく思います」

「もちろんそのとおり。そして私は真実、あなたを脅威に感じ始めているのだけどね」

「……お戯《たわむ》れを」

「いずれにせよ、黒瀬啓太《ピエロ》と清里哲也《アルルカン》を動かす八百屋お七作戦《QS7》。これはキクカワイツキ、あなたにしか成就《じょうじゅ》しえなかった任務――

よってあなたの青短係長としての任を解き、約束どおり警視昇任の上、酒杯《サカズキ》補佐を命じます。そして図書館の命名規則により、これからはキクカワイツキではなく、キクサカトワコと名乗りなさい」

「異例の御配慮、ありがとうございます副館長。

ただひとつ、キクカワイツキ警部として、最後のお願いがあります」

「あなたが？　めずらしいこともあるものね。かまいません、言って御覧なさい」

「図書館警視となりましても、どうかデスク補佐でなく、引き続き現場指揮官としてお使いください。願います」

「そんなこと。それは私の願いでもありますよキクサカ警視。あなたはまだ若い。そして私の月札《つきふだ》を継ぐべき者でもある――いよいよ実戦経験を重ね、将来の図書館を支える実力を涵養《かんよう》して頂戴」

「我《わ》が儘《まま》を申し上げましたが、その分、必ず御恩顧《ごおんこ》に報います」

「期待していますよ――

そうそう。そういえば、私も最後に訊きたいことがあるのよ。キクサカ警視にでなく、主演女優だったキクカワイツキにね」

「……どうぞ御下問《ごかもん》ください」

「諜報員とは何？」

「虚無です」

「ならば諜報員最大の禁忌《きんき》とは？」

「死です」

「それは何故？」

「死は虚無の対極にあるから。自殺は任務の放棄、殺人は存在の暴露です」

「そのとおり……

キクカワイツキ。

あなたほどの諜報員ならば、黒瀬《ピエロ》啓太も清里哲也《アルルカン》も、殺さない脚本が書けたはず。真実、不倫者でもスパイでもなかった佐潟次長は当然ながら、この二者とてどうとでも騙せ、どうとでも生かせた。あなたの能力からすればね。ところがあなたはこの舞台、死体をふたつも残した。この割り算は美しくない。なるほど、清里を殺したのは黒瀬ですが、そうさせた真の犯人はあなた。黒瀬の拳銃でその頭蓋《ずがい》を破壊したのも、まさにあなた」

「……脚本については、副館長の御決裁を頂戴しておりますが？」

「ええ決裁したわ。とても興味があったから。どうしても知りたかったから……

そのとき。

あなたは虚無ではなかったはず。

そこで私は訊きたいの。

キクカワイツキ。あなたは何故、諜報員でなく女として、男達を殺したのですか？」

「御存知のとおりです。

私、セックスの下手なおとこは大嫌いなので」

女を抱く男は許さない。女と寝る男は、見所がある——

女を抱く男は、女を支配するだけだ。女を道具にするか、辱《はずかし》めるだけ。排泄《はいせつ》か征服か、ただそれだけ。女を監獄に入れる奴隷主義者。女を籠《かご》の鳥にするフェティシスト。

ピエロも、アルルカンもそうだった。諏訪菜々子を、籠の鳥としか見なかった。

——キクカワイツキが求めるおとこは。

触れる性器が、触れられる性器であると解れる男。

絶頂する自分が、絶頂させられる自分だと解れる男。

与えている自分が、与えられている自分だと解れる男——

鍵があるから鍵穴があるのではない。

鍵穴があるから鍵があるのでもない。

ドアがあるから蝶番《ちょうつがい》が動くのではない。

蝶番があるからドアが開くのでもない――

その肉の織るリアルが解らないおとこは、所詮《しょせん》、おんなを奴隷にするだけの自慰者なのだ。

それがキクカワイツキの、最大限綱領《さいだいげんこうりょう》だった。もちろん彼女は、そこまで喋りはしなかった。

セックスの下手なおとこは嫌い。それが必要十分な文字列だったからだ。

「それだけのことです」

「そうだったわね」

虚無にこだわりなど、いらないが。

ツキノ警視正はそこに、不思議な魅力を感じた。

（なるほど諜報員は、ヒトを籠の鳥にするもの。ヒトの監獄に入るものではない――）

だから今、キクカワイツキのこだわりを、矯《た》めようとはしなかった。虚無は真空。真空とは即《すなわ》ちポテンシャルあるものだ。

「それではキクサカトワコ、こちらの密封命令《ドシエ》が次の任務よ。北海道弁はできたわね？」

「一点だけ確認してよろしいですか？」

「許可します」

「次のマル対の、属性は」

ツキノカズミは吹き出した。レイディ・ヘカテではなく、ひとりの女として。そう、この中央合同庁舎2号館における公然名でいえば、榊原芳子として。

「残念ながら、また男達よ――

願わくば、女と寝る男であってほしいわね、関係者すべての為に。退《さ》がってよし」

――終幕《カーテンフォール》

本書は書き下ろしです。

〈著者紹介〉
古野まほろ(ふるの・まほろ)　東京大学法学部卒。リヨン第三大学法学部第三段階「Droit et Politique de la Sécurité」専攻修士課程修了。フランス内務省より免状「Diplôme de Commissaire」受領。なお学位授与機構より学士(文学)。警察庁Ⅰ種警察官として交番、警察署、警察本部、海外、警察庁等で勤務の後、警察大学校主任教授にて退官。2007年、『天帝のはしたなき果実』で第35回メフィスト賞を受賞し、デビュー。以後、長編探偵小説を次々と発表。代表作「天帝」シリーズほか、『身元不明《ジェーン・ドウ》　特殊殺人対策官　箱﨑ひかり』『ストリート・クリスマス　Xの悲劇'85』『監殺　警務部警務課SG班』などがある。

ヒクイドリ　警察庁図書館
2015年11月10日　第1刷発行

著　者　古野まほろ
発行者　見城 徹

発行所　株式会社 幻冬舎
〒151-0051 東京都渋谷区千駄ヶ谷4-9-7

電話:03(5411)6211(編集)
03(5411)6222(営業)
振替:00120-8-767643
印刷・製本所:株式会社 光邦

検印廃止

ISBN978-4-344-02853-1 C0093
幻冬舎ホームページアドレス　http://www.gentosha.co.jp/

この本に関するご意見・ご感想をメールでお寄せいただく場合は、comment@gentosha.co.jpまで。